ティアムーン帝国物語 XV

断頭台から始まる、姫の転生逆転ストーリー

Tearmoon Empire Story

Written by
Nozomu Mochitsuki

餅月望

TOブックス

サンクランド王国
SUNKLAND KINGDOM
王都
騎馬王国
KINGDOM OF CAVALRY
セントノエル学園
公都
ノエリージュ湖
聖ヴェールガ公国
PRINCIPALITY OF SAINT VEIRGA
王都
レムノ王国
REMNO KINGDOM
N
未開地
Map by. 冒険姫ベル

Tearmoon Empire Story World Map
ギルデン
辺土伯領
未開地
ティアムーン帝国
Tearmoon Empire
新月地区
帝都
ガヌドス港湾国
Ganudos
Port Country
初期帝国領土
（中央貴族領地群）
ガレリア海
静海《セイレント》の森
ルドルフォン
辺土伯領
ペルージャン農業国
Perugian
Agricultural country

contents

第七部 輝け！ 黄金の海月の灯台Ｉ

イラスト――Gilse
デザイン――名和田耕平デザイン事務所

CHARACTERS

ティアムーン帝国

パトリシア

ベルと一緒に
現れた少女。

孫と祖母

ミーア

主人公。
帝国唯一の皇女で
元わがまま姫。
が、実はただの小心者。
革命が起きて処刑されたが、
12歳に逆転転生《タイムリープ》した。
ギロチン回避に成功するも
ベルが現れ……!?

ミーアベル

首を矢で穿たれ、
光の粒となって消えたが、
成長した姿で
再び現れた。

四大公爵家

ルヴィ

レッド
ムーン家の
令嬢。
男装の麗人。

シュトリナ

イエロームーン家の
一人娘。
ベルにできた
初めての友人。

エメラルダ

グリーン
ムーン家の令嬢。
自称ミーアの
親友。

サフィアス

ブルームーン家の
長男。
ミーアにより
生徒会入りした。

ルードヴィッヒ

少壮の文官。毒舌。
地方に飛ばされかけた所を
ミーアに救われる。ミーアを
女帝にしようと考えている。

アンヌ

ミーアの専属メイド。
実家は貧しい商家。
前世でもミーアを助けた。
ミーアの腹心。

仇敵

ディオン

百人隊の隊長で、
帝国最強の騎士。
前の時間軸で
ミーアを処刑した人物。

※——未来の時間軸での関係性
※……前の時間軸での関係性

革命

仇敵

ルドルフォン辺土伯家

セロ

ティオーナの弟。優秀。
寒さに強い
小麦を開発した。

ティオーナ

辺土伯家の長女。
ミーアを慕っている。前の
時間軸では革命軍を主導。

助力

仇敵

サンクランド王国

キースウッド

シオン王子の従者。
皮肉屋だが、
腕が立つ。

シオン

第一王子。文武両道の天才。
前の時間軸ではティオーナ
を助け、後に断罪王と
恐れられたミーアの仇敵。
今世ではミーアを
「帝国の叡智」と認めている。

［風鴉《かざがらす》］サンクランド王国の諜報隊。

［白鴉《はくあ》］ある計画のために、風鴉内に作られたチーム

支援

支援

聖ヴェールガ公国

ラフィーナ

公爵令嬢。セントノエル学園の実質的な
支配者。前の時間軸ではシオンと
ティオーナを裏から支えた。
必要とあらば笑顔で人を殺せる。

［セントノエル学園］

近隣諸国の王侯貴族の子弟が
集められた超エリート校。

レムノ王国

アベル

王国の第二王子。前の時間軸
では希代のプレイボーイとして
知られた。今世では、
ミーアに出会ったことで
真面目に剣の腕を磨いている。

［フォークロード商会］クロエ

いくつかの国をまたぐ
フォークロード商会の一人娘。
ミーアの学友で読書仲間。

混沌の蛇

聖ヴェールガ公国や中央正教会に仇なし、世界を混乱に陥れようとする破壊者の集団。歴史の裏で暗躍するが、詳細は不明。

ティアムーン帝国

ニーナ
エメラルダの
専属メイド。

エリス
アンヌの妹で、
リトシュタイン家の次女。
ミーアのお抱え小説家。

マティアス
ミーアの父。
ティアムーン帝国の皇帝。
娘を溺愛している。

バルタザル
ルードヴィッヒの
兄弟弟子。

ムスタ
ティアムーン帝国の
宮廷料理長。

アデライード
ミーアの母親。
故人。

ジルベール
ルードヴィッヒの
兄弟弟子。

ガルヴ
ルードヴィッヒの師匠の
老賢者。

リオラ
ティオーナのメイド。
森林の少数民族
ルールー族の出身。
弓の名手。

バノス
ディオンの副官で、
ティアムーン帝国軍の
百人隊の副隊長。
大男。

ヒルデブラント
ルヴィの婚約者候補で、
ミーアの従兄弟。
無類の馬好き。

レティーツィア
シューベルト侯爵令嬢。
サフィアスの婚約者。

ダリオ
サフィアスの弟。

騎馬王国

火・慧馬《エマ》
馬駆の妹。
乗馬技術に優れる。

林・馬龍《マーロン》
ミーアの先輩。
馬術部の部長。

火・馬駆《マク》
混沌の蛇に与する凄腕の
狼使い。火の一族の族長。

火・燻狼《コウラン》
蛇導士。
エシャールに毒を渡した男。

荒嵐《コウラン》
月兎馬《つきとば》。ミーアの愛馬。

羽透《ハスキ》
慧馬の連れている狼。

サンクランド王国

モニカ
白鴉の一員。

グレアム
白鴉の一員。

レムノ王国

ヴァレンティナ
アベルの姉。
混沌の蛇の巫女姫として
現在は幽閉中。

リンシャ
没落貴族の娘。
現在はラフィーナのメイド。

ゲイン
アベルの兄。男尊女卑的。

商人

マルコ
クロエの父親。
フォークロード商会の長。

シャローク
大陸の各国に様々な商品を
卸している大商人。

ペルージャン農業国

ラーニャ
ペルージャン農業国の第三王女。

アーシャ
ラーニャの姉。ペルージャン農業国の第二王女。

STORY

元わがまま姫ことティアムーン帝国皇女のミーアは、
未来から来た孫娘ベルと過去から来た自分の祖母らしいパティと共に、
『ルードヴィッヒの日記帳』を指針に二人が時間移動《タイムトラベル》してきた謎を解くことに。
まずは、パティを蛇の教えから解放するべく奔走を開始するが……?

第七部
輝け！　黄金の海月の灯台Ⅰ

SHINE! THE LIGHTHOUSE OF GOLD JELLYFISH

プロローグ

帝国の叡智、女帝ミーア・ルーナ・ティアムーンには、数多《あまた》の逸話が残されていることは、読者諸氏にもよく知られたことだろう。しかし、彼女の祖母、帝国皇妃パトリシアにもまた、不思議な逸話が残されていることは、あまり知られていないのではないだろうか。

それは、彼女が初めて隣国ペルージャン農業国を訪れた際の出来事であった。

自らのために出された宴の料理を見ても、彼女は眉《まゆ》一つ動かさなかった。それはいつものことだった。彼女は、自らの感情を表面に出すことがほとんどない人だったからだ。

そんな彼女が一つだけ、反応を示した食べ物があった。

それこそが、ペルージャンの伝統的なケーキである、カッティーラだった。

もっとも、それだけならば、別に不思議でもない。ただ単に、その素朴な甘みが皇妃の好みに合ったというだけのことである。

けれど、不思議なのはこの時の彼女の反応であった。

「ああ……これは、あの時、お姉さまが……」

皇妃パトリシアは、こうつぶやいた、と、皇妃の側近は証言する。

そして、その時にパトリシアが浮かべていた表情は、穏やかな笑みであった……とも。

公式の記録では、皇妃パトリシアに姉はいない。親族には弟であるクラウジウス侯ハンネスがいるのみで、姉と呼ばれる人の記録は一切残されていない。にもかかわらず、無意識のつぶやきに現れた「お姉さま」という人……。

それがいったい誰のことを指すのか真相はわかっていない。

あるいは、そこに、ティアムーン帝室にまつわる大いなる秘密が、あるいは、後ろ暗い醜聞が隠されているのかもしれないが……。

すべて、真相は歴史の闇の中である。

帝国人物叢書《そうしょ》「帝国の叡智、女帝ミーア・ルーナ・ティアムーン12の謎」より

「パティ、もうすぐお夕食ですわよ。パティ？」

ベッドの上に横になるパティに声をかける。けれど、パティは目元を腕で覆ったまま、動こうとはしなかった。

――むぅ、料理長のお夕食にも反応しないとは……心配ですわね。

ミーアは、そっとそばにいたヤナとキリルに目配せする。幸いにして、意味は通じたらしく、二人は小さく頷《うなず》くと、パティのそばに寄り添っていてくれた。

とりあえず、二人にその場を任せて、ミーアは部屋を後にした。

そこは、帝都ルナティアの中心、白月宮殿の客室だった。重厚な作りの扉を眺めつつ、ミーアは小さくため息を吐《つ》いた。

シューベルト邸でのお料理会から帰って後……パティはベッドに倒れ込んだまま、起きてこなかった。夕食時になっても、ぐったり横になったままなのだ。

わりとベッドの上でぐんにょりすることの多いミーアではあるが、しっかり者のパティのそんな姿に、ついつい心配になってしまって……。

「ううむ、心配ですわね、パティ……。ついうっかり、あんなことを言ってしまいましたけれど……はたして、これでよかったのかしら……」

あの時、シューベルト邸で泣きじゃくるパティに、ミーアは……おろおろして、つい言ってしまったのだ。

「わかりましたわ。そこまで言うのであれば、クラウジウス領に行きましょうか」

「…………え？」

それを聞いて、瞳をパチパチと瞬かせるパティ。そんなパティにミーアは優しく微笑み、

「帰りたいのであれば、別に止めはしませんわ。わたくしは、あなたに意地悪をしようとしているわけではないのですから」

なぁんて、咄嗟《とっさ》に言ってしまったわけだが……。

「クラウジウス領に連れていくということは、ここが未来の世界だと明かすことになるわけですし、それで万事解決とはいきませんわ。それに……」

ミーアは、先ほどのパティの様子を思い出して深々とため息を吐いた。

白月宮殿に帰ってきてからも元気がない、否、元気がないというよりも生気がないといったほうが正しいような、そんな状態のパティ。しょんぼりと肩を落とし、一切反応しない祖母の姿に、ミーアの心配は絶えない。

「これで、食事をしないとか言い出したら一大事ですわね。食べてさえいれば元気は出てくるもの……ふむ、食べ物……」

ミーア、腕組みしつつ唸《うな》る。

「やはり……元気をつけるには甘い物ですわ！　アンヌ、料理長のところに相談に行きますわよ。あなたにも手伝っていただきたいですわ」

ミーアの後ろに控え、じっと主の動向を見守っていたアンヌは、どんっと胸を叩《たた》き、

「かしこまりました。ミーアさま！」

力強い声を上げた。

第一話　ルードヴィッヒの戦力分析、そして……

「そうか。ミーアさまが、御自《おんみずか》ら……」

シューベルト邸での事の顛末《てんまつ》を聞いた時、ルードヴィッヒは思わず、といった様子でため息を吐

いた。「シューベルト家に生息していたキノコの毒を用いて、下手人を撃退……。その後の聞き取りもスムーズに……。むぅ、さすがはミーアさまだ」

臨機応変《りんきおうへん》、融通無碍《ゆうずうむげ》。帝国の叡智の柔軟《じゅうなん》極まるやり方に、思わず瞠目《どうもく》するルードヴィッヒである。日の光に照らされて、その眼鏡のレンズがキラリと白く光った。

「それにしても、まさか、シューベルト侯爵家に蛇が潜んでいたとは……」

サフィアスが謀反《むほん》を起こす、と言われ、半信半疑だったルードヴィッヒであるが、それでも調査を進めていた。

ブルームーン派の貴族の動向を探りつつ、謀反を起こすとしたら、誰の差し金であるのかを詳しく検討していたのだが……。

「このタイミングで、あいつが帝都にいないのが悔《く》やまれるな」

森の賢者ガルヴの兄弟弟子、ジルベール・ブーケ。通称ジル。帝都の行政と中央貴族に詳しいその後輩は、現在、クラウジウス家の調査のため、旧クラウジウス領に出向いていた。

彼であれば、ブルームーン派の動向に関しても、もっと楽に調べられたかもしれないのだが。

「やはり、人脈は大事だな。こちらの伝手ではどうしても時間がかかってしまう」

まだ、ブルームーン派の貴族すべての動向はつかめてはいない。けれど、ある程度、揃ってきた情報によれば、現在、サフィアスが謀反を起こしたとして、協力しそうな者は皆無だった。

「それはそうだろうな……」

ルードヴィッヒは、思わず、そうつぶやいてしまう。

現在、帝国の食料供給のキーマンは、紛れもなくミーアであった。

最大の食料供給地、ペルージャン農業国は、ミーアに全面的な支持を示している。同じく、小麦の供給地であるルドルフォン辺土伯、ギルデン辺土伯も同様だ。国外からの輸入も、ミーアの築いた人脈、フォークロード商会が担っているこの現状……。各地で、農作物の不作が起きる中、少しでも自領の食料状況がわかっている貴族ならば、ミーアを怒らせたらまずいことはわかるはず。

確かにボンクラ貴族の中には、自領の食料事情など意に介さない者もいる。サフィアスが帝位についたほうが都合がいいからと、謀反に協力する者もいるかもしれないが……そうした者たちに対して抑えとなるのが、ミーアの人脈だ。

すなわち、聖女ラフィーナの存在である。

権力志向者にとって、聖女ラフィーナというネームバリューは非常に大きな意味を持つ。

「皇帝陛下の意に反すること、ミーア皇女殿下に逆らうことはできても、ヴェールガの権威に逆らうことはできない。こう考えると、あらゆる意味で、今、ミーアさまに謀反を起こそうなどという者はいない。だが……」

ルードヴィッヒは、あえて、そこに付け加える。

「……それも、将来においては定かではない」

喉元《のどもと》過ぎれば熱さを忘れるのが人というものの本質。食料危機が終わってしばらくすれば、ミーアの影響力が弱まることも考えられる。

「そして、次の帝位が定まらぬ限り……ブルームーン家が抱える潜在的な危機は解消されない。つまるところ、サファィアス殿は、蛇の誘惑を受けやすい立場であり続けることになる。ミーアさまが、女帝になってしまわない限りは……」

ルードヴィッヒは、そこで改めて、想像を巡らせる。

「女帝ミーア陛下、か……」

その夢の実現性を、ルードヴィッヒは考える。

ミーアが女帝に着く際、無条件に味方になってくれそうな勢力はどの程度か。

現皇帝は、恐らく支持するだろう。というか、あの人は、たぶん、ミーアのやることに一切、反対はしないはずだ。

ルドルフォン辺土伯、ギルデン辺土伯も、恐らく心配ない。イエロームーン家、レッドムーン家の存在も大きい。

四大公爵家のうち、二つが味方についているという状況はとても心強いものがある。が……。

「レッドムーン家はよいが、軍部のほうはどうか……。影響力が強いとはいっても、黒月省とレッドムーン家は一体ではない」

帝国軍の軍政改革はいずれ手掛けなければならないことだろうが、それが女帝の手によって行われることを、軍がどう思うのか……。

「頭の固い武官はいるだろうから、黒月省は微妙だ。逆に、ミーアさまの農地改革について好意的なのが赤月省だ。外交面に強い緑月省も、どちらかといえばミーアさまの味方だろうが、同じく外交に強いグリーンムーン家は微妙といえば微妙……」

ルードヴィッヒは、恐らく、現時点でもミーアは女帝になれるだろうと踏んでいる。けれど、同時に、今、それを表明すれば苦労も多いだろうというのが、苦しいところだった。

「ミーアさまを、帝国内の問題のみに縛り付けることは、大陸の損失になる……」

帝国内のことは、早急に盤石にしておきたいルードヴィッヒである。そのためには、もっと味方が必要だった。ミーアのしようとすることをより理解し、協力できるような有力な貴族が……。

「イエロームーン家によって、国外に脱出した貴族たち……彼らの力を借りられるかどうかが、大きな分岐点なのかもしれない」

と、その時だった。不意に、執務室の扉をノックする音が聞こえてきた。

「ルードヴィッヒ、いるかしら？」

「これは、ミーアさま……」

来客が、自らの主だと知って、彼は慌てて扉へと向かう。

ドアを開けると、そこには、わずかばかり思いつめたような顔をするミーアの姿があった。

「ミーアさま、どうかされましたか？」

不思議そうに首を傾げるルードヴィッヒに、ミーアは言った。

「実は、旧クラウジウス侯爵領に行きたいと思っているのですけど、その準備をしていただけないかしら？」

思いのほか真剣な顔をするミーアに、ルードヴィッヒは一瞬息を呑《の》み、けれど、すぐに頷いた。

第二話　父と娘と……

「ところで、ミーアさま、クラウジウス領へ行くことは、陛下はご存知なのでしょうか？」

その問いに、ミーアは、きょとりん、と首を傾げる。

「へ？　お父さまですの？　まだ言っておりませんけれど……。まぁ、大丈夫なのではないかしら？　お父さまならば、これぐらいは……」

などと軽ーく言うミーアに、珍しく、ルードヴィッヒが厳しい顔をする。

「いえ。やはり、皇帝陛下には、きちんとお伝えしておくべきかと……。これが、ミーアさまの勝手な行動ととられれば、他の貴族に責める口実を与えることになるやもしれません」

「ふむ……まぁ、ルードヴィッヒがそういうのでしたら……」

ミーア、ここは素直に頷いておく。

なにしろ、旅に出るためのもろもろの手配をしてくれるのはルードヴィッヒである。それに、なんだかんだ言いつつも、ルードヴィッヒの言うとおりにしておけば間違いはないのだ。

ミーア・イエスマン・ルーナ・ティアムーンは、自分の考えに至らぬ点が多々あることを知り尽くしている。ゆえに、ほどほどのところで自分で思考することを放棄《ほうき》して、「いいね！」と言うことを心掛けているのだ。

信頼がおける部下に任せてしまったほうが間違いがない。これはミーアが深く悟るところであった。

ということで、その日の夜、ミーアは早速、父の部屋を訪れた。

「おお。ミーア！　我が愛しの娘よ。パパに何か用かな？　もしや、ベルとパティと一緒に、どこか遊びに行くとか、そんな愉快な話なんじゃ……？」

先日の乗馬大会を見たのが、よほど楽しかったらしい。上機嫌に笑みを浮かべる父である。

いろいろお願いするには良い時のようだぞ？　と敏感《びんかん》に察したミーアは、挨拶《あいさつ》もそこそこに本題に入る。

「お父さま、実は、わたくし、クラウジウス家に行こうと思っておりますの」

「なに？　クラウジウス家……？　それは、母上のご実家のか？」

びっくりした様子で、目を見開く父に、ミーアは重々しく頷く。

「ええ。少し、パトリシアお祖母さまについて興味がありまして……」

「だが、クラウジウス侯爵家は、すでに……」

怪訝《けげん》そうな顔でつぶやく父を見つめて、ミーアは言った。

「ええ。跡継ぎがおらずにお取り潰《つぶ》しになったとは聞いておりますけど……でも、別に館を壊したとか、そういうことではありませんのでしょう？」

「そうだな。確かに館は担当の者が管理している。だが、そうか……。ミーアがクラウジウス家に……」

皇帝マティアス・ルーナ・ティアムーンは、どこか遠くを見るような、感慨深げな目つきで、虚《こ》空《くう》を眺めた後……。

「ところで、それは……彼……アベル王子も一緒に行くのかな……？」

突然の問いに、ミーア、目をぱちくり。

「……はぇ？　あ、ああ……ええ。まぁ、アベルも一緒だと思いますけど……」

せっかく、ティアムーンまでついてきてくれているのだ。ここで、アベルだけお留守番ということにはならないだろう。ついでに言えば、慧馬《エマ》も同行することになるだろうか。

――慧馬さんは、火燻狼《カ・クンロウ》を追いかけたいかもしれませんから、確認が必要ですわね……。

などと考え事をしていると、おもむろに立ち上がった父が……。

「ふむ！　ならば、私も行こう」

トンデモないことを言い出した！

「……うん？」

ミーア、一瞬、聞こえた言葉が理解できずに首を傾げる。

「ええと、お父さま、今、なんと？」

「ん？　聞こえなかったのか？　お前たちと共に行こう、と言ったのだが……」

皇帝マティアスは、おもむろに席を立ち上がり、ぐっぐっと体をひねってから、

「実は、ここ最近、レッドムーン公とお前のところの隊長に付き合ってもらって、体を動かしていてな」

「はっ、初耳ですわ！」

バノスの指導により運動をする父……。思わずミーアは、筋骨隆々になった父を想像して……。

――ふむ！　意外といいですわね！

などと思ってしまうミーア。大男とミーアの相性はとても良いのだ。

「それでつくづく城の中に引きこもっていては、健康に悪いと実感していたところだ。たまには、旅にでも出なければな」

わははは、と豪快な笑い声をあげる父に、ミーアは慌てて言った。

「いえ、お父さま……いえ、陛下。皇帝陛下が、そのように気軽に城を出るなど、できるはずがございませんわ。そもそも、陛下がいなければ、この国の政《まつりごと》は……政は？」

っと、ミーア、そこで言い淀《よど》む。

一瞬、「あれ？　お父さまがいなくっても、別に問題ないんじゃね？」と思ってしまい、言葉に詰まったのだ。それを知ってか知らずか、父は笑みを崩すことなく、

「ははは、なにを言うか。私がいようがいまいが、さして、政治に影響あるまい」

身もふたもないことを言い出した！

――いや、まぁ、そうかもしれませんけど……。

思わず、ぐぬ、っと唸るミーアである。

「というか、どちらかというと、今現在、政の中心人物はお前のほうではないかな、ミーア」

さらに、身もふたもないことを、言い出した！

――いや、そうであったら、困りますけど！

なぁんて、心の中で嘆きつつも、ミーア自身も実感していた。

――でも、実際のところ、それって、あんまり否定できないんですわよね……。

なにせ、ミーアは、あの革命から逃れるべく、いろいろなところで人脈を作ってきた。帝国が未だに滅びていないのは、紛れもなくミーア自身の功績といえてしまうのだ。

――ルードヴィッヒらの手柄も、最終的にわたくしに帰せられるということになれば、確かにわたくしは、事の中心人物といえるかもしれませんわね。うぐぐ、実に、面倒くさいですわ。そんなことにならないように、きちんとルードヴィッヒのおかげであることを強調しておかないといけませんわね……。

まったく、断頭台から逃れるためとはいえ、ずいぶんと遠くへ来てしまったものだ……などと、柄にもなく感傷的になったところで……。

「……断頭台から逃れるため……。ああ、そういえば……」

不意に、ミーアの脳裏に甦《よみがえ》ってくる光景があった。

それは、そう、今まさに帝国が、革命の戦火に呑み込まれようとしていた時の記憶で……。

「ふぅむ……。なんだか、日に日に、食事が貧しくなっていきますわね……」

それは、前の時間軸。白月宮殿での出来事。

その日、ミーアは、父である皇帝、マティアス・ルーナ・ティアムーンと夕食を食べていた。長いテーブル一杯に、絢爛豪華《けんらんごうか》な皿が並べられたのも、今は昔……。ミーアの目の前には、小さなお皿と申し訳程度の食事が並ぶばかりになっていた。

食べるに困る庶民よりはマシだが、皇帝のディナーと呼ぶには、まるで物足りない、極めて質素な料理に……ミーアは寂しげなため息をこぼす。

「むぅ！　ミーアにそんな顔をさせるとはけしからん……。よし、今すぐ料理長をクビにするか」

柳眉《りゅうび》を吊り上がらせ、そんなことを言う父に、

「ふぅむ、そうですわね」

ミーアは腕組みし、一瞬、検討するが……。

「いえ、それには及びませんわ」

寸でのところで止めておく。一応は、自制したのだ。

理由はとても簡単で、脳内に、若い眼鏡の文官の、ものすごーく不機嫌そうな顔が思い浮かんだからだ。

「まぁ、食材が足りない状況ですし、仕方ありませんわ」

その時のミーアは、帝国の食料事情を、フワッとは察していたのだ。あくまでも、フワッと、であるが……。

「そうか……。まぁ、ミーアがそう言うのであれば……。ああ、そうだ！　よいことを思いついた」

とそこで、マティアスがパンッと手を叩いた。それから、彼はミーアのほうを見て、

「どうだ、ミーア。もう少し国が落ち着いたら、一緒に、どこぞに旅にでも行くか？　美味《うま》いものが食べたいならば、やはり、その地に出向いて食べるのがよいのではないか？」

彼は上機嫌に、鼻歌でも歌いだしそうな様子で続ける。

「そうだそうだ。考えてみれば、帝都に食材が集まらないのであれば、直接、出向いてやればいいのではないか。ペルージャン農業国や、ガヌドス港湾国に直接行けば……」

などと、嬉しそうに言う父に、ミーアは呆《あき》れた顔で首を振った。

「もう、なにを言っておりますやら……。お父さまは皇帝陛下なのですから、この帝都を動くわけにはいかないではありませんの？」

一瞬、父と共に旅に出ることを想像して、ミーアはブルルッと背中を震わせる。

それは、実になんとも面倒くさいことになりそうだったので、きちんとお断りしておいたのだ。

「お父さまは至高の皇帝陛下なのですから、わざわざ、食べ物を得るために旅に出るなど、バカげた話ですわよ。とんでもない話ですわ」

マティアスは、その言葉を聞いて、どこか寂しそうな眼をしてから……。

「やれやれ、まったく難儀なものだ。この国で一番偉い皇帝が希望を通せぬとは、なんと不自由なことだ。愛する娘と旅に行くこともできぬとは。いっそすべて投げ出して、逃げ出してしまいたいものだ……」

そんなことを言うのだった。


この時のやり取りをミーアが思い出したのは……地下牢に堕とされた後のこと。父が処刑されたことを聞かされた時だった……。

暗く絶望に沈む心、思い出したのは、あの時の父の、寂しげな顔だけで……。

その胸を占めるのは後悔で……。

——ああ、こんなことになるならば、あの時、冷たくしておかなければよかったですわ……。もっと優しく……旅にでもなんでも行けばよかった。あれが、最後だとわかっていれば、あんなことは言わなかったのに……。

その後悔は、深く、深く、ミーアの胸に刻み込まれたのだった。


「どうかしたのか？　ミーア……ぼーっとして……」

「はぇ？」

ふと見ると、心配そうな顔で、こちらを覗《のぞ》き込む父、マティアスの顔があった。

「あ、ああ……ええ。いえ、なんでもありませんわ。お父さま」

慌てて取り繕うミーア。マティアスはしばし首を傾げていたが……。

「そうか。まあ、ともかくだ。もしも、私を連れていかないというのであれば、当然、旅に行くことは許さな……」

「わかりましたわ。お父さま」

そう言ってやると、父は、きょとん、と瞳を瞬かせる。

「……はぇ？　あ、いや、しかし……」

予想していたよりあっさりと、ミーアが頷いたからだろうか。マティアスは、ポッカーンと口を開け……。

「いいのか？　アベル王子と二人で遊びに行きたいのでは……」

「まっ！　そんなこと、一言も言っておりませんわ。ただ、わたくしは、クラウジウス家に興味があっただけですわ」

　腕組みしつつ、ミーアは言った。

「お父さまであれば、クラウジウス家のことも、ご存知でしょう？　道々、お話を聞ければと思ったまでのこと。むしろ、来てくだされば嬉しいですわ」

　それから、ミーアは、心の中でつぶやく。

　——そうですわ。うん、お父さまならば、情報があるでしょうし。パティの弟……わたくしの大叔父にあたるハンネス・クラウジウスのことも、もしかしたら、心当たりがあるかもしれない。だから、一緒に行くのもよいでしょう。

　それから、ミーアは苦笑いを浮かべる。

「まぁ、手配するルードヴィッヒには申し訳ないですけれど、今回はお忍びの親子旅ということにいたしましょうか……」

　かくて、ミーア一行 with 陛下、のお忍び旅行が決定してしまうのだった。

「さて……なんとか、無事にクラウジウス家に行く段取りはつけましたわね……あとは……」

部屋に戻ってきたミーアは、ベッドの上にポーンッと飛び乗ると、そのまま、ゴロゴロし始めた。サボるため……ではない。考え事をするためである。

考え事……そうなのだ。ミーアには考えるべきことがたくさんあるのだ。

実のところ、ミーアがクラウジウス家に行くことを決めたのは、深く考えてのことではなかった。

ならば、なぜかといえば……。純粋に空気に流されたのだ。こう、あの時のパティの様子を見ていたら、言わずにはいられなかったというか、なんというか……。

「いえ、こうなってしまった以上、過去のことを悔やむのは詮なきこと。クラウジウス家に行った後のことをしっかりと考えておくべきですわ。お父さまが一緒に行くという想定外はありましたけれど、その辺りはルードヴィッヒに任せて大丈夫なはず……。っていうか、そもそも、お父さまに言っておけと進言してきたのはあいつなのですから、責任は取ってもらいますわ」

ぽーいっと責任を丸投げしつつ、ミーアは考える。

「それよりも問題は、行った後のパティの反応ですわね。はたして、未来のクラウジウス領を見てどう思うのか……。まさか、いきなり、あなたは未来にいると言ったところで信じるとも思いませんし……説明が難しいですわ」

腕組みしつつ、ミーアは頭をモクモクさせる。

「そもそも、このわたくしですら、過去に戻ったことを理解するのには、しばらくの時間が必要でしたし……。信じていただくのも一苦労でしょうね……。もっとも、ゲルタさんのことがありますし、何とかならないこともないと思いますけど……」

自分にとっての日記帳の存在を、老境のゲルタの姿に求めたいミーアである。自分が知っている時より、数十年年老いた知人を見たら、未来に来ていることも信じられるのではないか……？　となれば、むしろ……。

「問題はパティを……お祖母さまを、味方につけることですわ」

そう、それこそが最も重要なことだった。

「パティはいずれ過去に戻る……。もしも、ここが未来であると知ってしまえば、未来の知識を持って過去に戻るということになりますわ。自分が未来の知識を知っているとわかったうえで、過去で行動できてしまう。となれば、もし、パティが蛇に取り込まれてしまった場合……」

ミーアの背筋に、ぞぞぅっと寒気が走る。心なしか、すぐ後ろに断頭台が迫っているような気すらしてしまう。なんなら、刃が落ちる音すら聞こえてきそうな気がする！

「それは最悪のケースですわ！　どう考えても避けるべき……しかし、だからといって未来であることを秘したまま……絶望に心を飲み込まれたパティが、蛇につけ入られてしまう、それはそれで、よくないですわ」

ゲルタは言っていた。皇妃パトリシアは、時の皇帝が、初代皇帝の思惑から外れないようにするための存在であったと……。パティには、それに逆らえるぐらいの強い気持ちをもってもらいたい。そのためには、偽りのではなく、きっちりとした絆を育む必要がある……そんな気がするのだ。

「それに、ルードヴィッヒやガルヴさんの読み通り、パティがこの時代に来たことにも意味があるとするなら……曖昧《あいまい》にすべきではありませんわ。しっかりと向き合いませんと……」

そこまで考えた時、不意にミーアは思う。

「わたくしの正体も、そろそろ明かす時かもしれませんわね……」

パティはミーアのことを、蛇の関係者だと思っている。教育係だと思っている。

だから、素直に言うことを聞いているという面は確かにある。けれど、蛇から脱却させるためには、いつまでも、その誤解に頼っているわけにもいかないわけで……。

「そうですわ、今こそ誤解を正すべき時、本音で語り合うべきですわ」

それから、ミーアは、ふっと苦笑いを浮かべた。

「よくよく考えてみれば、今回のやり方はわたくしらしくありませんでしたわね。わたくしとしたことが……」

その胸に、微かな後悔が渦巻く。

「今までだってそうだったはずですわ。皇女という上辺の身分でも、見栄えでもない。まして勘違いなどによってではない！　本音と、隠しごとのない綺麗な心とによって、わたくしは、みなの信頼を勝ち取ってきたはずでしたわ！」

グッと拳を握りしめるミーア。

彼女の脳内では、若干の（……若干？）記憶の改竄《かいざん》が行われたような気がしないでもなかったが……、まぁ、いつものことなので構わないのであった。

「よし、そうであれば、基本方針は、わたくしの正体を明かすことですわ。蛇と敵対していることを明かし、そのうえで、パティを味方につける。そのためのクラウジウス家訪問としなければいけませんわ」

目標を見据えつつ、ミーアは、ふぅむ、っと唸る。

「とりあえず、ルードヴィッヒにも、さらなる協力を求めることが大切ですわ。あとは……ベル……はまぁ、おいておくとして、リーナさんには意見を求めたいですわね。それとアンヌも、パティとは良い関係を築いてくれておりますし……。ヤナとキリルは本人たち次第かしら？」

ある程度の方針が決まったところで、少しだけ安心したミーアは……。

「頭を使ったので少しお腹が空いてきましたわね……。ふむ、寝る前になにか、甘い物でもアンヌに用意していただこうかしら？」

いろいろな意味で気が緩んでしまうのであった。


かくて、物語はクラウジウス領へ。

第三話　大・親・友！

帝国貴族は、自領に本邸を、帝都ルナティアに別邸を持つのが普通のことである。

特に中央貴族、大貴族の者たちに、帝都に邸宅を持たぬ者はなく……当然の帰結として、四大公爵家の一角、グリーンムーン家の邸宅も帝都に存在している。

クラウジウス領に向かうというミーアたちと別れた後、シオンとティオーナは、グリーンムーン邸へと向かっていた。

シオンは、エシャールとの面会とグリーンムーン家への挨拶のため。そして、ティオーナは、その随伴者……ではなく、エメラルダから直々にお招きがあったためだ。

弟のセロとエシャールに交流が生まれたから、という理由はあれど、帝国中央貴族の選りすぐりたる四大公爵家の家を訪れるという非常事態。

さすがにティオーナも緊張を隠し切れずにいた。

——シオン殿下が一緒でよかった。いつもは、ミーアさまが一緒にいるけれど、こうして、一人でお会いしに行くと思うと、やっぱり……。

もともと、帝国中央貴族に対して、コンプレックスを抱いていたティオーナである。ミーアのおかげで改善はされているが、まだまだ苦手意識は、完全には払拭《ふっしょく》できていないのだ。一緒に旅をしたエメラルダはまだしも、もしもその父親の公爵本人と出会ったりしたら、と思うと、緊張するなというのが無理な話だった。

そうして、表情を強張らせつつ、お屋敷の門をくぐったところで……。

「ご機嫌よう、シオン王子」

待ち構えていたご令嬢が声をかけてきた。

スカートの裾をちょこんと上げたのは、エメラルダ・エトワ・グリーンムーンだった。

星持ち公爵令嬢《エトワーリン》に相応《ふさわ》しい完璧な所作を披露したエメラルダは……。

「お元気そうでなによりですわ、お義兄さま」

ちょっぴり、照れ臭そうな顔で、そんなことを言った！　どこかの気の早いお姫さま（確かミーアとかなんとかいう名前の……）にそっくりである！

「あー、年上の令嬢にお兄さまと呼ばれるのは、なんだかおかしな気分だな……。というか、エメラルダ嬢はまだ、エシャールと婚儀をあげていないんじゃなかっただろうか……」

困ったような顔で笑うシオンに、

「あら、今から練習をしているだけですわ、シオンお義兄さま」

シレッとした顔で言ってから、エメラルダは、ティオーナのほうを見た。

視線を受けたティオーナは、ぴくん、っと体を震わせるが……。

「ティオーナさんも、お久しぶりですわね。こうして、ミーアさまを介さずにお話しする機会は、今まであまりありませんでしたわね」

「はい……。本日は、私までお招きいただき、感謝いたします。エメラルダさま」

かしこまった口調で背筋を伸ばすティオーナ。そんなティオーナにエメラルダは、やれやれ、と首を振り、

「あら、別に緊張することもありませんわ。今日は、セントノエルで共に学んだ者が旧交を温める、そのような集まりと思っておりますのよ。それに……」

と、言葉を切ってから、エメラルダは真剣な顔をする。

「ミーアさまの目指す新しい国には、中央も辺土もない。そうでしょう？」

そっと胸に手を当てて、エメラルダは続ける。

「かつて、私は、辺土貴族を見下すことを当たり前だと思っていた。それが、門閥《もんばつ》貴族としての伝統と矜持《きょうじ》を守ることである、とも。けれど……ミーアさまは、私に違う世界を示してくれた……。そして、古き帝国とは違う、新しい帝国のために力を貸してほしいと……私に手を差し伸べてくれた……」

大切な感情を握りしめるように、エメラルダは、胸元で拳をキュッと握って……。

「私はミーアさまの呼びかけに応えて、親友《とも》として……否！　大親友《ともー》として、あの方の理想とする国の実現のために尽力するつもりです。もしも、あなたが同じ志を持つというのであれば、それは私の、大切な仲間ということになるけれど、いかがかしら？　あなたは、ミーアさまの味方かしら？」

真っ直ぐな問いかけに、ティオーナは静かに頷く。

「はい……もちろんです。私は、ミーアさまのために全身全霊をもって尽力いたします。エメラルダさま」

「そう、よかった。それならば、私たちはきっと仲良くなれますわ」

そうして、エメラルダは穏やかな笑みを浮かべるのだった。

それから、彼女は二人を屋敷の中へと案内する。

「申し訳ございません。シオン殿下。実は本日は、父、グリーンムーン公は、ここにはおりませんの。サンクランドの王子殿下がいらっしゃるというのに、無礼なこととは百も承知しておりますけれど……」

と、そこで、エメラルダはチラリ、と舌を出す。

「正直、父が一緒にいたら、エシャール殿下とゆっくりお話しはできないかと思いまして……」

「いや、お気遣いに感謝する。エメラルダ嬢。いつも、弟のことでは、世話になっている」

「いえ、このぐらいしかできないのが、心苦しい限りですわ……」

エメラルダは小さく笑みを浮かべてから……誰に言うでもなくつぶやいた。

「しかし、本当に、そうですわね……。他の星持ちが動き出しているというのに、私だけがエシャール殿下と遊んでいるわけにはまいりませんわ。ルヴィさんが軍部を、サフィアスさんが頭の固い中央貴族《おじいさま》を抑えるというのであれば……わたくしがすることは、あまり残されておりませんけれど……」

エメラルダは、頬に手を当てて首を傾げる。

「とりあえず、聖ミーア学園への協力、それに……」

と、そこで、エメラルダの瞳が妖しげな光を宿す。

「そうね……。ガヌドス港湾国に、釘を刺すこと……ぐらいかしら?」

ニヤリ、と不敵な笑みを浮かべるエメラルダであった。


外交のグリーンムーン家、その長女エメラルダの蠢動《しゅんどう》が歴史にどのような影響を与えるのか、今の時点で知る者は誰もいない。

第四話　皇帝陛下、満喫する！

ポカポカと晴れ渡る空の下。一台の馬車が街道を進んでいく。やや大きめの馬車だ。一見すると、乗合馬車のようにも見えるその馬車に、まさか、この国の皇帝陛下とその娘が乗っているなどとは、誰も思わないだろう。

馬車の中には、ミーアとマティアス、アンヌとベル、シュトリナとパティ、ヤナ、キリルまでが揃っていた。子どもたちを合わせると合計で八人だ。

二頭立ての大型馬車とはいえ、さすがに、手狭感は否めないわけで……。

普段は、豪華な馬車を広々と一人で使っている皇帝マティアスは、さぞ、ご機嫌斜めかと思いきや……。

「うふふ、あはは。ああ、ミーアと旅行など、いつぶりだろうか……。ああ、楽しいなぁ！」

上機嫌に笑っていた！　不満なんか、まるでなかった！

――まぁ、お父さまのことですし、別に心配はしておりませんでしたけど……。

ミーアは父の姿を見て、ふぅっと小さくため息を吐く。ちなみに、父の右隣にはパティが、反対側にはベルが座っていたりする。

ミーアはその正面、向かい合わせの席だ。両隣を母とひ孫に、正面をミーアに挟まれて幸せそうに笑う父。その構図が、なんとなく面白くて、思わず笑ってしまうミーアである。

「あっ、おじ、陛下……。あそこ、見てください！　すごく綺麗な花が……」

ベルが、馬車の外を指さして、ぴょんぴょん跳ねる。それを見たマティアスは、

「こら、ベル。ダメだろう？」

途端に、ご機嫌を損ねたように眉をひそめると……。

「私のことはパパ、もしくは、お父さまと呼ぶように！」

一転、にっこりととろけそうな笑みを浮かべる。

「あっ、すみません。パパ！」

それに、ノリノリで答えるベルである。普段のノリの良さは健在だ。

ちなみに今回は、お忍び旅ということで、偽の身分《アンダーカバー》を演じるように決めていた。皇帝マティアスが商人で父親役。他の者たちは全員その子どもという設定だ。

たくさんの子どもたちに囲まれたマティアスは実にご満悦な様子である。

「シュトリナもそう呼んでくれて構わないぞ」

目を向けた先、シュトリナがニコニコと可憐《かれん》な笑みを浮かべて、

「はい。お父さま。この旅の間はそう呼ばせていただく予定です」

華麗にスルーする！

「わはは。そうだな。下手にパパなどと呼ばれると、ローレンツに睨《にら》まれてしまいそうだしな」

マティアスは、まったく気にした様子もなく、今度は子どもたちに目を向けた。

「パティも、それに、お前たちもしっかりと呼ぶのだぞ？　どうだ、練習しておくか？　ほら、ミーアも一緒に……」

などと、ごくごく自然に、ミーアにも話を振ってくる。それを受けてミーアは……。

──まぁ、お父さまが楽しそうで何よりですわ。こうなると、やはり問題は……。

と、ごく自然に父の言葉をスルーしつつ、パティの様子を窺う。

パティはいつも通り、なんの表情も浮かばない顔でうつむいていた。

あの日、クラウジウス領に行くと決めてからも、パティの様子は、表向き変わらなかった。わずかにソワソワしているようにも見えなくもないが、それも注意していないと気付かないぐらいだ。

──正直なところ、パティがなにを考えているのか、まるで読めませんわね。ここが未来で、わたくしが何者であるのか……明かすタイミングがとても難しいですわ。まぁ、すんなり信じてもらえなかったら面倒ですし、とりあえずはクラウジウス領についてからだとは思いますけど。

だが、だからといって、ミーアはなんの準備もせずに今日を迎えたわけではない。きちんと策を練ってきているのだ。

──わたくしが、蛇の敵対者であると明かしたうえで、パティを味方につける。そのためには甘い物で胃袋を掴《つか》む！　これですわ！

さながら、山に生えた大木……の根元に生えたキノコのごとく、それほどブレないミーアの基本戦術である。

自分がされて嬉しいことをしてあげれば、相手も喜んでくれるに違いない。まして、甘い物に心を掴まれぬ者などなし！

そんな確固たる信念に基づいて、ミーアは動きだす。

そっとアンヌのほうに視線を送ると、アンヌは、心得た！　とばかりに鼻息荒く頷いて、バスケットを持ち上げた。

「ねぇ、パティ、ちょっとお腹が空いたのではないかしら？」

「……え？」

きょとん、とした顔で、こちらを見つめてくるパティ。さらに、その隣で、興味津々にこちらを見ている父に、ミーアは微笑みかける。

「お父さまもお食べになりますわよね？　カッティーラ、作ってきたんですのよ？」

そうして、ミーアはアンヌから受け取ったバスケットを開いた。中から現れたのは、黄色いフワフワのケーキ、カッティーラ。ペルージャン農業国の伝統的なお菓子である。

――パティがカッティーラを気に入れば、ペルージャン農業国との関係も大切にしてくれるはずですわ。蛇とはいえ、甘い物を美味しく感じることに変わりはない。であれば、最悪、パティが蛇に染まってしまったとしても、ペルージャンとの関係維持には尽力してくれるかもしれませんわ！

などと計算していると……。

「おおっ！　なんと！　もしや、ミーアの手作りか!?」

ウッキウキの父の声が響いた。

「え、ええ。もちろんですわ」

ミーアが頷くと、マティアスはグッと拳を握りしめ、うおおっ！　と歓声を上げた。

……ちなみに、このカッティーラ、白月宮殿の厨房で作ったため、料理長の監修がバッチリ入った代物である。安心安全な逸品である！　キノコとか混ぜ込む隙もなかった、ミーアにあるまじきクオリティなのである！

まぁ、形をキノコっぽくしてあるのは、キノコ女帝ミーアの最後の抵抗というべきか……？

「ほーら、甘くて美味しいですわよ？　パティ。ああ、ヤナとキリルも遠慮せずに食べるといいですわ」

などとミーアが子どもたちに勧めている間に、マティアスがひょいっとつまみ上げて一口。

「むおお！　これは、以前食べた時より美味い！　素晴らしい！」

カッティーラを頬張って、無邪気な笑みを浮かべた。

「ああ……なんという幸せだ……。愛するミーアと旅をし、子どもたちに囲まれてミーアの手作りお菓子を食べられるとは……」

などと、その目にじんわり涙すら浮かんでいたりする。その様子に満足しつつ、パティに目を向けたところで、ミーアは、おや？　と首を傾げた。

パティは、カッティーラに手をつけようとしなかった。その様子をヤナが心配そうに見つめていた。

「パティ、ほら、これ、美味しいよ？」

ヤナは気遣わしげな口調でそんなことを言うが、パティは静かに首を振って……。

「……いらない。お腹、空いてない」

「でも……」

心配そうな顔で言い淀むヤナ。それを見て、ミーア……ふむ、と唸る。

──たぶん、いろいろ気になって食欲がないのでしょうけれど……。食べてくれないと胃袋が掴めませんわね……。困りましたわ……。

っと、その時だ。その様子を見ていたマティアスが眉をひそめる。

「パティよ、本当に食欲がないならば、それでもよい。このカッティーラはすべて私が食べよう。だが、しっかりと顔を上げて、友の顔を見るとよい」

「……え？」

パティは瞳を瞬かせてから、ヤナの顔を見つめた。

「無理をして食べる必要はないが、友の心配をないがしろにするのは、感心しないな」

それから、マティアスはパティの頭に手を置いた。

「我が母も言っていた。友とは……ええと？　なんだったかな……ああ、そう。そうだ、空腹の時のカッティーラのようなものだとか、なんとか言っていたような……。おや？　ということは、我が母もカッティーラのことが気に入っていたということかな」

なにやら、ためになるような、そうでもないようなことを口走りつつ、マティアスは笑った。

──ああ、この適当さ……実になんともお父さまですわ。

「そういえば、母上もペルージャン農業国に行ったことがあると言っていたな。カッティーラが絶品であったとも聞いた記憶があるぞ……そうか。ふふふ、このお菓子、我が帝室と深い関わりがあるようだな」

父のつぶやきを聞きつつ、パティに目をやるミーア。パティは、躊躇《ためら》いつつも、カッティーラを口に入れ、ちょっぴり頬を緩めていた。

——なるほど……。ということは、パティもカッティーラのことを気に入るわけですわね。ふふふ、どうやらわたくしの作戦は成功のようですわね。

上機嫌に笑いつつ、ミーアは、馬車前方につけられた小窓を開ける。っと、

「おや、ミーア。どうかしたのかい？」

御者台に座ったアベルが、優しげな笑みを浮かべた。

「ごめんなさいね、アベル。御者台になんか座らせてしまって……」

すまなそうな顔をするミーアに、アベルは首を振った。

「いや、構わないよ。ボクとしてもここにいたほうが、異変を見つけやすいしね。それに、ディオン殿の動きは、やっぱり参考になるからね」

穏やかな笑みを浮かべるアベルに、ミーアは、ほわぁっとなりつつ……。

「ああ、ええと、それで、もしよろしければ、アベル、これを……」

「これは……？　キノコ……？」

「カッティーラですわ。わたくしとアンヌとで作りましたのよ？」

「へぇ。これをミーアが……」

それからミーアは、アベルの隣に座るルードヴィッヒのほうに目を向けて、

「ルードヴィッヒも食べてみるといいですわ。美味しいですわよ？」

ルードヴィッヒは、ちょっぴり驚いた様子で目を見開いてから……。

「お心遣い感謝いたします。心して、味わわせていただきます」

そっと頭を下げるのだった。

第五話　その慧眼《けいがん》はすべてを見通す……見通す？

「ミーアさまがお作りになったカッティーラ、か……」

ルードヴィッヒは、それを受け取ると、しげしげと眺める。どことなくキノコの形っぽいそのカッティーラは、笠の部分が茶色、軸の部分が黄色をしていた。笠の部分には砂糖が散らしてあって、実になんとも甘そうだ。

じっくり観察してから、おもむろに一口。瞬間、舌に広がるのは濃厚な甘味だった。程よくついた焼け目からは、芳《こう》ばしくも、まろやかな風味が香り立ち、なかなかの美味であったが……。

ルードヴィッヒは思わず苦笑いを浮かべる。

――美味いが……俺にとっては甘すぎるな、これは……。

そう思った時だった。ふと、視界の外れに、馬車の中のアンヌの姿が入ってきた。ミーアの隣で嬉しそうにカッティーラを食べて笑う彼女を見て……彼は、ふと思う。

――ああ、よかったな……。ミーア姫殿下と一緒にカッティーラを食べられて……。

『ミーア姫殿下にカッティーラをお食べいただきたいのですが、なんとか手に入らないでしょうか？』

切実に、そう訴える彼女の顔が、まぶたの裏に映った。どこか思いつめたような顔で訴えるアンヌ……。疲れに陰ったその顔、あれは、いつのことだったか……。

一瞬考えてから、ルードヴィッヒは気付く。

それは、存在しない記憶の断片である、と……。

――そうだ。そんな出来事はなかった。俺は、こんな光景を見ていなかったはずだ……。だが、確かにあったという実感がある……。これが、記憶の揺らぎ……。今見えたのが、途絶えた世界の記憶なのだろうか？

眉間に皺《しわ》を寄せて、ルードヴィッヒは唸る。

――どんな世界のものかはわからないが……。あまり、愉快なものではなさそうだ……。

胸に残る感慨は苦く、二度と味わいたくないもののように思えた。だからこそ……。

――今のこの時を守らなければならない……。絶対に……。

静かに、ルードヴィッヒは決意する。

「ルードヴィッヒ殿、どうかされましたか？」

ふと視線を転じれば、アベルが不思議そうな顔で見つめていた。

「いえ……。ただ、なにか見落としている危機はないか、と検証していただけです」

ルードヴィッヒは今回のお忍び旅に際して、しっかりと備えをしていた。

皇女専属近衛隊《プリンセスガード》のうち、六つの部隊を護衛に当てていた。四つの部隊を道々に事前に伏せさせ、さらに、二つの部隊を馬車から少し離れた場所に随伴させている。

さらにさらに、その部隊とは別に、火慧馬と戦狼の羽透《はすき》にも、警戒に当たってもらっている。目立たぬように行動するうえでは、最大限の兵力を動員していた。

ちなみに、やや手が足りなくなってしまった食料輸送の護衛については、レッドムーン公の私兵団に助力を願った。

先日の乗馬大会での人脈が、早速、生きてきた形である。

――展開を先読みしていたというよりは、皇女専属近衛隊《プリンセスガード》の手が足りなくなった時の備えをしていたのだと思うが……。いずれにせよ、さすがだ。

そうして、万全の体制を整えたつもりだったが……不安は拭《ぬぐ》えない。

「ははは、まぁ、そんなに緊張しなくっても大丈夫だと思うがね」

馬車の横に馬を寄せ、一人の騎兵が話しかけてきた。誰あろう、帝国最強の騎士、ディオン・アライアである。くたびれた革製の鎧《よろい》に身を包み、冴《さ》えない護衛のカモフラージュをしている彼は、特に緊張した様子もない笑みを浮かべた。

「なにしろ、外から見れば、警備の薄い貧乏貴族の馬車……。あるいは、ちょっとした財を成した商人のご一行程度にしか見えないからね。襲ってきたとしても盗賊ぐらいだろう。そのぐらいなら、ね……」

ディオンは腰の剣に軽く触れてから、

「それに、大丈夫だと判断したから、今回の旅を決めたのだろう？」

悪戯《いたずら》っぽい笑みを浮かべる。対して、ルードヴィッヒはあくまでも生真面目な顔で頷いて、

「そうだな。恐らくは問題ないとは思っているよ」

「理由をお聞きしても？」

ルードヴィッヒの隣で、アベルが真剣な顔で言った。その鋭い問いかけを受けて、ルードヴィッヒは眼鏡を軽く押し上げてから、

「そうですね……。混沌《こんとん》の蛇というのは、どこに潜んでいるかわからず、綿密に破壊を企てる。相手の心を読み、操り、支配する。極めて厄介な敵です。が……」

とそこで、言葉を切ってから、ルードヴィッヒは言った。

「彼らもまた、人間だということを忘れてはいけないと思います」

「というと……？」

「つまり、彼らはどこに潜んでいるかはわからないが、どこにでも潜んでいる、と考えるのは誤りではないかということです。当たり前の話ですが、彼らに見つからずに何かをなすことは、可能なのです」

それから、顎《あご》に手を当てて、ルードヴィッヒは続ける。

「蛇の基本的な構想というのは、組織を作ることにあらず……。彼らは既存の集団に入り込み、内部から腐らせ、自らの手駒に変えていく。それこそが蛇の構想。ゆえに、心から蛇に染まった者、蛇に忠誠をささげるような者は、実はそこまで多くないのではないか、と、私は見ています。無論、

その少数の中に、狼使いのような腕利きの暗殺者が交じっていますが……そのような者たちであれば、ディオン殿や、皇女専属近衛隊《プリンセスガード》でも対処はできるでしょう」

その言葉を受け、ディオンが肩をすくめる。

「まぁ、どんな相手でも、とりあえず、姫さんが脱出するまでの時間稼ぎぐらいはできるつもりだよ」

「なるほど。確かに、個の力でディオン殿を打ち破るのは不可能。他の皇女専属近衛隊《プリンセスガード》の兵士も精兵揃い……。暗殺者からミーアを守ることはできる、か……」

納得の頷きをみせるアベルである。

「そして……重要なことは、恐らく彼らは守りに弱い。攻め込まれた時にできるのは、暗殺か、姿をくらますかぐらいのこと。彼らは正面切って戦うことが苦手なのです。今回の我々の動きを察知することはできるかもしれないが、それに対して手を打つことは、恐らく難しいはずです」

「なるほど、確かにそうだ。彼らは厄介ではあるが決して万能ではない。得手不得手がある。それを正しく認識すれば、蛇を無暗《むやみ》に恐れる必要はないということか……」

腕組みするアベルに、ルードヴィッヒは頷いてみせる。

「そうですね。彼らは警戒に値する敵ではありますが……だからといって、敵の姿を必要以上に大きくすることもない。敵にしろ、味方にしろ、相手の実力を正しく知ることがやはり肝要なのではないかと思います」

「ああ、それは真理だ。相手の実力を過剰に見積もれば、緊張で実力が出し切れないものだしね」

それから、アベルは笑った。

「しかし、ルードヴィッヒ殿の慧眼は、すべての相手の真の実力を測るものですね……。その観察眼から逃れるのはなかなか大変そうだ」

素直なアベルの称賛が、わずかばかり照れくさくて、ルードヴィッヒはおどけてみせた。

「もしかしたら、この眼鏡のおかげかもしれませんね。私が普通の者より、よくものが見えているとするならば……」

それから、指で、くいっと眼鏡の位置を直すのだった。

第六話　領都クラウバルト

ルードヴィッヒの予想通り、というべきか……。いくつかの中継地点の村々でも、特に妨害に遭うこともなく。一行は無事、旧クラウジウス領、領都「クラウバルト」に着いた。

あまり高くもない城壁を抜けると、そこに広がったのは、古い城下町といった光景だった。

その規模こそ侯爵領に相応しい広さがありそうなものの、町行く人たちからは、どことなく垢抜《あか》けない印象を受ける。

「ふぅむ……。ここがクラウジウス領ですのね……」

馬車の中から見たミーアは、思わず、といった様子で唸る。

「なんというか、平和な、普通の町ですわね……」

若干、拍子抜けした感がないではないミーアである。

なにしろ、今向かっているのは、呪《のろ》われたクラウジウス家である。

かつてミーアが、その怪談を聞いて「こわぁ！」っと思って以来、決して近づこうとしなかった土地なのである。

血の川が流れ、死体がルンルンと歩き回っていたとしても驚かないぐらいに覚悟していたミーアだけに、目の前の光景は実に意外だった。

――まぁ、いくら蛇との関わりが深そうなクラウジウス家とはいえ、いかにも怪しい町、ということにはならないでしょうけど……。

蛇の恐ろしいところは、非常に見つけづらいところにある。悪魔は、わかりやすく悪魔の顔をしていない。気安げな友人の顔をして歩み寄ってくるのだ。そして、それは蛇も同じこと。

ミーアは、ちょっぴり気持ちを引き締めつつ、パティのほうに目をやった。

「パティ、どこか、見覚えがある場所はあるかしら？」

パティは立ち上がり、トコトコとミーアのところまで歩み寄ってくると、ジッと外の風景を見つめる。やがて……。

「あのお店……見たことがあります。でも……」

と、しかつめらしい顔をして……。

「なんだか……古びてるような……」

っと、しきりと首を傾げている。

「ふむ……」

まぁ、そうでしょうね……という言葉を呑み込み、頷くのみにしておくミーア。すると、御者台のほうからルードヴィッヒが声をかけてきた。

「ミーアさま、このままクラウジウス邸へ向かうのでよろしいでしょうか?」

「ああ、そうですわね……」

ミーア、一瞬の黙考。その後、

「それでよろしいかしら、お父さま」

父のほうを振り返る。

形の上では、父がこの場で最も発言権があるわけで。今回は、一応、それに配慮したミーアであるのだが……。

「今回の旅はミーアの計画したものだ。お前に任せよう……いや、だが、そうだな……」

っと、マティアスは顎を撫でながら……チラリとパティのほうに目をやり……。

「どうやら、パティはこの町に来たことがあるようだし、せっかくだから、町を回ってから行くのはどうかね?」

それから、マティアスは、ぐっぐっと体をひねってから。

「それに、馬車旅で、少々体がなまってしまった。少し歩きたいところだな……」

「なるほど、そうですわね……」

父の言葉を受け、ミーアは頷く。

――これは、たぶん、わたくしと一緒にいろいろ町を遊んで歩きたいということなのでしょうけれど……。

と思いつつ、先ほどのパティへの視線を思い出す。

――もしや、パティに気を使ったのかしら……？　だとしたら、珍しいこともあるものですけれど……まぁ、でもいずれにせよ、これは好都合ですわ。ここが、未来の世界だとパティに認識させるためには役に立ちそうですし。

ミーアは御者台のほうに目を向けた。

「少し町を歩きたいですわ。ルードヴィッヒ。護衛の者たちに手配をお願いできるかしら？」

「かしこまりました」

特に反対することもなく頷くと、ルードヴィッヒは、馬車を大通りの入り口にとめた。

馬車を降りたミーアのそばに、寄ってきたのはディオンだった。

「お嬢さま、それに、旦那さま。どうぞ、不用意なことはせず、我々の指示に従ってくださいますように。できれば、あまり離れずにいていただけると嬉しいのですが……」

そんなディオンの言葉に、マティアスはむっつりとした顔で頷き、

「ふむ。護衛がそう言うのであれば、仕方ないな。ほら、ミーア、近《ちこ》う寄れ。それに、お前も遠慮なくパパと呼んでくれても……」

「ええ、わかっておりますわ。お父さま。みなもいいですわね？　勝手に動かず、言うことを聞くんですのよ？」

ミーアお姉さんの指示に従い、一行はそのまま、パティが「見覚えがある」と言った店に向かった。そこは、どうやら、服の仕立て屋のようだった。

「あの……」

店の戸口に立つと、パティが中に声をかけた。

「はいはい。なにか、ご用ですか？　お嬢さま」

もみ手をしながら、愛想のよい老人が出てきた。

「？　あの、店主さんは……？」

「私がこの店の店主ですが……？　なにか？」

パティに目線を合わせるように、膝を曲げる老人。その顔をジッと見つめて……パティの顔色が変わる。

「やっぱり……どうなって……るの？」

ぽつり、とつぶやき、パティが店を走り出た。

「ちょっ、パティ。一人で行ったらっ！」

と、慌てて追いかけようとしたミーアを制して、ヤナが走りだした。

「お姉さまは、そこにいてください。ここは、あたしが……」

言うが早いか、見る間にその背が見えなくなる。

「ミーアさま、我々も行きましょう。恐らく、向かったのは……」

「ええ、そうですわね。できれば、もう少し寄り道して、クラウジウス領の名物でも……と思っておりましたけれど……」

キッと顔を上げて、ミーアは言った。

「向かうとしましょう。クラウジウス邸へ……」

第七話　ミーアエリートの芽吹き～讃えよ！　帝国の叡智～

一方、グリーンムーン邸では……。

「兄上！　ご無沙汰《ぶさた》しております」

シオンとティオーナは、エメラルダに案内された先で、エシャールとの再会を果たしていた。

エシャールは、シオンに駆け寄ると、ピンと背筋を伸ばした。

生き生きとしたその笑みを見て、シオンは思わず、といった様子で胸を撫でおろす。

「エシャール、壮健《そうけん》そうでなによりだ」

「はい。兄上も、このたびは、お忙しい中、わざわざいらしていただき、ありがとうございます。キースウッドもありがとう」

無邪気な笑みを浮かべ、部屋の中に案内するエシャール。

一つ頷き、シオンは部屋に入った。ティオーナとエメラルダは遠慮してくれたらしく、二人でお茶会に行ってしまったので、同行者はキースウッドのみだ。

勧められるまま椅子に腰かけたシオン。テーブルの上には、すでに紅茶の用意がしてあった。

恐らく、シオンたちがここに来るタイミングを計って、用意したものだろう。

――そういえば、グリーンムーン家には、やり手のメイドがいたんだったか……。

無人島での経験を共にした、ニーナというメイドの顔を懐かしく思い出しつつ、シオンは紅茶を一口すする。サンクランドのものでも、ティアムーンのものでもない。あまり馴染みのない、されど、なんとも味わい深い風味だった。

「飲んだことのない味だな……」

「はい。グリーンムーン家は、外交に強い家柄と聞いています。いろいろな国と関わりをもち、さまざまな取引をしているとか……。このお茶も海の向こうのものだそうですよ」

「そうか……。学ぶには良い環境のようだな」

「はい。よくしていただいています」

そう言って、エシャールはそっと視線を、カップに落とした。揺れる表面に映し見るのは、懐かしきサンクランドでの日々か、あるいは、自らが犯した罪か……。

それを飲み込むように一口、お茶を飲んでから、エシャールは顔を上げた。

「ところで……兄上が言っていた意味が、少しだけわかってきたような気がします」

「うん？」

「ミーア・ルーナ・ティアムーン皇女殿下のことです」

目をキラキラさせながら、エシャールは話しだした。聖ミーア学園で学んだことを……否！

「ミーア姫殿下は父上にも負けない、偉大な方です」

「ははは、そうだろう？　俺などでは及びもつかないほど、彼女の功績はすさまじいものだ」

洗脳《すりこまれた》されたことを……。

「そんなご謙遜《けんそん》……と言いたいところなのですが……今では、兄上の言が、あながち謙遜でもないと思えてしまう……。それほどまでに恐ろしい功績です。まさか、ミーア学園が、ルドルフォン家とベルマン子爵家とのいさかいをきっかけに作り出されたとは、知りませんでした」

そうして、エシャールは、語りだす。この帝国において、ミーアがなしてきたこと。

「実は、ルールー族という少数部族出身の友だちができたのですが、ご存知ですか？」

「リオラ嬢の出身部族だな。それに、以前、新月地区の教会を訪ねた折にも聞いた覚えがあるが……」

「恐らく、その彼です。ルールー族族長の孫で、ミーアさまに命を救われた。それに、セロ……。ええと、ティオーナ嬢の弟君ですが、彼にもたくさんミーアさまのことを聞きました。あとは、セリア。とても優秀な女の子だけど、ミーアさまに見出だされなければ、学識を得ることはできなかった子……。他にもたくさんの人と出会いました」

こうして、エシャールは熱のこもった口調で話し続けた。ミーアの輝かしき功績を。

その中には、シオンが知らないものも交じっていたので、話は大いに盛り上がった。

……ちなみに、若干尾ひれがついたものも散見されたが、それを疑うこともなく……。

「ああ、そういえば、セントノエルでも似たようなことがあったんだ。ミーアが……」

などと、シオンも負けじと語りだす。最近あった特別初等部のこと、今はもう遠き昔になったレムノ王国事件のこと……あの時、ミーアがかけてくれた言葉についてなどなど……。

サンクランドの二人の王子たちによる、熱い、あっつーい、ミーア礼賛の言葉の応酬。

心の底からミーアの功績を褒めたたえる二人を止める者はなく……、良識派のキースウッドですら……。

『うん……これだけのことをしているのだから、料理がちょっとぐらいやんちゃでも許されるべきなのだろうな……。いや、むしろ、あのパンを馬形にしたのも、今から考えるとすごく画期的で、スバラシイことだったんじゃないだろうか……？　いや、いやいや、そんなことは……でも』

なぁんて、騙《だま》されてしまう始末！　極めて、ヤバい状況が展開されていた！

「実は、エメラルダさまとも、よく寝る前にお話しするのですが、エメラルダさまでもご存知ないこともたくさんあって……。それで、ついつい盛り上がってしまうんです」

「なるほどな……ん？　寝る前……？」

エシャールの話を微笑ましい気持ちで聞いていたシオンだったが、ふと、気になる単語があったので、首を傾げる。っと、

「あ、はい。えーと……その、サンクランドを離れて寂しいだろうと、寝るまでお話をしてくれるんです。あ、もちろん、ミーア学園の学期の間は、皇女の町《プリンセスタウン》に滞在していましたから、お休みの間だけですけど……、寝るまでずっと頭を撫でてくれることもあって……」

などと、頬を赤くして、恥ずかしそうに言うエシャール。そんな弟の姿を見たシオンは、少しだ

け微笑ましい気持ちになる。

『サンクランドを離れて、少し肩の力が抜けたか……。気の置けない友人たちと、優しく気遣ってくれる年上の人たちに囲まれて……このまま健やかに育っていってくれればな……』

などと思う一方で、別の見方をする人物がいた。それは……。

『エシャール殿下……年上の女性に優しくされる味を覚えてしまったか……これは、少し心配だぞ……』

自身の経験に照らし合わせて、わりとまっとうな心配をするのはキースウッドであった。

けれど……そんな彼ですら、真の危険に気付くことはできていなかったのだ。

はたして、聖ミーア学園という帝国の叡智のフェイクニュースが飛び交う学園に通い、エメラルダというミーアマニアから、夜な夜なミーアの功績を、あることないこと吹き込まれるというこの環境が……純粋な少年の心にどのような影響を及ぼすものか……。

沈着冷静なキースウッドですら、その危険性に気付くことはできなかったのだ！

……まぁもっとも、セントノエル学園にしても、実質的なトップが結構なミーアマニアなわけで……しかも、サンクランド国王や王妃の心にもバッチリ帝国の叡智の虚像が刻まれてしまっているので……実際のところ、あーんまり変化はないのかもしれないが……。

第八話　イエスマン戦術の展開と応用～恋愛編～

領都クラウバルトの中心地である大通り……そこから、かつての領主の館、旧クラウジウス邸へと向かう道すがら……。ミーアは、町の雰囲気が微妙に変わってきたのを敏感に察する。

――なんだか……町全体が暗くなってきた……ような……？

辺りをキョロキョロ見回して、ミーアはすぐにその理由に気付く。

――ああ、木が……。空を塞《ふさ》いでおりますのね……。

さながら、森の中に来てしまったかのように、木の数が増えてくる。それに、立ち並ぶ建物にもツタが這《は》い、なにやら……不気味な雰囲気になってきた！

――呪われた、クラウジウス家……。

ゴクリ、と喉を鳴らすミーアに、

「おおー、懐かしいな……。この道は変わらぬなぁ」

父、マティアスが陽気に話しかけてきた。

「幼き日は、この道を通るのが嫌で、すっかり足が遠のいてしまったものだが……」

「あら、お父さまもですの？」

まさか自らの父に……この父に！　薄暗い雰囲気で憂鬱《ゆううつ》になるなんて繊細なところがあったとは、

と瞠目するミーアであったが……。

「無論だとも。なにしろ、ここの坂は長いからなぁ……。階段もいまいち上りづらいし……やれやれ、なぜ、こんな作りにしたのか……」

父の言葉に、ミーア、はたと薄暗い道を見た……………見上げた！

薄暗い道は、まるで山道のように、長く、ながぁく！　続いていた！

「こっ、これは……」

「まぁ、もっとも、なまった体にはちょうどよいかもしれないがな。わははは」

能天気な父の笑い声をよそに、ミーアはげんなりと館のほうを見上げた。

「ああ、馬が……ほしいですわ……。馬は、どこまでも遠く……高いところにわたくしたちを運んでくれるものですもの……」

林馬龍《リン・マーロン》が聞いたら惚《ほ》れ直してしまいそうな名ゼリフをつぶやきつつ、ミーアはため息を吐いた。

――まぁ、たっぷり運動すれば、その分、ケーキも食べられますし……。今日の夕食を豪華にするためと思えば我慢できるはずですわ。ものは考えようですわね！

それから、ミーアはアンヌのほうに目をやった。

――アンヌ、この坂を上りますから、今日の夕食は、あまぁいケーキをつけてもいいですわよね？

という意味を込めて、ミーアは言う。

「これは、よい運動になりそうですわね」

ミーアの言葉に、アンヌはニッコリ微笑んで言った。

「はい。馬車の中で甘いカッティーラを食べましたから、その分ですね」

——あら？　妙ですわね……。微妙に計算が合わないような……？　この坂を上るのは、今夜食べるケーキの分なのでは……？　あら……？

ミーアとアンヌとで、計算に若干のズレが生まれているような気がしないでもなかったが、まぁ、難しい数学の問題ではよくあるお話なのである。

そうして、ミーアが、ひぃー、ひぃー！　言いながら坂を上っていると、坂道を元気よく駆け上っていく父、マティアスとベルの姿が見えた。

「あはは、競走ですよ。ほら、リーナちゃんも。キリル君も行きますよ？」

なぁんて、元気のいい声を上げるベル。その後ろからはキリルも楽しそうに走っていく。

「ああ……すごく、元気ですわね……。あれが、若さというものなのかしら……？」

っと、先頭を元気よく走っていくマティアスのことはスルーしつつ、ミーアはふと後ろを見た。

すると……。

「ふぅ……」

か細く息を吐き、シュトリナが額の汗を拭っていた。

不意に吹いてきた風に、蜂蜜色の髪がフワリと揺れて、キラキラと輝きを放った。

……その光景に、思わずミーア、見惚《みと》れる。

視線に気付いたのか、シュトリナは、健気《けなげ》そうな笑みを浮かべて、

「この坂は、なかなか疲れますね。ミーアさま」

などと、愛らしい声で言った。

――ふむ、妙ですわ……。なぜかしら……？　わたくしと同じようにバテているはずですのに……リーナさんは、なぜ、こんなにも可憐に見えるのかしら……？

それは、もちろん「ひぃーひぃー！」とか、「いよーっこいしょー！」とか……疲れても変な声を上げないからなのだが……。

なにやら、こう……ヒロイン力というか、令嬢力というか乙女力というか……負けてはいけないもので致命的に負けてしまったような……そんな気がしてならないミーアであった。

けれど……。

「大丈夫かい？　ミーア？」

「え？　あ、ああ……アベル」

視線を転じると、アベルが心配そうに見つめていた。

「ええ……大丈夫ですわ。大丈夫」

「そうか。でも、無理はしないでほしい。もしも、倒れそうだったら、ボクが支えるから」

「まぁ！　アベル……」

ミーア、ほわぁッとした顔で、頬を赤らめる。それは遠くから目を細めて見れば、わりと可愛《かわい》らしく見えなくもない……ギリギリヒロインの範疇《はんちゅう》に入るんじゃないかな？　と思わせるような顔だった！

自らがヒロインの魅力に欠けていても、周りにヒロイン力を見出だしてくれる人を配置することによって、ヒロインとして君臨する。

自らは、反応を返すだけでいい状況を作り出したミーアである。

イエスマンたるを自らに課したミーアの応用力が恋愛面において光り輝いた場面といえるだろう。

まぁ、それはともかく……。

「さぁ、もう少しだから頑張ろう」

そうして、アベルに元気づけられつつ、ミーアは坂を上る。上る。上る！

無心で足を動かし続け、再び、ひぃーひぃー！　言いだしそうになったところで、唐突に、その館が見えてきた。

坂の頂上、見下ろすようにして建っていた、その建物が……。

「おお、これが、クラウジウス邸……ですのね？」

零《こぼ》れたつぶやきは小さな問い。だが、誰かの答えを聞くまでもなく、ミーアの胸の内には奇妙な確信があった。

間違いなく、ここがクラウジウスの館。呪われし、クラウジウスの館である、と。

赤い夕陽を背負い、そびえ立つ館。それは一見すると、一般的な帝国建築の館に見える。

だが……なにかがおかしい。どこか、ちぐはぐな印象を受ける。

例えばそれは、屋根の形。帝国建築であれば、綺麗な三角形を描くべきところが、奇妙な丸みを帯びたものになっていたり……。あるいは、窓。異様に小さな窓ばかりかと思えば、突如、バランスの悪い大きなステンドグラスがついていたり……。

柱に関しても、なにが、とは言えないがなんとなく気持ちが悪い気がする。

ところどころに見える小さな違和感……微妙に調和を崩した建築物は、胸の内に微かな不安感を喚起する。それはまるで、異形の城が、帝国建築の皮を被って隠れているような……、その隠しきれない禍々《まがまが》しさが溢《あふ》れ出してでもいるかのような……。

父、マティアスは、あの険しい坂を上るのが憂鬱だったと言っていたが、ミーアはその言葉が半分嘘《うそ》であったのではないか、と考える。

——このお屋敷……なんだか、あんまり入りたくないですわね。本当に、呪いがかけられていそうな感じがしますわ。

ミーアは、ゴクリ、と喉を鳴らしながら、そのお屋敷を見上げるのだった。

第九話　探検家ソウル、昂《たかぶ》る！

ふと見ると、先に行ったマティアスやベルたちも、屋敷の前に佇《たたず》んでいた。どうやらミーアと同じく、屋敷に目を奪われているようだった。

さらに、庭の一角では、パティが立ち尽くしているのが見えた。そして、その視線の先では大きな木が風に揺れていた。

そっとミーアが歩み寄ると、パティの消え入りそうな、小さな声が聞こえてきた。

「ここ……、ハンネスと種を植えたの……」

ヤナに言ったのだろうか。パティは目の前の木を指さして、悄然《しょうぜん》とした様子で続ける。

「三十年で大きな木になるんだって、あの子が言って……だから、木が大きくなるまで生きてようって、約束して……でも……」

パティの目の前には、その大きな木があるのだ。

「……どうなってるのか、わからない……。わからない」

パティは、そう言うと、顔を覆ってその場にへたり込んでしまった。パティのかたわらで、ヤナが、その背中をさすってあげていた。

「少し休ませてあげたほうがいいですわね……。ええと、アンヌ、いいかしら？」

声をかけるとアンヌが真剣な顔で頷き、パティのそばに行く。さらに、

「リーナも行きます」

シュトリナがそう言ってくれたので、ミーアはそっと耳打ちする。

「リーナさん、前も言ったと思いますけれど、パティは蛇の教育を受けた者。そして、クラウジウス家は、蛇と極めて近しい家ですわ。だから……」

「……わかりました。念のために、気をつけておきます」

「ああ……。ええと、それもそうなのですけど……できれば、蛇から抜け出した者として、助言をいただけると嬉しいですわ」

「え……？」

パチクリ、と瞳を瞬かせるシュトリナ。そんなシュトリナの目を見つめて、ミーアは言った。

「あの子を……パティを、蛇から救い出したい。あの子がもしも、また、蛇の教えの中に戻らなければいけないとしても、そこで耐え抜く力をつけてあげたい……。それが、わたくしの望みですの」

ミーアの言葉をシュトリナは、静かな表情で聞いていたが……。

「わかりました……。リーナになにができるかわかりませんが、できる限りのことをします」

そうして、シュトリナは、パティたちのほうに歩いていった。それを見送ってから、改めてミーアは屋敷のほうに目を向けた。

「しかし、ここ、誰か住んでおりますの？」

「いえ、管理は青月省の管轄になっていて、管理人が坂の下にある家から通っている、と聞いております。いつでも、新しく領地を継ぐ者が入れるように、と準備してあるようですが……」

「ああ……なるほど」

それで、ミーアは納得する。屋敷から感じられる空虚な気配……。生気のない、まるで死人のような雰囲気は、人が住んでいない住居特有のものだった。

屋敷自体が死んでいるような……なぁんて不吉なことを考えてしまい、ぶるる、っとミーアが体を震わせたところで……。

「それで、ミーアさま。今夜は、こちらにお泊まりになられるということで、構いませんか？」

「………はぇ？」

ルードヴィッヒの問いかけに、ミーアは思わず、ぽっかーんと口を開ける。

てっきり、宿屋に泊まることになると考えていたミーアだったから、これには完全に不意を突かれた。けれど、言われてみれば当然のことで、クラウジウス邸に行く、と命令を受ければ、ルードヴィッヒも当然、この屋敷を調べると思っているはず……。であれば、この屋敷に滞在するのが効率的なわけで……。

「すでに、ジルベール・ブーケに手配して、準備は済ませてあります。後ほど、彼からも報告が入ると思いますが……」

などと、ルードヴィッヒの話は進んでいく。ミーアは大慌てで、軌道修正を図る。

――こっ、こんなところに泊まるとか、冗談ではありませんわ！

というか、そもそも、パティに屋敷を見せることが目的だったのだ。すでに、パティは、ここが未来であるという証拠を突き付けられている。目的は、すでに達成されているのだ！

となれば……。

「ええ。わたくしとしては、この幽霊屋敷……じゃない。クラウジウス邸に泊まるのもやぶさかではございませんわ。けれど、残念ながら、今回の旅での最高権威者はわたくしではなく、お父さま。であれば、まずご意見を伺わなければなりませんわ。お、お父さまぁ？」

そうして、ミーアは、とことこと父のもとに走り寄る、と……。なぜだろう、父は、ちょっぴりワクワクした顔をしていた。

「おお、ようやく来たか。ミーア。実はな、ベルが、あの屋敷を探検したいと言っていてな」

「なっ⁉」

ミーア、思わず、ベルのほうに目をやる。っと、ベルはキリルと二人で、元気よく拳を突き上げるところだった。探検家ベルは、血湧き、肉躍っていたのだ！

そして……。

「私も久しぶりに来たら、すっかり懐かしくなってしまったよ。今夜はゆっくり、屋敷に泊まれると思うと、ワクワクしてきてな！」

懐かしさになど、まるで浸っていない、ウッキウキ顔で、マティアスが言った。

——ああ、これ、絶対、ベルが一緒に探検しよう、とか誘ったやつですわ……。

基本的に、ベルはマティアスのお気に入りなのだ。

「それに……パティもなにやら、この屋敷に所縁《ゆかり》がありそうな様子だし、な……」

ふと見上げると、マティアスは、どこか感慨深げな目をしていた。

——ふむ、お父さま……。ベルのことといい、パティのことといい、もしかして、薄々、察しているのではないかしら……？

などと、一瞬、思いかけるミーアであったが。

「ほら、パパ、早く行きますよ！」

「ははは。ベル、待ちなさい。そんなにはしゃぐと転ぶぞ。キリルも足元には気をつけなさい」

「……パパって呼んでもらったのが嬉しかっただけっぽいですわ」

呆れつつも、ミーアは、改めてクラウジウス邸を見た。

「では、ルードヴィッヒ、お父さまもああ言っていることですし、今夜はここに泊まりますわよ。

ただし……、警備は厳重に！　幽霊も通さないぐらいに厳重に、ですわ！」

「かしこまりました。ミーアさま」

真剣な顔で言うミーアに、ルードヴィッヒは静かに頭を下げるのだった。

第十話　名前の由来……？

アンヌに連れられてパティがやってきたのは、奇しくも、かつて彼女が生活をしていた部屋だった。

「パティさま、とりあえず、こちらで休みましょう」

その部屋を見て、パティは、また混乱する。

内装が一変していたためだ。

——ここは……なに？

まったく見覚えのない外国ならば、まだ、理解できた。

けれど、連れてこられたここは、パティの知るクラウジウス領の光景を、中途半端に残した場所だった。

ゆえに、パティはかつてないほどに混乱していた。

人の気配の絶えたクラウジウス邸と、どこにもいない弟、ハンネス。

仕立て屋の年老いた店主と、どこか寂れた様子のある領都。

――これは、なんなの……？

なにが起きているのかわからない。

最初は、蛇の躾《しつけ》の一環だと思った。

蛇の工作員として、どのような状況にあっても適切に動けるように……。そんな訓練だと思った。

でも、どうやら、それは間違いだったらしい。しかし、では、これはどういうことなのか？

ここは、どこなのか？

無数に湧き上がる疑問。それが、さながら霧のように体にまとわりつき、目の前の光景を歪めていく。ふわふわと、不安げに揺れる不安定な世界。

そんな中、ただ一つ確かなのは、背中に感じる温かな手の感触……。

自らの友を名乗るヤナが、優しく、背中をさすり続けていた。

その、友の温もりだけが、この霧に包まれた不確かな世界で、唯一、確かなものだった。

――友とは、空腹の時のカッティーラのようなもの……。

先ほど、よくわからない男に言われたことが頭の中を過《よぎ》る。

皇帝を名乗るあの男……名前は、確か……。

「失礼する」

ドアの外で声。アンヌという名のメイドが慌てた様子でドアを開ける。

立っていたのは、皇帝を名乗る男だった。彼は、部屋の中を見回して、目を細めた。

「ここは……ああ、懐かしいな……。母上が使っていたという部屋だ」

——この人の名前は……そうだ。マティアスだ。

思い出し……それから、マティアスの顔を見て、思わず、パティは微笑ましい気持ちになる。

なぜなら、マティアスという名は、ずっとずっと昔……まだ、パティの母が生きていた時に飼っていた犬の名前だったから。病気で死んでしまった……大切な家族だった……その犬の名前だったから。

そんな犬と同じ名前を持つ男に、パティは不思議な親近感を覚えていた。

——それにしても、皇帝陛下って、呼ばれてたけど……。どういうことなんだろう？

改めて考える。

パティの知る限り、ティアムーン帝国の現皇帝も、その息子も、このような顔ではない。多少似ているような気はするが、別人であると断言できる。

では、いったい、これはどういうことなのか……？

首をひねるパティに、マティアスは笑いかけた。

「先ほどは、元気がなかったようだが、大丈夫かね？」

パティは、その言葉に、こくん、と小さく頷き……それだけで済ませた。

隣にいたヤナが慌てた様子で、

「あ……あの、えと……パティは、たった一人の家族の弟と離れ離れになってて、それで、それが心配で元気がなくって……。だから、あの……れ、礼を失することもあるかもしれないけど……」

まるで、本物の皇帝に相対《あいたい》した平民のように、緊張に強張った顔で言うヤナ。一方、マティアスは、そんなヤナの頭にずん、っと手を置いて髪を撫でた。

「そう緊張する必要はない。今の私は、お前たちの親ということになっているのだ。そのような態度では、偽装がすぐにバレてしまうではないか」

なんとも威厳たっぷりな顔で言ってから、

「それに、お前たちは我が娘ミーアの寵愛《ちょうあい》を受けた子どもたち。ならば、我が寵愛の内にあると考えてもなにも問題はない。なにしろ、もし万が一、私がお前たちに酷いことをしてみろ、ミーアに嫌われてしまうではないか？」

そんなことはありえん、と愉快そうな笑みを浮かべてから、マティアスは言った。

「しかし、そうか。たった一人の家族……。ということは、ヤナとキリルと似ているな……。ちなみに、お前の親は……」

「……いない。死んじゃったから……」

小さく首を振りながら、パティは言った。

一応、現在は、クラウジウス侯爵が親ということになっているが、パティはあれを親だと思ったことは一度もない。恐らく、相手もそうだろう。

「そうか……」

マティアスは、何事かを考えるように腕組みをし、うーむ、と唸る。が……。

「私は、友が大切ということは知っているが、同時に家族の大切さもよく知っているつもりだ……。どうかね？　いっそのこと、みなで本物の家族となってしまうというのは……」

「え……？」

ぱちくり、と瞳を瞬かせるパティの目の前で、マティアスはうんうん、と上機嫌に頷く。

「我が養子として、お前たちを本当に引き取るというのは、なかなか良いアイデアではないか。そうすれば、お前たちが空腹に苦しむことはないし、将来を不安に思うこともないはず。そうだそうだ、それならば、ベルも一緒に……」

トンデモないことを言い出した！

「陛下……あの、そのようなことは、さすがに……」

っと、やんわりと諫《いさ》めにかかったのは、シュトリナだった。大貴族の令嬢たるシュトリナ以外、マティアスを止める者はいなかったからだ。が……。

「ああ。確かに、帝位の継承権は面倒そうだな。その辺りのことは、宰相になんとかさせて……。ミーアも反対はしないだろうし、これは、なかなか良いアイデアなのでは……」

「どうして……？」

不意に口を開いたのは、パティの隣にいたヤナだった。

「どうして、そんなふうに助けてくれるんですか？」

そう問いたくなるヤナの気持ちはよくわかった。

パティも、かつてクラウジウス家に引き取られた時に同じように不思議に思い……そして、その答えに絶望したのだ。

反射的に、パティはマティアスに目を向けた。マティアスは、特に考えるでもなく……。

「決まっているだろう。ただの気まぐれだ」

至極当たり前の様子で言い切った。

「……気、まぐれ……？」

小さくつぶやくヤナに、マティアスは言った。

「あるいは、持つべきものの傲慢《ごうまん》、かな……」

自嘲《じちょう》するように笑い、彼は続ける。

「目の前で蜘蛛《くも》の巣にかかった蝶が美しければ助けるだろう？　それと同じこと。森で、傷ついたウサギがいれば、哀れに思い手当てするだろう？　それと同じことだ。ただ、それだけのこと。蜘蛛が空腹で死のうと知らぬ。ウサギを食べるキツネのことなど知らぬ。我が目の届かぬ場所にいる、無力な弱者のことを助けるつもりはない。凡愚なる皇帝にできるのは、その程度よ。ただの傲慢。理由などない。優しさでも思いやりでもない。ただの気まぐれで傲慢だ。ゆえに……恩に感じる必要もない」

そこまで言って、けれど、マティアスは朗らかに笑った。

「だが、我が娘のミーアは……違うぞ？　自分の力を好き勝手に使うのではなく、国を、世界を変えて、多くの者を救おうとしているのだ。あれは、私には過ぎた娘だ」

愛する娘を誇るように、胸を張って。

それを聞き……パティは思ってしまった。

――多くの人々を救おうとする娘の功績を誇らしげに笑える……この人も、きっといい人だ……。

そして同時に思う。

ハンネスの命を救うためには、こういう人たちを絶望に堕としていかなければならないのか……と。

「……少し、トイレに」

そう言って、パティは静かにその部屋を後にする。

なぜだろう、これ以上、彼の声を聞いていたくなかった。

自分を心配してくれるヤナのそばにもいたくなかった。

ふらふらと、まるでなにかに導かれるように、彼女が向かった先は……。

第十一話　ミーア姫、冴え渡る（ひさびさに……）

ミーアたち一行は、クラウジウス邸へと足を踏み入れた。

すでに、パティを連れたアンヌたちは、先に屋敷の中に入っている。また、護衛に当たっていた皇女専属近衛隊《プリンセスガード》も屋敷の中に素早く展開していった。

その兵士たちの背中を見送りつつ、ミーアは、改めて屋敷の中を見回した。

――なんだか、やっぱり薄気味悪いですわ。

屋敷の外観と同じく、それは、ちょっとした違和感の積み重ねだった。微妙に、わからないぐらいに傾斜のついた廊下。先が見通しづらい廊下は、蛇がのたうつように、わずかに曲がりくねっている。

天井も、なんとなく気持ちの悪い高さで、奇妙な圧迫感を覚える。

それに、窓が少ないせいで、空気が澱《よど》んでいるようにも感じる。長くこの場に留まっていたら、病気になってしまいそうな……あるいは、心を蝕《むしば》まれてしまいそうな……そんな気配だ。

――パティの弟、ハンネスはここで『地を這うモノの書』を熱心に読みふけっていたといいますけど……。

蛇にとり憑《つ》かれたように、邪悪な書を読みふける男……。そんな男がある日、忽然《こつぜん》と姿を消したという。

ゲルタたちの監視すら届かぬ方法で、姿を消した……それは、いったいどこに？

――まさか、この屋敷に呑み込まれてしまったとか……。

なぁんて、自分で想像して、ミーアは、すっかり怖くなってしまう。

「あ、アンヌは、どこかしら？　アンヌ、アンヌぅ？」

などと、歩きだそうとした、まさにその時だった。

「おお、ミーア姫」

突如、声をかけられて、ミーアは、ぴょんこっ！　と飛び上がる。それから、恐る恐る振り返ると……。

「ああ……慧馬さん」

ミーアたちの周囲を、ずっと隠れながら護衛してくれていた慧馬だった。彼女は、ドヤァッ、と

いう笑みを浮かべて、

「屋敷内に怪しい者の気配はないようだぞ」

そんな報告をしてきた。

「そう。それは朗報ですわね。感謝いたしますわ、慧馬さん」

「ふふふ、我と羽透にかかれば、隠れている人間を見つけることなど造作もないこと。もっと気軽に頼るがいい」

などと、ますます調子に乗った様子で胸を張る慧馬だったが、ふと、思い出したように後ろを振り返り、不安そうな顔をした。

——あら、やっぱり……。慧馬さんもこの屋敷のことを不気味に感じておりますのね？

ミーア、そんな慧馬の様子に親近感を覚える。

「やはり、慧馬さんも、この屋敷に不吉なものを感じるのかしら？」

そう問いかけると、慧馬はきょとんと首を傾げた。

「いや、屋敷自体はなんとも思わないが……。先ほど、廊下の突き当たりでディオン・アライアと出くわしたのだ。あれは、心臓に悪い」

「……ああ」

未だにディオンに対して不安そうにしている慧馬に、ミーアは強い親しみを感じる。

——確かに、ディオンさんの殺気は心臓に悪いですものね……。うんうん、よくわかりますわ。

頷きつつも、ミーアは微笑む。

「でも、いかにディオンさんでも、急に斬りかかってくるなんてことは、そうそうございませんし……」

「それは、急にじゃなければ、斬りかかってくることがあるということか⁉」

慧馬は目を見開いて、ぶるる、っと体を震えさせた。

「ああ……これは言い方が悪かったですわね。確かにディオンさんの場合、奇襲じゃなくて、正々堂々と斬りかかられても、その時点でおしまいですし……。うん、斬りかかられること自体が、そうそうございませんわ」

「し、しかし、そうそうない……ということは、たまにあるということか？」

「いや、滅多にありませんわ」

「ということは、ちょっぴりなら、斬りかかられることもあるということか？」

「うーん……」

ミーア、そこで長考。本当は、絶対にあり得ないと言ってやればいいのだが……。かつて、首を落とされた経験上、絶対とは言い切れないミーアである。

「あ、そうですわ。そういうことでしたら、リーナさんに扱いを聞いてみるのがいいのではないかしら？」

「どういうことだ？　毒物のことならばいざ知らず、ディオン・アライアの前では、彼女も無力なのでは……」

不思議そうな顔をする慧馬に、ミーアは静かに首を振った。

「いいえ。リーナさんは、かつて蛇として、ディオンさんとは敵対していた。にもかかわらず、今では軽口を叩きあう仲にまでなっておりますわ。きっと、ディオンさんの恐怖を克服した秘訣があるはずですわ」

そう力強く言ってやると、慧馬は神妙な顔をして、

「わかった。後で聞きに行ってみよう」

それから、辺りに油断なく視線を走らせながら、歩いていってしまった。

「ふぅむ……なんだか、慧馬さんを見ていたら、ちょっぴり安心できましたわね」

自分以上に怯《おび》えている人を見ると、冷静になれるものなのだな、なぁんて思いつつ、ミーアは、今日、泊まる部屋へと向かおうとした。そこで……。

「失礼いたします。ミーアさま、少しよろしいでしょうか？」

ルードヴィッヒが話しかけてきた。彼の後ろには、人懐っこい笑みを浮かべる青年の姿があった。

「なにかしら、ルードヴィッヒ」

「実は、先にクラウジウス家のことを探っていたジルベール・ブーケから、報告したきことがある、とのことでしたので、連れてきたのですが……」

「それはご苦労さまでしたわね」

ミーアは、ジルベールに労いの言葉をかけてから……。

「そうですわね。後々、お父さまとお食事をしたりなんだりで、忙しくなりますし、報告を受けるならば、今ですわね」

腕組みしつつ、頷いた。

とりあえず、ミーアは、自身が滞在する予定の部屋にやってきた。

そこは、領主の執務室、といった趣の部屋だった。

重厚な机と、分厚い本が収められた本棚、接客用の円形のテーブルなども置かれている。オヤツの合間に仕事をするには、ちょうどよさそうな部屋だ、とミーアは分析する。さらに、壁には精悍《せいかん》な青年の肖像画が飾られていた。恐らくは十代の後半ぐらいだろう。若々しい生気に溢れた彼が、パティの弟、ハンネスだろうか？

——大叔父、ハンネス。どんな人だったのかしら……？

っと、そうこうしている間に、ルードヴィッヒの後輩、ジルベール・ブーケがその場に片膝をついて一礼する。

「ああ、そんなのは不要ですわ。ええと、ブーケさん？」

「よろしければ、ジルベール、もしくは、ジルと呼んでくれると嬉しいっす」

「そう。ならば、ジルさん。そこの椅子に座って、報告を聞かせていただけるかしら？」

それから、ミーアはルードヴィッヒにも目を向けて、

「ルードヴィッヒも、疑問に思ったことは構わないから、すぐに聞いていただきたいですわ。わたくしでは気付かないことがたくさんあると思いますし……」

「かしこまりました。もっとも、そんなことはあり得ないと思いますが……」

ルードヴィッヒは苦笑いしつつ、ジルの隣に座る。ミーアも同じく円形の卓を囲んだところで、ジルベールの報告が始まった。

「ルードヴィッヒ先輩の指示を受けて、私と護衛の二名は、クラウジウス家のことを探っていたっす。ただ、いかんせん、昔の話ですし、聞き取りをするにも限界がある。ということで、少しリアクションを見たいな、と思いまして……」

「……クラウジウス家のことを探る者がいるという情報を、それとなく流したのだな？」

ルードヴィッヒが探るような目つきで見つめる。と、ジルは苦笑いを浮かべて頬をかいた。

「まさか、それが、誘拐未遂事件を誘発するとは思ってなかったすけど……面目ないっす。リアクションが来るとしたら、こっちかと思ってました」

一転、しゅんと肩を落とすジルに、ミーアは首を振った。

「レティーツィアさんが誘拐されたのは、遅かれ早かれ確実なわけですし。防げたのですから、問題ありませんわ。それよりも、自分の身を危険に晒《さら》すようなことは、避けていただきたいですわ」

あのルードヴィッヒが信頼して、仕事を任せるような人物と釣り合うような情報というのは、ミーアには想像できない。自身がイエスマンでいるための貴重な人材を失う愚を避けたいミーアである。

「敵の最大戦力は狼使い……火馬駆《カ・マク》だと思っておりましたけれど、聞くところによれば、それをも凌《しの》ぐ実力者がいるとか。用心するに越したことはありませんわ」

ミーアの言葉を受けて、ジルは、ぽかん、と口を開けたが、すぐに首を振り……。

「ご心配いただき恐縮っす。以後は、このようなことをしないように心がけるっす」

それに、一つ頷きを返してから、ミーアは続きを促した。

「はい。それで、ええと、クラウジウス候ハンネスが失踪《しっそう》したのは、今から二十二年ほど前、皇妃パトリシアさまが亡くなる五年前のことみたいっすね」

「まぁ……わたくしが生まれるより前のことなんですのね……」

どうりで、覚えていないはずだ、とミーアは納得する。そもそも、会ってすらいないのであれば、記憶に残るはずもない。まぁ、もっとも、会ったことがあるとしても、どうでもいいと思ったことは綺麗さっぱり忘れたりするのが、ミーアという人ではあるのだが……。

「では、もしかすると、あそこに飾ってある肖像画は、ハンネス卿の若かりし日の姿かしら？」

ミーアがそう問いかけると、ジルは、なぜだろう、悪戯っぽい笑みを浮かべて、

「いえ、あれは失踪する、その直前に描かれたものみたいっすよ」

「失踪する直前……？　というと、ええと、四十代ぐらいかしら？　ですけれどあれは、どう見てもまだ少年の姿に見えるような……」

「どうも、それが呪われたクラウジウス家という噂に、信憑性《しんぴょうせい》を生む結果になったとか、そういうことみたいっすよ。なんでも、ハンネス卿は、悪魔に魂を売ったがゆえに、年を取らず、いつまでも若々しいままであった……とか。領民の血をすすって若さを保ってるとか、いろいろと噂は耳にしましたが……」

それから、ジルは少しだけ真面目な顔をして、

「どうも調べたところ、ハンネスさまの失踪は、暗殺の線が濃厚のようっす」

「暗殺……ああ、やっぱり、そうなんですわね」

ミーア、小さくため息。それから、パティにどう話そうか考える。

——生きててくだされば、まだ話しやすかったのに……。ぐぬぬ、なんと説明したものかしら……。ああ、でも、蛇の関係者が暗殺したというのであれば、それをきっかけにパティを味方につけられるかもしれませんわね……。

考え込みつつも、ミーアは続きを促す。

「ちなみに、その暗殺、誰の手によってされたものですの？　やはり、蛇？」

その問いかけに、ジルはうーん、っと悩ましげに唸って……。

「犯人は捕まってない……というか、暗殺自体が確定したわけではないのでなんとも、っすけど……。ただ……」

と、そこで言葉を切るジル。それから、

「これは、今、確認を取りに行っているところなんっすけど、どうも、この暗殺には、イエロームーン家が関わっているのではないか、と思ってまして」

「まぁ！　ローレンツ殿が関わっているというんですの？　あら？　ということは……」

ミーアの脳裏に、かつてのローレンツの言葉が甦る。

自分たちは、ただの一度も暗殺をしたことはない、と。

「もしかすると、ハンネス卿は……」

と、その時だった。ドアの外、かたり、という物音が聞こえた。

「え……？」

ビクッと、肩を震わせるミーア。なにせ、呪われたクラウジウス家で鳴った怪音である。ビビるなというのは、大変、酷な話であって……。

ルードヴィッヒとジルが急いで扉を開ける。っと、そこに立ち尽くしていたのは……。

「ぱっ、ぱぱぱ、パティ？　あ、あなた、今の話、聞いておりまして？」

蒼白な顔をするパトリシアに、嫌な予感が、ミーアの中を駆け抜けて……。

ミーア、思わず、パティに歩み寄る。っと、それに合わせて、パティは一歩、二歩、と後ろに下がる。その顔は血の気を失い、その瞳には絶望の色が見えた。

──ああ、これ、絶対、聞いておりましたわね？　しかも、この様子からすると、暗殺のくだりから、バッチリ聞いてましたわ！

そう確信した瞬間、ミーアは頭がクラァッとするのを感じる。そうして──思わず、戦慄《せんりつ》する！

──あら？　今のって、もしや、過去が書き換わった時に感じるやつじゃないかしら？

以前、バルバラの事件の時に覚えた違和感と今の違和感は……なんだか、似ているような気がしたのだ！　まぁ……実際のところ、そのクラァッ！　は、一大事を目の前にした際の小心者の眩暈《めまい》に過ぎず……時間の揺らぎによって生じたものではなかったのだが、まぁ、それはともかく。

──や、やや、やばいですわ。これは、もしかして過去が変わってしまったということですのね……？　でも、どのように……？

ミーアは推理を進めていく。

すでに、坂道を上ることで、糖分の大部分を消費しつくしているミーアであったが、懸命に、懸命に、頭脳を働かせる。

それはさながら、短距離走の選手が、ゴール付近、呼吸を止めてラストスパートするがごとく……。糖分をすべて燃焼しつくして、ぎゅんぎゅん脳みそを回転させていく。

――パティはローレンツさんが、殺しをしたことがないってことを知らない。もしも、パティがイエロームーン家を弟の仇《かたき》として恨むようなことがあったら……？　イエロームーン家をぶっつぶしてやろう！　なぁんて思っても、不思議ではないかもしれませんわ！

ミーアは知っている。

誰しもがミーア・ルーナ・ティアムーンのように、寛容ではいられないということを。

そして、それはミーアにしては珍しく真実である。

誰しもが、ミーア・ルーナ・ティアムーンのように、小心者《かんよう》ではないのだ。

――お祖母さまが、苛烈な復讐者《ふくしゅうしゃ》となってしまった場合、今は、どのようなことになってしまうのか……？

嫌な予感に突き動かされるように、ミーアはさらに、パティに歩み寄る。

「ぱっ、パティ……？」

けれど、パティはうつむいたまま……。その場で踵《きびす》を返して、走って行ってしまう。

「あっ、ちょっ、パティ？　お待ちなさい」

慌てて、ミーアは追いかける。途中、ルードヴィッヒたちに声をかけようとするが、すぐに思いとどまる。

――過去の歴史が、ルードヴィッヒにどう影響してるかわかりませんわ。パティの影響がどのように及んでいるかわからない以上、他者の手は借りづらいですわ。

今いる者たちは、はたして、味方か敵か……。過去の改変がもしも行われてしまっていたとしたら、判断がつかないからだ。なので、

「わたくしは、パティを追いますわ。後のことは、任せましたわよ」

そう言っておく。すると、まるでミーアを安心させるように、ルードヴィッヒが深々と頷き、

「どうぞ、お任せください」

と、力強く言ってくれた。

安堵《あんど》の息もほどほどに、ミーアは部屋を走り出た。

――どうやら、ルードヴィッヒにはさほど影響を与えていないみたいですわ。

基本的に、ミーアの脳みそは、休眠状態になっていることが多いが、危機に際した時には、若干、マシになることがないではない。

そして、今のミーアの脳みそは、過去有数の危機に、かつてないほどに活性化していた。

すでにモクモク湯気が出始めていることから見ても、それは確実だ。

――パティはまだ過去に戻っていない。だから、現在が揺らぐなんてことは、ほとんどあり得ないはずですわ。

だって、まだ、目の前にパティがいるのだ。彼女が影響力を行使できるのは、過去に戻った後の

はずなのだ。にもかかわらず、現在に影響が来る、というのはどういう状況だろうか？

——過去に戻ることが決まっているのと同様に、過去で変えることが確定しているようなものに関しては、揺らいでも不思議ではない、ということかしら？　例えば、わたくしが過去に戻ることが確定した瞬間に、断頭台の時間軸はすでに揺らぎ始めても不思議ではないはずですわ。断頭台にかけられるのなんか、まっぴらですもの。

懸命に手足を動かしながら、ミーアは考える。

であるとするならば、今の時点で影響が出ることは、パティにとって「過去に戻ったら絶対に変えなければいけないこと」と「変えることが容易なこと」の二つだろう。

断頭台への流れというのは、ミーアの中で絶対に変えなければならないことではあったのだが、変えることが容易ではなかった。同じようにパティも、過去に戻ったとしても絶対に変えられないことというのは存在しているはずで……。

そういうものは、恐らく影響を受けづらいはずで……。

——そして……その二つの条件が揃ってしまうのが、イエロームーン家のことですわ！　よりにもよって、弟の暗殺をイエロームーン家がした、などということを聞かれてしまうとは……。

もしも、パティが、そのことに関して、ナニカしようと考えたとして……歴史の流れにどのような影響が出るのか……。

っと、その時だった。

ミーアは、再び、頭がクラァッとするのを感じた。

またしても過去が変わってしまったか⁉　と焦りかけるミーアであったが……。

「ああ、これは、違いますわね。頭を使いすぎて、くらくらしてきただけですわ」

知恵熱でクラァッとしてしまったミーアなのである。やはり、慣れないことはするものではないのだ。

「うう、これは、やっぱり、デザートに甘い物を出していただかなければ、割に合いませんわ……」

ただでさえ、坂道を上って足がパンパンなところを、さらに、パティとの追いかけっこはさすがにこたえる。

それでも、足を止めることなく、パティの小さな背中を追っていたミーアの……その目の前に、ゆらり、と人影が現れた。

可憐な野の花のような笑みを浮かべる少女……。

「りっ、りり、リーナさん？」

イエロームーン家令嬢、シュトリナが、不思議そうにミーアのほうを眺めていた。

その手元を見たミーアは思わず悲鳴を上げそうになった。シュトリナの手に、なにやら、謎の小瓶を見つけてしまったからだ。

――あっ、あれは、まさか……毒？

ゴクリッと生唾《なまつば》を飲み込みつつ、ついつい思ってしまう。

――リーナさんが……悪に染まってしまいましたわっ！

などと……。

理由はとても簡単で……パティはきっと、イエロームーン家を赦《ゆる》さなかったから、である。

——弟の仇としてきっと恨みに思ったはず。きっと何かしら、復讐をしたはずですわ！

シュトリナが目の前にいる以上、家を取り潰したりはしなかったのだろうが、それでも、優しい言葉をかけたりはしなかったに違いない。

ローレンツは言っていた。

ミーアの祖母がかけてくれた言葉が、自分の支えになったのだ、と。けれど、もし、パティがローレンツを仇と思っていたなら、そんな優しい言葉なんかかけるはずがないわけで……。その影響で、ローレンツが、暗殺に手を染め、シュトリナも闇に堕ちている可能性は大いにありそうだった。

——ひぃいいっ！　り、リーナさん、あの瓶をどうするつもりですの？

イエロームーン家が蛇の思惑に従って動いていることに変わってしまえば、当然、ミーアは敵。シュトリナのターゲットになってもおかしくはないわけで……。

——しっ、しかも、よりにもよって、なぜ、そっちに行きますの、パティ！

あの状態のパティを放っておくわけにもいかず、ミーアは仕方なく追いかける。

「パティ、待ちなさい！　今のリーナさんには……」

近づいたら、ダメだ……と言おうとするも間に合わず……。

パティは、そのままシュトリナにひしっとしがみついた。

「ああ、ちょうどよかった。今、少し落ち着く薬を……」

という、優しげなシュトリナの言葉を遮って、パティが言った。

「イエロームーンのお姉さん……、私を、殺してください」

「え……？」

「……生きてても、もう、仕方ないから……。殺して、ください」

懸命に、すがるように、パティは言った。


ハンネスが殺された……。

その事実は、パティを打ちのめした。

先ほどミーアの部屋の前で立ち聞きした話を、疑うことはなかった。

イエロームーン家は、暗殺をもって、初代皇帝の志をなさんとする一族。それを知る者は、帝国内でもごくわずかだ。それを知る事情通が、ハンネスが暗殺されたと言っていた。

その事実は、混乱するパティの思考に、とどめを刺した。

細かな違和感や疑問を考える余裕は、すでに残っていなかった。

彼女の心は、すでに限界だったのだ。

年老いた顔見知りのメイド。様変わりしたクラウジウス邸、ハンネスと共に植えた庭の木……。

優しくしてくれる人たちと、その人たちを犠牲にしてでもなさなければならないこと……。

ハンネスを助けるために、蛇になり、すべての人たちを不幸にする。自分に優しくしてくれる人も、友だちだって言ってくれた人も……みんな、みんな……。でも……。でも！

そうまでして守ろうとしたハンネスが、死んだという。殺されてしまったという。

ならば……、これから、なんのために生きていけばいいだろう？

蛇として生きることに意味はない。されど、今さら、ヤナに友だちだって言うことはできなかった。

マティアスに、養子としてもらわれることもできない。

だって……自分はずっと心の中で、彼らを犠牲にすることを考えていたのだから。

どんなものをも蛇のために、ハンネスのために、犠牲にしようと、思っていたのだから……。

パティの胸を占めるのは、後悔と、深い諦めの心だった。

結局、悪いことをして、蛇の力に縋《すが》って、ハンネスを助けようとしても……無駄だったのだ。

そうして、なにもなくなった彼女は、ふと思ってしまう。

——もう、いいんじゃないかな……。生きていても仕方ないから……。


「パティ……」

ミーアは、悄然《しょうぜん》とした様子のパティを見つめていた。

なぜ、過去が変わらなかったのか……？

それは、今のパティがそのまま過去に戻ったとしても、イエロームーン家になにも及ぼさないから……。彼女は、なにかしようという気力を折られてしまったからではないか？

「これは……急いで事情の説明をしなければなりませんわね」

ここが未来であること……。ハンネスが、恐らくは生きているということ。それから、自分が、パティの孫娘であること……。

説明すべきことは、山積みで、整理したい事柄は溢れてて……でも、今は……。

ミーアは静かに、パティに歩み寄ると、その小さな体をギュッと抱きしめる。

どこにも行かないように、彼女が消えてしまわないように、しっかりと、力強く。

「パティ、大丈夫ですわ……大丈夫」

それは、かつて、ミーアがしてもらったこと……。

ただ一人、断頭台に登らんとする、その日……。

恐怖で折れそうになっていた彼女の心を支えた、ただ一つの温もり。

あの日、アンヌにしてもらったのと同じことを再現するように、ミーアはパティを抱きしめる。

「大丈夫……大丈夫」

言い聞かせるように、何度も、つぶやきながら。

第十二話　ベル探検隊、出動す！

時間は少しだけ遡《さかのぼ》る。

部屋を出ていったパティ。その後を追って出ようとしたヤナを制して、シュトリナが言った。

「たぶん、お友だちじゃないほうがいいと思うから」

それから、シュトリナは部屋を出ていき……後には、ヤナとアンヌとマティアスが残された。けれど、気まずい沈黙は訪れなかった。

なぜなら、時を置かずして、新たなる闖入者《ちんにゅうしゃ》がやってきたからだ。

「あ、ひいお……じゃない。パパ、こんなところにいたんですね」

ドアを開け、入ってきたのはベルとキリルだった。どちらかというと大人しい性格のキリルだったが、探検家姫ベルに引っ張られて、すっかり小さな冒険を満喫していた。

「おお。ベルとキリルか。探検の成果はどうだったかな？」

その問いかけに、ベルがちょっぴり肩を落とす。

「それが……とっても面白そうなお屋敷だと思ったんですけど……なにもない部屋がわりと多くて……」

基本的にベルは、探検に成果を求める主義だった。

なにか物珍しいお宝とか、美味しそうなお菓子とか、そういうものを求めるタイプなのだ。

まぁ、ベッドにゴロゴロしながら、甘い物を求めるタイプのミーアよりは健康的なのかもしれないが……。

「ほう、そうなのか。ふむ……」

マティアスは腕組みしつつ、真剣な顔で考える！

ちなみに、彼が眉間に皺を寄せて考え込む、などということは、国政においてはほぼないことである。ミーアの誕生日プレゼント選びであったり、誕生祭のサプライズを何にしようか悩んだりした時には、そんな顔になるが、それは国政ではない。

「確かに、当主が行方不明になり、使用人たちが出ていった館には、片づけられた部屋がいくつもあるだろうな……」

当主のハンネス・クラウジウスが失踪してから、もう、かなりの時が経つ。

その間、管理を任された者の手により、不用品が処分されていてもなんら不思議はないのだが……、

「そうか……。だが、当主の部屋には、いろいろ残っているかもしれんな……。よし！」

いいことを思いついたぞぅ！　とばかりに、おもむろに、マティアスは立ち上がる。

「ベル、キリルも来なさい。ああ、ヤナも一緒に来るといい。共に、この屋敷を探検しようではないか！」

そんなマティアスに慌ててついていこうとしたアンヌには、

「ああ、アンヌはミーアのそばに行ってもらおう」

「え……あ、でも……」

「専属メイドがそばにいなければ、ミーアも不自由するだろうからな」

そうして、マティアスは笑った。

自分よりもミーア……というミーアファーストの気持ちが半分。後の半分は無論、子どもたちと心ゆくまで遊ぶためである！

先代皇妃パトリシアの教育の成果が、ここに披露されていた！　実になんとも、明るくて陽気な皇帝陛下であった。ナニカ大切なことを教え忘れているような気がしないでもなかったが……。まぁ、細かいことはいいのである。

ずんずん、廊下を歩き、階段へ。それをピョンピョン、飛ぶように上っていく。

ミーアとは違い、その足取りにはまだまだ余裕があった。レッドムーン公とのトレーニングの成果が確実に出ていた。

そうして、屋敷の奥。領主、ハンネスの私室へと向かう。

重厚なドアに手を伸ばすや否や、開ける！　なんの躊躇《ちゅうちょ》もなく！

その容赦のなさには、どことなくベルに通じるものがあった。

いくらものが残っていたとしても、さすがに侯爵の部屋を子どもの探検遊びに使わせるのはいかがなものか……？　などという常識論を唱える者は……ここにはいなかったっ！

なにしろ、マティアスはこの国の一番偉い人。そして、ベルは、特にマティアスのお気に入り。喜ばせたい子なのである。躊躇すべき理由はどこにもない。

「この部屋がそうだ。ははは、そういえば、ここで遊ぼうとして母上に止められたことがあったな。ふふふ、なにがあるのやら、楽しみだ」

そうして、後ろの子どもたちに悪戯っぽい笑みを浮かべてみせる。っと、先頭にいたベルがニッコリ笑みを返した。

実になんとも気が合う曾祖父ちゃんとひ孫である。

部屋に入って早々に、ベルが歓声を上げる。

「おお……いろいろありますね」

燃える探検家魂が、その瞳をキラッキラ輝かせていた。

そんなベルに触発されたのか、キリルも同じように部屋の中をワクワク顔で見回していた。

一方、ヤナは、そんなキリルを心配そうに見ていた。ベルの悪影響が心配なのかもしれない。弟想いのお姉ちゃんなのである。

「すごい数の本ですね……」

そんなことをつぶやきながら、ベルは、壁際に並び立つ本棚を眺めた。

そこには分厚い本が何冊も収められていた。背表紙だけを見ているのでは、いまいち、中身が想像できないようなものばかりである。

「これは、なんの本でしょう？」

ベルは、手にとった本をパラパラーッと流し見て、すぐに元の場所に戻した。

基本的に、本は嫌いではないベルなのだが……勉強は嫌いなのだ。

難しそうな本を読む気は……ない！　さらさらない！　ないのだが……。

「でも、なにか、怪しいものが挟まってることはあるかもしれません。ちょっと調べてみましょう。なにか、特別な本を取り出したら、秘密の隠し部屋が出てきたりするかもしれませんし……」

「……貴族さまの館って、そういう隠し部屋が普通にあるものなんですか……？」

前回、シューベルト邸にて、いろいろと酷い目に遭ったヤナが、げっそりした顔でつぶやく。

「ふふふ、驚かないでくださいね。実は、セントノエル学園にだってあるんですよ？」

そんなヤナに、ベルが事情ツウのドヤァ顔で言うのであった。

第十三話　……はぇ？

「大丈夫……大丈夫……」

抱きしめたまま、パティが落ち着くように何度も何度も、ミーアはつぶやく。

繰り返すことしばし……徐々に、パティに落ち着きが戻ってきたことを感じ……。

「大丈夫……大丈夫、だいじょう……ぶ？」

ミーアは、チラリと目を動かして、シュトリナを観察。彼女のほうは大丈夫かどうかを確認しておく。

――ふむ、変わった様子はありませんわね。やっぱり、パティの影響によって、リーナさんが変わってしまったということはなさそうかしら……？

と、そこで、シュトリナと目が合った。心配そうにパティを見つめていたシュトリナだが、どうやら、ミーアの視線を感じたらしい。不思議そうな顔で、きょとん、と首を傾げるシュトリナに、ミーアは、思わず悩んでしまう。

――ふむ、リーナさんもわりとなにを考えているのかわからない方ですけど……。どうなのかしら……。

パティの頭を撫で撫でしつつ……、ミーアは口を開いた。

「ええと、リーナさん、つかぬことをお聞きしますけど……ベルのトローヤって持っ……」

「これですか？」

シュシュッと、襟元《えりもと》から子馬のお守りを取り出すシュトリナ。どうやら、紐《ひも》をくっつけて、首飾りにしているようだった。とても大切そうに、それを差し出してくる。

「肌身離さず持ってます。リーナの宝物です」

「ふむ……ちなみに、先ほど持っていた瓶の中身は……？」

「気持ちが落ち着くお薬です。数種類の香草を煮詰めて作ったもので、夜、寝る時なんかに枕元に置いておくと、ぐっすり眠れるんです。なんだと思ったんですか？」

あっけらかんと言うシュトリナに、ミーアは思わず、ほぅっと安堵の息を吐く。

「いえ、てっきりわたくし、毒かなにかだと……」

そう言うと、シュトリナは、ちょっぴり傷ついた顔で……。

「もう、ミーアさま。いくらリーナでも、毒を持って廊下を歩いたりはしません」

その答えに、ああ、悪いことをしたかな？　と一瞬、思うミーアだったが……。

「……誰の目があるかわからないんですから」

――不思議ですわ！　ちょっぴり言葉を付け足しただけで、不穏さが跳ね上がりましたわ！

目を丸くするミーアである。言葉とは不思議なものである。

まぁ、それはともかく……。

「パティ、少しは落ち着きまして？」

ミーアの問いかけに、パティは答えなかった。しかし、どうやら、このままどこかに走って行ってしまうということはなさそうだった。

「わたくしの部屋に行きましょうか。あなたにお話ししたいことがございますの」


そうして、パティの手を引いて、ミーアは先ほどの部屋に戻ってきた。

部屋には、ジルの姿はなく、代わりにアンヌの姿が増えていた。

「大丈夫ですか？　ミーアさま、先ほどは、慌てておられましたが……」

気遣わしげな口調で問いかけてくるルードヴィッヒに小さく頷きを返し……。

「ええ。問題ありませんわ。大丈夫」

それから、パティのほうに目をやる。

「ただ、もう潮時だと思いますわ。そろそろ、パティに事情を話してあげる時ではないかと思いますの」

ミーアは巧みなベテラン海月《くらげ》である。潮の満ち引き、波を完璧に読みきるため、浜辺に打ち上げられることはない。ほとんどない。

浜辺に打ち上げられて、ぐんにょりしてる海月と、ベッドに打ち上げられてぐんにょりしてるミーアとに類似性を見出ださんとする者もいないではないが、まことに失礼な話である。

そんな、ベテラン海月のミーアの勘が告げていた。

今がその時。秘密を話すべき時である、と。

「それでは、リーナはここで……」

っと、同じく空気を読んだシュトリナが一礼して部屋を出ようとする。

「そうですわね……いえ」

シュトリナを送り出そうとしたミーアであったが……そこではたと気がついた。

「いえ、やっぱり、リーナさんにも残ってもらおうかしら。恐らく、あなたにも関係ない話ではないと思いますし……。それに、脱蛇を経験したあなたにいていただけると心強いですわ」

「脱、蛇……？　イエロームーンなのに……？」

不思議そうに目を瞬かせるパティ。その頭を優しく撫でてから、ミーアは言った。

「ええ。そうですわ。リーナさんは、蛇の支配から抜け出した、とても頼りになるお姉さんですわ……。ところで、パティ、つかぬことをお聞きしますけれど、ここはクラウジウス侯の執務室で合ってますわよね？　パティは入ったことありましたの？」

「いえ……。子どもは入ってはダメって……」

「なるほど……」

そう言いながら、ミーアは壁に歩み寄る。そこにかけられていた肖像画に手をかけて外すと、パティのところに歩み寄り……。

「では、パティ、この肖像画に見覚えはありますかしら？」

肖像画をまじまじと見つめるパティ。凍り付いたような無表情が、ジワリ、と溶けるかのように、驚愕《きょうがく》に変わっていく。

「これ……この絵……ハンネスに似てる。似てるけど、でも……」

もの問いたげなパティに、ミーアはゆっくりと頷いてから、

「もう、おおむねわかっているかもしれませんけれど……」

小さく咳《せき》ばらいをして、告げる。

「ここは、あなたが生きていた時代よりもずっとずっと後の……未来の世界ですわ。ここに描かれているあなたの弟は、あなたが知っているより成長した姿をしている」

それから、ミーアは自らの胸に手を当てて続ける。

「そうして、わたくしは、あなたの孫娘、ミーア・ルーナ・ティアムーンですわ」

それを聞き、目をまん丸くしたパティは、ポカンと口を開け……。

「……はぇ？」

力のない息を吐いた。

「ミーアお姉さまが、私の、孫……？　え……？」

「ちなみに、一緒にいるベルは、わたくしの孫。つまり、あなたの……えーと？　孫の孫ですから……まぁ、ともかく、子孫ですわ」

「孫の……孫？　え、ええと……？」

それを聞き、パティは……、
などと、目をぐるぐるさせていた。

ちなみに「パティがミーアの祖母パトリシアである」というカミングアウトには、アンヌとシュ

トリナも驚いた様子だった。

ベルのことはなんとか受け入れられても、パトリシアのことはなかなかすんなりとは受け入れづらいものがあるのだろう。

なにしろ先代皇妃である。未来の皇女ミーアベルとは違い、それはすでに存在が知られている人……。歴史上の人物なのである。より受け入れがたいのも無理はないことかもしれない。

そんな二人の様子を見て、改めて、ミーアはパティのほうを向く。

「パティ、あなたの名前を問いますわ。あなたは、何者ですの？」

「え？　あ、私は……パトリシア。パトリシア・クラウジウス……。このクラウジウス家に引き取られて、次代の皇帝陛下の妻となるために教育を受けた……クラウジウスの血を引く妾《めかけ》の娘……」

パティは素直に名乗りをあげる。

確認するように、一つ一つ丁寧に口にする。

パティの言葉を受けて、ミーアはルードヴィッヒのほうに目を向けた。心得たとばかりに頷いたルードヴィッヒが口を開く。

「ふむ……」

「確かに、先代皇妃パトリシアさまはクラウジウス家のご出身だったと記録があります。しかし、クラウジウス候の嫡子《ちゃくし》ではないという話は聞いたことがありませんでした」

ルードヴィッヒの言葉に、シュトリナが、驚いた顔のまま答える。

「確かに、一般的には知られていないのだろうけど……。リーナは聞いたことがあるわ。お父さまが、そう言っていたから……。それじゃあ、本当に……」

そう言って、シュトリナは納得した様子で頷いた。

一般に知られている情報ならば、偽ることもできるだろう。けれど、本人を含めて、ごく一部の限られた者しか知らない情報を口にした時点で、その発言には説得力が生まれる。

まして、先代皇妃を名乗るなど、普通ではない。荒唐無稽《こうとうむけい》も甚だしい。

騙すにしてももっとマシな嘘があるだろう。にもかかわらず、パティが、そう名乗ったということは……。

一方で、アンヌは、パティを気遣うように、そっとそばに歩み寄った。ただ一人、未来の世界に飛ばされてきた幼い少女を心配したのだろう。

ミーアは一度咳払いをして、改めてパティに向き直る。

「それで、どうかしら、パティ……。これで、いくつかあなたが不思議に思っていることに答えられたと思いますけど……」

ミーアの問いかけに、パティは無言で……小さく頷いてから、

「確かに……。この肖像画は、ハンネスにそっくり……。それにゲルタ……。あの人も、すごく年をとっていたけど、私の知っているのと同じ笑い方だった。それに、ここのお屋敷も、クラウジウス邸なのに少しだけ違う……。でも、ここが、私が生きていた時代の先にある世界だとしたら、納得できる……」

どうやら、信じてもらえたらしい。一番の関門を突破して、安堵しかけるミーアであったが、す

ぐに気を引き締める。

——いえ、むしろ、大事なのはこれからのことでしたわ。

ここが未来であると認識できてしまった以上、パティは過去の世界においては絶大な力を得ることになる。それゆえに、しっかりと、きっちりと、味方につけておかなければならない。

——まぁ、それは、パティがこちらの世界に来た時点で決まりきっていたことであるのですけど……。

パティが、この世界に飛ばされてきた理由が、ルードヴィッヒが言ったようなものであるならば……。ミーアがパティを味方につけるのは絶対に必要なことだった。

——わたくしが聡明すぎるから……わたくしの存在が歴史の流れから逸脱してしまった。それを是正するために歴史の流れが、パティをわたくしのもとに届けたというのなら……、パティは〝わたくしが生まれてもおかしくない〟ような、立派な人になってもらわないとダメですわ。そのためには、蛇の影響からは確実に脱してもらわなければ……。

ミーアは小さく頷いてから言った。

「はじめに、これだけは言っておきたいのですけど……」

一度、言葉を切り、キリリッと真剣な表情を浮かべて、ミーアは言う。

「パティ……あなたには……蛇を裏切っていただきますわ」

それこそが、重要なことだった。

パティに、余計な未来の知識を与える前に、しっかりとこちらの味方につけておくこと……。

これまで見たところでは、パティは決して、心から蛇に染まってしまうような少女ではない。味方につけるのは、十分可能なはずだった。

「ここには、あなたを見張る蛇はいない。あなたをいじめるような者もおりませんわ。だから、どうかわたくしたちに話してほしいんですの。あなたは……どうして、蛇に加担しておりますの？」

「…………」

「あなたが、なぜ、蛇に加担しているのかはわかりませんけれど……心から望んでそれをしているとは思えない。だから、なにか事情があるのではないかしら？」

そうして、じっとパティを見つめる。っと、

「……ハンネスは？」

唐突に、パティが言った。

「……え？」

「ハンネスは、どうなったんですか？」

パティの弟、ハンネス……ハンネス・クラウジウス侯爵……。

ジルベールから聞いた話では、彼はイエロームーン家に暗殺されたということだったが……。

「ああ……えーと」

と、ミーアはシュトリナのほうに目を向ける。

「お父さまに聞いてみないと、なんとも言えないですけど……もしもイエロームーン家が関わっているのだとすれば、どこか外国に脱出させていると思います」

「外国……」

何事か考え込むように、一瞬黙ってから、パティは言った。

「病気は……どうなりましたか？」

「病気……？　どういうことですの？」

「ハンネスは病気で……蛇が作る薬を飲まないと生きられない……。だから、私たちは……どこにも、逃げられない……」

パティの告白に、ミーアは息を呑んだ。

「病気……？」

ミーアは確認するように、自らの知恵袋、ルードヴィッヒのほうに目を向ける。

「いえ、クラウジウス候が病気であったという話は聞いていませんが……。念のため、ジルベールにも確認したほうがいいでしょう」

「そうですわね。ふむ……」

ルードヴィッヒの答えを吟味するように腕組みし、ミーアは考え込んだ。

「治った……ということなのかしら。ねぇ、パティ、その病気は、治るものなんですの？」

「……わかりません」

吐き出すように言って、パティはギュッと唇を噛みしめる。

「詳しいことはなにも……」

大変、悔しそうなその顔に、ミーアは慌ててフォローする。

「ああ、そんなに気にする必要はありませんわよ？　それが普通というものですわ」

いかに聡明な自らの祖母パティといえど、十歳そこそこの少女に、病気の詳細を問うのは酷な話だろう。しかも、パティが持っている知識というのは、大部分が蛇からのもの。であれば、当然、蛇は大切なことは教えていないだろうし……。

などと考えつつ、ミーアは腕組み。考えてるっぽい雰囲気を醸し出す。

「とすると……ハンネス殿は……ええと……うーんと……」

ぐむむ、っと唸るミーア。っと、そこに、すすすっとアンヌが歩み寄ってきて……。

「ミーアさま、あの、よろしければ、お茶とお菓子をお持ちしようかと思うのですが……」

そんな提案をしてくれた！

それで、ミーアはようやく気付いた。自らの体内の糖分が、すでに払底しているということに！

お腹をさすりつつ、改めて空腹を実感したミーアは、ほわぁ、っと力の抜けた笑みを浮かべた。

「ああ、よく言ってくれましたわ、アンヌ。確かに考え事をする時には大切ですわね、お茶とお菓子は。すぐに用意していただきたいですわ」

そうして、ミーアの命を受けて、素早くお茶の準備を始めるアンヌであった。


さて、小休止の後、ミーアの目の前には、淹れたての紅茶と、大きめのクッキー二枚が運ばれてきた。

二枚ではちょっと少ないような気がしないではなかったが、夕食前であることを考えると、こんなものだろうか。

「うふふ、やはり、考え事をする時には甘い物とお茶、ですわね」

上機嫌に笑うミーア。その正面にはパティが座る。さらに、その両隣にはルードヴィッヒとシュトリナがそれぞれ座っていた。

アンヌだけは、やはり気遣うようにパティのそばに立ち、ミーアの指示があれば、すぐにでも動きだせる姿勢をとっていた。メイドの鑑である。

——本当に、アンヌにはいつも助けられてばかりですわ。

っと心の中で感謝しつつも、さっそく、クッキーを一口。

さくり、さくり……。

それを紅茶で洗い流す。

——おや、このクッキーなかなかですわね。甘さが控えめですけど、その分、上品なお味……。

うーん、もう一枚。

さくりさくり……。

紅茶をもう一口。うーん、美味しい！

「ミーアさま……よろしければ、少し状況を整理いたしたく思いますが……」

ふと、そんな声が聞こえる。視線を上げると、ルードヴィッヒがこちらを見つめていた。

「ええ。そうですわね。現状わかっていることと、疑問点を挙げていただけるかしら……？」

「では、僭越《せんえつ》ながら……」

眼鏡の位置をクイッと直し、ルードヴィッヒが話し始める。

「まず、今の休憩時間に、ジルベールに確認をとってきました。クラウジウス候ハンネスさまが、ご病気を召しておられた、という話は、少なくとも公の記録には残っていないようです」

「なるほど。ということは、やはり完治したということかしら……あるいは……」

っと、ミーアはパティのほうに目を向けて、

「その病気というのは、薬を飲んでいる限りは、わかりづらいものなんですの？　目立った症状が出ないとか、そういうことは？」

「薬を飲んでいれば、少し元気がないぐらい。体が弱い子というぐらいです……。でも、飲まなかったら、衰弱して死んでしまう……」

「薬を飲まなければ、死んでしまう……ふむ。とすると……」

ミーアは、ゴクリ、と紅茶を飲んでから、テーブルの上に手を伸ばし……。その手が空を切る。

ミーア、思わず目を見開き、確認。クッキーのお皿が空になっているのを見つける！

「……妙ですわね」

わたくし、いつの間にクッキーを食べたのかしら……？　と、思わず首を傾げるミーア。それに同調するようにルードヴィッヒが頷いて。

「ええ、ミーアさまの仰るとおり妙です。もしも、薬を与えないだけで死ぬというのであれば、わざわざ、イエロームーン家を使って殺させる必要がない。薬を与えなければいいだけですから……」

その指摘に、シュトリナが続く。

「お父さまの代になって以降、イエロームーン家は一人の暗殺にも関与していない。暗殺対象は国外に逃がし、いずれ、蛇と袂《たもと》を分かつ際の味方にしようとしていたから……。だから、そんな症状を持つ人を、なんの備えもなしに国外に逃がしたとは思えません」

「確かにそうですわね。リーナさんのお父さま……ローレンツ卿は、抜け目ない方ですし……。となると、病気が完治したのか、あるいは、蛇以外から薬を継続的に手に入れる手段を得ていたのか……」

クッキーから瞬時に思考を切り替え、さも〝まさに、そのことを考えていました〟的な顔を作るミーア。熟練波乗り士の面目躍如といったところだろうか。

「いずれにせよ、ハンネス大叔父さま……？　にお会いして聞いてみなければ、なんとも言えませんけれど……」

っと、その時だった。不意に、ドアが勢いよく開いた。

「ミーアお姉さま！」

賑やかな声をあげて入ってきたのは、ベル探検隊の一同だった。

「もう、ベル、少しはしたないですわよ？　もう少し慎み深く……」

「そんなことより、気になるものを見つけたんですけど、見ていただけますか？」

ミーアの注意を華麗にスルーしつつ、ベルが差し出してきたもの……それは……。

第十四話　ベルの発見！

時間は少しだけ遡る。

ミーアがパティと真剣な話をしている頃、領主ハンネス・クラウジウスの私室にて。

ベル探検隊の奮闘（奮闘……？）が続いていた。

やはり、怪しいのは大量の本に違いない！　と鋭い観察眼で見抜いたベルは、部屋にある本を片っ端から、手に取り……。パラパラーッとめくってから、

「ふむ……」

そっと閉じて、本棚に戻していく。

まぁ、それも無理のないことではあった。なにしろ、この部屋の本の約半数は、帝国語で書かれているが、一ページも読めば、頭が痛くなってくる代物だった。さらに、四割は帝国語で書いてあるはずなのに、そもそも、読んでも意味がわからない難解なものだった。

そして、残りの一割は外国語で書いてあるものだった。

端的に言ってしまうと、ベルが読める本はほぼなかったわけで……。

「やっぱり、どの本を動かしても隠し通路が出る、みたいなことはなさそうですね。うーん、残念……」

早々に、本の内容から何かを発見することを断念。部屋の仕掛けへと興味をシフトしたベルである。スパッと割り切れる、判断力に優れたベル隊長なのである。

「ねぇ、ベルお姉ちゃん、このご本は……」

その時だった。キリルが一冊の本を胸に抱えて、おずおずとやってきた。

「ほう、それは……」

その本の表紙には、なにやら可愛い魚の絵が描かれていた。受け取ったベルは、しげしげとそれを眺めて……。

「これは、子どもの本……でしょうか。なんだか、薄いし、絵がたくさん描いてありますね……。これなら、ボク……じゃなくって、キリルくんやヤナちゃんも、退屈せずに読めるんじゃないかな」

……念のために言っておくと、ベルは別に本が嫌いではない。読めないわけでもない。

ただまぁ、難しい本は得意じゃないし、エンタメ性のない本は、こう……頭に入ってこないだけなのである。

そんなわけで、その絵本をぱらぱらと、めくっていると……ふいに、一枚の紙が落ちた。

「あれっ、これ、なんでしょう……？」

ひらり、ひらりと舞いながら、床に落ちた紙。一瞬、ページが取れて落ちたのかと思ったが、拾い上げて見ると、文字は書かれていなかった。

そして、奇妙なことに、そこには、小さな穴がいくつも開いていた。

「んー、それは、虫食いの穴か……？」

後ろから覗き込んできたマティアスが、顎に手を当てて首を傾げる。が……。

「いえ、違うんじゃないでしょうか……」

ベルは、穴の様子を見て、そっと目を細める。それから、持っていた本の縁と重ねてみて……。

「これ、穴の高さが、揃ってるところがあるみたいです。例えば、ほら、左から一つ目の穴と、四つ目の穴の高さがピッタリ揃っている。同じように、二つ目と七つ目とが揃ってるみたいです」

そう言って、ベルは、うむーむ、と唸る。

「これは、もしかすると、人の手で開けられたんじゃ……。でも、なんのために……?」

「ただの悪戯じゃないんですか?」

不思議そうに首を傾げるヤナに、ベルは、確信のこもった顔で首を振る。

「多分、違います。それにしては揃いすぎてる。ほら、ピッタリ高さが合いますから……」

それから、ベルは、ふぅむ、っと眉間に皺を寄せ、こめかみを指でトントン、と叩く。

「この紙になにか文字が書かれていれば、穴になっている文字をつなげて、なにか意味が出てきそうですけど……。それとも、なにか本のページに重ねると文字が浮かび上がるとか……」

微妙な知恵の冴えを見せるベルであったが、無論、彼女オリジナルのアイデアではない。

すべては、ベルが読んだ本……エリス・リトシュタインの著書『貧しい王子と黄金の竜　~草原の賢者の十二の問答~』によって得られた知識である。

それは、主人公である王子が、草原の賢者と呼ばれる謎の老人から出された謎を解いていくお話だった。

物語の各所に『賢者からの提題』と呼ばれる暗号が配置されていて、さらに、途中で賢者が、密室から姿を消すなどという驚きの仕掛けが施された一冊になっている。

ファンタジー、恋愛に続き、ミステリにまで手を伸ばしてしまったエリスである！

そのうち、空想科学に挑戦し始めて、ミーアたちの時間転移の謎を解明してしまわないか、甚だ不安である。

「うーん、でも、どれも違うみたいですね。なにか、ものすごい秘密が隠されていそうな気がするんですけど……。これ、なんとなくですけど、宝の地図って感じがします……ふむ、となると……あ、もしかして、穴とか関係なく火で炙《あぶ》ると出てくるとか……」

「あ……あの、み、ミーアさまのところに持っていったほうがいいんじゃ……」

ヤバいことをつぶやくベルを、この中では一番の常識人のヤナが止めにかかる。幼いヤナが一番の常識人であるあたり、ベル冒険隊の危うさが匂い立つところであった。シュトリナやアンヌを欠いていることが悔やまれる。

「火で炙ったりしたら、燃えちゃって、解けるものも解けなくなってしまうかも。だから、ええと、そのまま持っていったほうがいい、と思います」

ヤナの必死の説得。それをジィッと聞いていたベルは……。

「なるほど。確かにそうですね。ミーアお姉さまなら、こんなのあっという間に解けるに違いありませんね。うん、そうしましょう」

ポンッと手を打ち、素直に頷いた。

基本的に、ベルには謎解きを自分でやってやろうという気概は、そこまでない。

ベルは、謎解きとか特に気にせずに小説を読み進め、答えが出た時に、純粋に驚きたいほうなのだ。

「じゃあ、行きましょう！」

そうして、ベル率いる冒険隊は、お宝の地図（ベル解釈）を手に、ミーアたちのもとへと向かったのだった。

第十五話　ミーア姫、かぶる……！

「あら……この紙……穴が空いてますわね」

ベルが差し出してきた紙を受け取って、ミーアは小さく首を傾げた。ゆっくりと、それを指でなぞってから……。

「これは、虫食い……かしら？」

「おお！　やはり、ミーアもそう思うか！　私も同意見だったぞ」

嬉しそうに笑みを浮かべるのは父、マティアスであった。

ギョッとしたミーアは、思わずベルのほうに目を向けると……。

「はい。パパもさっき同じことを言ってました」

ベルはニコニコしながら頷いて、

「やっぱり親子ですね」

「わはは、そうだろうそうだろう。さすがは我が娘ミーアだ。わはは！」

よほど嬉しかったのか……上機嫌に笑うマティアスである。

ウザ！　……と思ったミーアであったが、当然、口に出すようなことはせず、ただ、頬を引きつらせつつ……。

「い、いえ。よくよく見れば、穴の位置が揃ってますし、虫食いなはずがありませんでしたわね。わたくしとしたことが、ついうっかり愚かなことを言ってしまいましたわ」

それから、ミーアは改めて紙を見つめて、真剣に……真剣に！　考えて……！

「これは……もしや、火で炙ると文字が浮かび上がるとか……」

「ああ、やっぱり、そう思いますよね。ボクと同じ考えです！」

今度はベルが嬉しそうに声を上げる。

「さすがは、ミーアおば……お姉さまです。うふふ、意見が合うなんて嬉しいなぁ」

お気楽な笑みを浮かべるベルに……ミーア、若干の渋い顔をする。

――真剣に考えた結果がベルと同意見というのは……どう考えればいいのかしら？

っと、そこで、横からシュトリナが手を差し出して、

「ミーアさま、失礼いたします」

紙を受け取ったシュトリナは、そっとそれを鼻に近づける。瞳を閉じて、小さな鼻をひくひくさせてから……。

「一般的な、炙り出しに使う薬品には、特徴のある匂いがつくものですが、これからは感じられません」

紙をミーアに返しながら、シュトリナは続ける。

「無臭の薬品を使ったか、あるいは、年月を経るうちに匂いが薄れてしまった可能性もありますが、今の時点で火に当てるのは、リスクが大きいと思います」

「ふむ……。なるほど……。とすると……」

再びミーアは、ジッとその紙を眺めていたが……ふと、なにか思いついたのか、ポン、と手を打ち、

「ああ。そうですわ。パティに聞くのがいいんじゃないかしら？」

なにしろ、パティは、この屋敷のもともとの住人である。しかも、この紙を残したのは、恐らく彼女の弟のハンネスのはずなのだ。

一瞬、そんなことしたら、父にパティの正体がバレるんじゃゃ？　と考えなくもなかったが……。横目で窺った限りでは、父は、ちょっぴりお馬鹿な高笑いを続けている。

――まぁ、大丈夫ですわね。この感じなら、たぶん。

そもそも、時間を超えて幼き祖母が、この時代にやってきた、などという事態を想像しろというのが無理な話なのだ。

ということで、ミーアはパティに目を向けた。

話を振られたパティは、目をパチパチ瞬かせていたが、おずおずとその紙を受け取る。

「どうかしら、パティ。これに、なにか心当たりはございますかしら？」

言いつつ、ふと、ミーアは思った。

――しかし、よくよく考えると、この紙がなにか大きな手掛かりになっていると考えるのは、早計なのではないかしら？　仮にこの穴が人為的に開けられたものであったとしても、ハンネス卿に繋がる手掛かりになるとも限りませんし……。そもそも、屋敷にいた子どもの、ただの悪戯ということも考えられますわ。

「これは……」

紙を受け取ったパティは、マジマジとそれを見つめた。そっと紙の表面を細い指でなぞって、それから、ハッとした顔をする。

「音……」

「え……？」

パティはミーアのほうに目を向けて、それから、もう一度、紙に目を落として……。

「これは、音を記録したもの……。シューベルト侯爵家の、あの楽器があれば、弾けると思います」

「ほう。音を……」

唸るミーアの後ろで、ルードヴィッヒが手を打った。

「ああ、そうか。聞いたことがあります。十年近く前から、教会では、伝統的な聖讃美歌を民衆が歌えるように、音を記号で表す試みをしていると……。確か、発案者の名前をとってヨルゴス式音階とか……」

音楽は、神が民に与えた喜びの表現法……と、神聖典は語る。

神を讃え、種蒔《ま》きに、収穫に、その御業を感謝する時に、人々は音楽を使ってきた。

けれど、それが、真に民衆のものになったのは、つい最近のことだった。

教会のとある神父が発案した表記方法。通称ヨルゴス式楽譜が登場するまでは、音楽を表記する方法は、この世界にはなかったのだ。

ゆえにそれまでの音楽は、楽器を扱う専門の職人によって、師から弟子へと伝わるもの。あるいは、歌い継いでいくもの、と思われていた。

人々が真の意味で音楽に親しむようになったのは、西方の小国に派遣された神父ヨルゴスによって、十二の音階の表記法が発案されてからのことで……。けれど……。

「え？　そんなはずない。だって、これは、私とハンネスが考えたんだから……」

パティは、目を見開いて言った。

「あの楽器を弾いて、二人で遊んだの……。私たちだけが知ってることのはず……」

その言葉に、紙を手にしたルードヴィッヒは、すっと眼鏡の位置を直した。

「もしも、それが本当であれば、その神父とハンネスさまは、なにか、繋がりがあるのやもしれませんね」

「なるほど。ハンネス大叔父さまから聞いたことをもとにして、その神父さまが、音階表記法を発案したと……」

顎に手を当てて、考え込むミーア。そのすぐそばで、

「ヨルゴス神父って……もしかして……」

ヤナが弟、キリルの顔を見た。

「もしかして……あの時の……」

「どうかしましたの？　二人とも」

問われ、ヤナは意を決した様子で頷いてから、

「ミーアさま、あたしたちを保護して、セントノエルに送ってくれた神父さまの名前が……確か、ヨルゴスって言っていました」

「あら……それは、意外な偶然ですわね。ということは、ハンネス大叔父さまは、ガヌドス港湾国に脱出した可能性がある、ということかしら」

ミーアは腕組みしつつ、唸る。

「同名ということも考えられます。ミーアさま、ヴェールガのラフィーナさまに確認を取ってみるのがよろしいのではないでしょうか？」

ルードヴィッヒの言に頷きつつも、ミーアは腕組みする。

「ラフィーナさまと……それに、ローレンツ卿にも連絡が必要かしら？　ハンネス大叔父さまを国外に逃がしたのは、他ならぬイエロームーン家なのでしょうし。どこの国に脱出させたのか、確認が必要ですわね」

シュトリナのほうに目を向ける。と、シュトリナは静かに頷き、

「すぐに、お父さまに確認をとります」

「ええ。お願いしますわね。ただ……、いずれにせよ、ガヌドスに行くより前に、シューベルト邸

ですわね……」

第十六話　彼の目指す剣

さて、ミーアを筆頭とする頭脳班（ごく一部を除く）が奮闘している頃、屋敷の警備にあたっていた者たちもまた、しっかりと仕事をしていた。

「どのような事態にも対応できるよう、しっかりと周囲を固めておくように」

指揮するのは、始まりの皇女専属近衛隊員《プリンセスガード》こと、忠義の兵、オイゲンだった。

てきぱきと部下に指示を飛ばす彼のそばには、アベルとディオンの姿があった。

「敵の侵入を防ぐことはもちろんだが、館を出なければならなくなった時の、脱出路も想定しておく必要がありそうですね」

顎に手を添えながら、アベルが言った。

兵の数が揃っていれば、館への侵入を防ぐのは、そう難しいことではない。

逆に、屋敷に火を放つなどして、燻《いぶ》し出されたところを奇襲されるほうが危険そうだった。

城壁を打ち破り、外から城を攻め落とすのは楽ではない。それよりは、なんとかして城から出させるか、あるいは、こっそり内部に侵入する方法を考えるほうが幾分楽なものなのだ。

「なるほど。確かにその通りですな。いくつか脱出経路を想定しておいたほうがいいでしょう」

そう頷くと、オイゲンはすぐに部下に指示を飛ばす。

「ディオン殿は、なにか、お気づきのことはありますか？」

「そうだね……。まぁ、土地勘がないわけだから、警戒するに越したことはないと思うけどね……。僕としては、こっそり中に潜入される危険性も決して低くはない、と思ってるよ」

「それは、シューベルト邸のように、秘密の通路がこの屋敷にもある、と……？」

そう眉間に皺を寄せるアベル。

「無論、それも一つの方法だ。しかし、正面から突破してくるかもしれない」

ディオンは、静かにオイゲンに目を向ける。

「ここを襲うなんていうんだったら、当然、敵は手練れだろう。もしも、あの狼使いと同程度の暗殺者が送り込まれたら……。君たち近衛兵は精鋭には違いないが、それでも、二人程度ならば声を上げる間もなく殺されるだろう」

「なるほど……。では、最低でも三人一組で行動するようにしましょう。そうすれば、声を上げて警告を発せるでしょう」

オイゲンは、特に怒った様子もなく、当然のことのように言った。

「そうだね。欲を言えばあと一人追加して、戦わずして、敵を威圧することを考えたほうがいい。兵の損耗はできるだけ防ぐべきだし、そのほうが姫さんも喜ぶだろう」

それから、ディオンはアベルのほうに目を向けた。

「姫さんが喜ぶといえば、アベル殿下は、こんなところにいてもよろしいんですか？」

わずかにからかうような笑みを浮かべて、ディオンが言った。

「ああ、あちらにはミーアもいるし、ルードヴィッヒ殿や、その後輩殿もいる。ボクがいても、あまり役に立てるとは思えなかったのでね」

ルードヴィッヒはともかく、ミーアが戦力として考えられている辺りに、致命的な計算ミスがあるような気がしてならないのではあるが……。

「それに、時間があれば、ディオン殿に稽古をつけてもらおうと思ったのだが……」

「稽古、ですか……ふーん」

すぅっと瞳を細めて、ディオンがアベルを見つめる。

「別に構いませんが……。ただ、もしも稽古をするのであれば、その前に方針を決めていただきたいですな」

「方針……？　というと？」

不思議そうに首を傾げるアベルに、ディオンは姿勢を正して言った。

「アベル・レムノ王子殿下……。あなたは、剣になにを求めているんですか？」

「なにを、求めて……？」

虚を突かれたような顔をするアベルに、ディオンは続けた。

「あなたは強いですよ。王族が戦場に出なければならないのだとしても、そのぐらい強ければ十分でしょう。それ以上を求めるのであれば……ただ漠然とした強さではなく、しっかりと、具体的なヴィジョンが必要なのではないか、などと思いましてね……」

それから、ディオンは、そっと腕組みをして……。

「レムノの剣聖、ギミマフィアス殿の教えは徹底していたのではないですか？　あの御仁は、王が必要とする剣術というものをよくご存じだ。戦場において、王が斃《たお》れることの意味を、彼はよく知っているのでしょう」

アベルの脳裏に、レムノの老剣士の顔が思い浮かぶ。

彼は、圧倒的な剣の技量を持ちつつ、常に、どんな手を使ってでも勝つこと、最後まで戦場に立ち続け、生き残ることを強調していた。

「では、あなたのご友人、シオン殿下の剣はどうか？　あれは天才の剣。されど、サンクランドの剣の本質は、正義を執行する、正々堂々たる剣。シオン殿下も、また、それに倣《なら》った剣の使い手となるでしょう」

相手の攻撃を、正々堂々と正面からいなし、圧倒的な一撃によって粉砕する。

卑怯《ひきょう》さを一切含まない正義の剣。それこそがシオンの剣だ。

「そして、僭越ながら、僕、ディオン・アライアの剣は、戦場で百人、二百人を斬り倒す剣。恐怖と威圧により、相手の足を止めることを目指した剣です。まぁ、自分で言うのもどうかと思いますがね」

ディオンは肩をすくめて言った。

「いや、正直、ミーア姫殿下の剣として、このやり方じゃダメだと、自分でもやり方を模索しているところなんですが……。まぁ、それはともかく……」

静かな、けれど、鋭い視線がアベルを貫く。

「アベル殿下が目指す剣は、奈辺《なへん》にあるのか……。正直、他国の王子殿下にこのようなことを言うのはいかがなものかと思うのですがね……。ただ、あなたは、うちの姫さんの想い人。そして、あなた自身も、ご自身の将来を、姫さんの隣と定めているらしい。ならば、それを踏まえたうえで、聞かないわけにはいかなかったものでね」

「なるほど……それは、考えたことがなかったな……。そうか……」

アベルは、うつむき黙り込む。されど、沈黙は一瞬。すぐに答えは出た。

……否、答えは初めから決まっていた。

「ボクが目指すのは――ミーアを支え、守る剣だ」

顔を上げ、真っ直ぐにディオンを見つめて、アベルは言った。

「ミーアの盾となって守り、倒れそうになる時には支える、そんな剣術だ」

その言葉に、ディオンの目に、興味深げな光が宿る。それから、彼は悪戯っぽい笑みを浮かべて、

「ほう……。なるほど」

「盾……。そうですな……。それならば……実際に持ってみますか？　盾を」

「盾……？」

思わぬことを言われ、アベルは目を瞬かせた。

「僕の見たところ、あなたの剣は攻めの剣。上段からの強烈な振り下ろしにより、相手の体勢を崩し、終始優位を確立しようという剣。確かに強いが、誰かを背中に守りながら戦うには、不向きな

剣だ」

「なるほど、それを補うための盾か……」

「王族には相応しくない、ですかね？」

「いや、そんなことはない。ただ、盾というのは、考えたことがなかったな……」

物思いにふけるアベルに、ディオンは、彼にしては珍しく優しい笑みを浮かべるのだった。

第十七話　夜中の皇女子会

さて、とりあえず、シューベルト邸に帰るのは二日後にして……。予定通りこの日の夜は、クラウジウス邸に泊まることになった。

そう、あの……呪われたクラウジウス邸に……！

ということで……。

「……まぁ、ハンネス大叔父さまが生きているのであれば、呪いとかも嘘でしょうし……うん。大丈夫に違いありませんわ」

ミーアは、ベッドの上でぶつぶつつぶやいていた。

アンヌも一緒に……と思っていたミーアであったが、父が同行しているので、あまり好き勝手なことはできない。本来、主人と従者とは、同じ部屋で寝たりはしないものなのだ。否、そもそも、高貴なる姫殿下というものは、広い部屋に一人で眠るのが普通なわけで……。

ミーアは、客室に一人きりだった。

「大丈夫、大丈夫……だいじょう……ぶ？」

がたり、とどこかで音がする。

びっくーんっと跳び上がったミーアは、そのまま、ベッドの中に潜り込み、ギュッと目を閉じた。

「醍醐羊《サルビルシープ》が一匹、醍醐羊が二匹……美味しいミルク、飲みたいですわ……」

雑念混じりに、羊の数を数え始めたミーアであるが……睡魔はなかなか訪れない。あまぁいホットミルクが飲みたくなってきて……眠気が飛んでしまう。

「羊を数えるからいけないんですわね。ここは、馬の数を数えて……荒嵐《こうらん》が一匹、東風《とうふう》が二匹……馬パンを久しぶりに食べたいですわね……」

ちょっぴり夕食の量が足りなかったミーアであった。

っと、その時だ。再び、がたり、と音が鳴る。それも、すぐそば……。ベッドの真下から！

びっくーんっと跳び上がったミーアは、恐る恐る、ベッドの下を覗き込んで……見たっ！

ベッドの下から、髪の長いナニカが這い出してくるのを……っ！

「ひっ！　ひぃいいいいいいっ！　あっ、アンヌ、アンヌぅっ！」

かすれた声を上げるミーア、その這い出してきたナニカは、ミーアの姿を見て、

「あ、ミーアお姉さま。よかった、無事に来られました」

ニッコリ笑みを浮かべた。

「へ……、あ……ああ。ベル……」

現れたのはベルだった。さらに、その後ろからは、パティが這い出してくるのが見えて……。

「二人とも、なぜここに……？　というか、なぜ、ベッドの下から？」

「えへへ。パティ、すごいんですよ。このお屋敷の隠し通路のこと、すごく詳しくって」

パティのほうを見ながら、ベルは笑った。

「なるほど……。隠し通路……そのようなものが……。しかし、なんだか、前にもこんなことがあったような気がしますわね」

そういえば、初めてベルと出会った時、同じように幽霊だと思ったんだっけ……。

ミーアは思わず懐かしい気持ちになる。思えば、あれから二年近く経つのか……と。

「……って、まさか、探検しようと思っただけなんですの？」

「はて？　そこに隠し通路がある。入るのに十分な理由じゃないですか？」

きょっとーん、と不思議そうに首を傾げるベルに、ミーアは思わず頭を抱えかけるが。

「ふふふ、というのは、冗談で。実は、パティが、ミーアお姉さまに用があるって言うんで、連れてきました」

「あら、パティが？」

首を傾げつつ、パティのほうに目を向ける。っと、パティは小さく頷いて、

「あの……どうしても聞きたいことがあって……」

おずおずと、パティは話し始めた。

「ミーアお姉さまが、私の孫だって……いうのは、本当ですか？」

「ええ。それはさっき言いましたわよね。本当のことですわ」

「ということは、ええと、パパ……じゃない。皇帝陛下が私の、子ども……？」

心なしか、顔色を悪くしながら、パティが言った。

「まぁ、そういうことになりますわね。あんな感じなので、不本意かとは思いますけど……、あ、でも、いい人ですわよ？　優しいし、そこまで悪い人ではありませんわよ？　だから、あまり気落ちしなくても……」

などと、自らの父を弁護するミーアだったが……。パティは、膝から崩れ落ちるようにしてうずくまる。それから、自らの頭を守るように、両手で抱えた。

「ありえない……。どうして……」

その口から、小さなつぶやきがこぼれおちた。

「どっ、どうしましたの？　パティ……？」

突然のパティの反応に慌てるミーア。パティは、うう、っと唸った後……。

「だって、マティアスって名前……犬の名前、だから」

「………はぇ？」

「マティアスっていうのは、私が昔飼っていた犬の名前です。私……どうして？」

などと、ガッツリへこむパティ。その一方でミーアは……。

「犬の名前……お父さまが……？」

脳裏に浮かぶのは、城に帰るたびに「パパと呼びなさい！」と言いつつ、走り寄ってくる父の姿……。ちょっぴり大型犬めいた、その姿をついつい思い出してしまって……。

思わず、ベルと顔を見合わせて……それから、ミーアとベルは吹き出した。

しばし、しかつめらしい顔をしていたパティだったが、ミーアたちにつられたのか、くすくすと小さな笑い声をあげる。

それは、とても……とても、楽しい時間だった。

「あ、そうですわ。せっかくですし、アンヌとリーナさんも呼んで女子会にするのはどうかしら？ ヤナも呼んであげて……。キリルくんにはご遠慮いただいて……」

と、そこまで言ったところで、ミーアは一瞬、黙り……。

「いえ、そうですわね……。やっぱり、せっかくですし、今日は三人だけで……。それに、時々、また、三人でお話ししましょうか」

考えてみれば、ミーアは祖母と話をしたことがない。ミーアが物心つく頃には、彼女は亡くなっていたからだ。当然、ベルだって、こんなことがなければ、パティと話すことはなかったのだ。

こうして、三人が集まって話をする……それは、まるで奇跡のような瞬間で……。

「いつ二人が元の世界に帰ってしまうかわかりませんけれど、それまでの間は、たくさんお話ししたいですわ」

そんなミーアの提案に、孫と祖母は、笑顔で頷くのだった。

第十八話　闇夜の邂逅《かいこう》

古来より、闇は悪と関連付けられてきた。

白日の下に晒《さら》す、という言葉のあるとおり、日の光は容赦なく、すべての悪事を照らし出すもの。

隠したいこと、後ろ暗いことのある者たちは、必然、日の光のない夜を愛し、月明かりすらない新月を恋い慕う。

そのような、薄い闇のベールに覆われた町。領都クラウバルトを二人の男が歩いていた。

「やれやれ、相も変わらず、帝国の叡智は動きが速い」

ゆったりとした歩みで裏道を行くのは蛇導師《じゃどうし》、火燻狼だった。

「ここに来るのは、もう少し後かと思ってましたがねぇ……」

まぁ、それでもあまり変わりはなかったか、と自嘲の笑みを浮かべる燻狼である。

——準備の時間がなければ、動きが取れないってのに……。まったく、困ったもんです。

燻狼の考える蛇の本質……それは、崖から落ちそうになっている人間の背中を、そっと押してやることだった。

あるいは、社会の中に溶け込んで、崩れそうになっている場所を見つけ、そこに、ちょっとだけ力を加えること。存在に気付かれることなく、関係性を破壊して、世界を少しだけ悪いほうへと導くこと。

小さな悪意、一日一悪。それこそが肝要《かんよう》。

その悪が積み重なれば、歴史の流れは少しずつ、混沌のほうへと流れていく。

「だというのに、あの帝国の叡智ときたら、崖に落ちそうになってる人間を片っ端から助けるばかりか、崖のほうに向かわないように立ち回ってくる。まったく厄介なことです……」

燻狼の基本戦術は、徹底して、敵に気取られないことだ。そのために、直接的な攻撃は、得意ではないのだ。仕込みにはそれなりに時間がかかるし、顔が割れているとやりづらいことこの上ないわけで……。

「帝国の叡智の先兵だけでも排除できていれば、意味があったんじゃないのか？」

隣で不満そうな顔をするのは、額にバンダナを巻いた男、蛇の刺客の男だ。

燻狼とは違い、直接的な暴力によって悪をなす、その力を持ち合わせた男だが……。燻狼の見たところ、頭のほうは、あまりよくはないようだった。

――話してて楽しくはあるんですけどねぇ……。

などと言う燻狼の心に気付いた様子もなく、バンダナの男は続ける。

「この町で、派手に動き回ってるって噂だっただろう？　連中を殺すだけでも……」

「あれは、罠《わな》でしょう。情報の流れが露骨すぎましたよ」

ゲルタにも言われていたこと……。帝国の叡智が、今は亡きクラウジウス侯のこと、その家を調べているということ……。

それを聞いていた燻狼は、気まぐれに、確認のために立ち寄ったのだが……。来て早々に、クラウジウス家のことを調べて回る男たちの情報に接することができてしまった。

「あの帝国の叡智の手の者が、こんなにもわかりやすく、情報収集なんかするわけがない。明らかに罠ですよ。下手に食いついたら、どんな目に遭うことやら……」

「罠ごと食い破ってやればいいと思うが……しかし、なるほど……。それもそうか。権力を持った者にとって、末端の者の命など金貨よりも軽いのだろうな。わざわざ、敵の計算に乗ってやる必要もなし、か」

以前から思っていたことだが、このヴァイサリアンの末裔《まつえい》は、どうやら、権力者というものがひどく嫌いらしい。さて、過去にどんなことがあったのやら……などと思っていると。

「だが、それならば、直接、帝国の叡智を狙《ねら》えばよかろう」

なかなかに、無茶なことを言い出した。

「クラウジウス邸を急襲すると？　なるほど、勇敢なアイデアですねぇ。騎士団の一つでも動かせれば考えてもいいのかもしれませんけれど」

「なにも警戒が厳しい館に突入することはない。火でも放てばよいのだ。出てきたところを襲えば、隙も作れよう」

なるほど、ただ、何も考えず突っ込むよりはマシかもしれないが……。

「ミーア・ルーナ・ティアムーンを知恵で出し抜こうなんて、無茶なんじゃないですかねぇ」

想定外の攻撃であれば、隙も作れるだろう。けれど、すべて予想済みであったなら、それも難しい。

「帝国の叡智を侮るべきではない。あの者は、我らの巫女姫さまの知恵を上回り、ティアムーン帝国、レムノ王国、サンクランド王国の危機を防ぎ、騎馬王国の問題を解決してのけた……。初代皇帝の数百年越しの計画さえ、今や、風前の灯だ……」

口にして、改めて思う……。いや、すごいな！　と……。

とてもではないが、人間業とは思えない。

「あのような、叡智の持ち主と真っ向から知恵比べなど、愚かにもほどがある」

「俺に言わせれば、お前のやっていることのほうが、よほど滑稽に思えるが……」

眉をひそめて、彼は言った。

「そのように、袋を壁にこすりつけることに、いったい何の意味があるというんだ？」

「わかりませんか？　臭いですよ」

「ははは、なるほど。旅の途中だ。水浴びもできてないから、臭うだろうよ。その臭いを建物に擦り付けて、嫌がらせをすることで、世界に悪意をばらまこうって寸法かな？」

「それはまた、地味に嫌な悪意の発露《はつろ》で……。実に心惹かれますがね」

燻狼はニヤリと口元を上げ……。

「今、相手にしてるのは、人じゃないんですよ、生憎と。もっと鼻の良い……おや？」

その時だった。二人の前に、立ち塞がる影が見えた。それは……。

「見つけたぞ。やはりいたか。燻狼」

火族の族長の妹、火慧馬と、その相棒の羽透の姿だった。

「おやおや、これはこれは慧馬ではありませんか……」

目当ての人物が現れたことに、内心でほくそ笑みつつ、燻狼は、ことさらに親しげな口調で話しかけた。

「このようなところでお会いできるとは……ははぁ、なるほど。兄の馬駆《マク》同様に、帝国の叡智の犬になりましたか……」

煽《あお》る……煽る！　それに対し、慧馬は、素直にムッとした顔で……！

「失敬な。犬などではないぞ、狼だ！　それも、しっかりと飼いならされた優秀な狼だぞ！　間違えるな。なぁ、羽透」

頭を撫でられて、羽透が、ぼうふっと鳴く。

……狼ならいいんだろうか？　というか、飼いならされた狼って犬なんじゃや……？　などと、至極まっとうなツッコミの言葉が思い浮かぶ燻狼だったが、それを苦笑で呑み込んで……。

「それはそれは……。それで？　その狼さまが、このようなところでいったいなにを？」

「知れたこと。我は、戦士だ。我が友ミーアを守るため、そして、兄、火馬駆の仇を討つためにきた。お前たちを見つけられたのは、幸運以外の何物でもない」

そんな慧馬の言葉に反応したのは、隣の男だった。バンダナの男は、興味深げに慧馬のほうに目を向けて……。

「ほう！　兄の仇討ちとは面白い。その狼を使って、俺と戦おうっていうのか？　それとも、お前自身が剣を取るつもりか？　戦士の小娘よ」

バンダナの男は、嘲笑《ちょうしょう》を浮かべ、剣を抜く。

「まぁ、俺はどっちでも構わないがね」

「ああ。殺さないでくださいよ？　あれは、人質にするんですから」

慌てて、燻狼が言った。

そう、それこそが、彼の狙いだ。

かつて、ミーア・ルーナ・ティアムーンを追い詰めたやり方……。

彼女の大切な者を人質にしておびき寄せる。帝国の叡智唯一の弱点を突く策である。

対して、慧馬は、ふふん、っと鼻で笑い、

「我が戦うまでもない。さぁ、こい！　帝国最強の騎士ディオン・アライアよ！」

堂々と胸を張り、声を上げた！

朗らかに、高らかに、慧馬の声が夜空に響き……。響き？

「…………あれ？」

一瞬の沈黙。慧馬は不思議そうに首を傾げる。

「変だな……。こうすれば、いいと確かに……」

っと、その時だった。

「やれやれ、そう勝手に出歩かれて、呼ばれても困るんだけどね……」

ぬうっと……闇の中から現れる、一人の男。

戦場において鍛え上げられた体躯《たいく》、その腰に二本の剣を佩《は》いて……。涼やかな笑みを浮かべて立つ、その人物は……。

「お、おお……本当に来たな。ディオン・アライア。イエロームーンの娘の言ったとおりだ……」

慧馬は、感心した様子で言った。

そうなのだ……。慧馬は、ミーアの助言に素直に従い、シュトリナに助言を求めに行ったのだ。どうすれば、ディオン・アライアは怖くなくなるか……？　と。

その問いに、シュトリナは、うーん、と唸った後、

「武器を持って立ち向かおうとしないのが一番。それさえ守っていれば、殺されたりはしないし、逆に襲われている時にフラッと助けにきてくれたりすると思うけど……。あの人、神出鬼没だし……」

正直、半信半疑だった慧馬なのだが……シュトリナの目論見通り、ディオンは現れた。

「さすがは、ディオン・アライアの専門家。ミーア姫が推薦するだけのことはある。今度から、我が師と敬うことにしよう！」

まるで、凶暴な狼を手なずけた時のような快感に、ちょっぴり驚きつつも、いい気分になっている慧馬に、ディオンはチラリ、と視線を向ける。

「ははは。なんだか、便利に使われているみたいで、ちょっと不快なんだけど……」

チャキッと剣を鳴らすと、慧馬はびっくーんと跳び上がった。

それから、すすすっとディオンから距離を置きつつ……。

「いや、まぁ、その……わっ、我は別にディオン・アライアを顎で使ったわけではないぞ？　ただ、

我が友ミーア姫に敵対する輩を見つけたので、ここは、帝国の叡智の剣たる貴殿の出番かな、と思って呼んだだけで、決して……」

と、早口に言う慧馬。やれやれ、と首を振り、ディオンは言った。

「まぁ、別にいいけどね。君は姫さんのお友だちだし、今回は大目に見るよ。しかし……」

と、そこで、ディオンは改めて、燻狼に視線を向ける。

「またしても人質とはね。何番煎じかな？」

剣を抜き、肩に背負う。

「さすがに飽きてきた感は否めないのだけど……」

「有効な手は何度でも使う。ごく当たり前のことをしているつもりなんですがね……」

と言いつつ、燻狼は一歩足を引いた。できれば逃げたい、と全身で表すその傍らで、もう一人の男が剣を引き抜いた。

『武器を持って立ち向かおうとしないのが一番』

なぁんてシュトリナの言葉を、慧馬が思い出した次の瞬間。

「そうだったね。ああ、特に前回は上手いことやられたんだった……！」

直後、ディオンの姿が消える！

目を見開く慧馬の、その視界の中。空を覆っていた雲が切れ、月光が差し込んできた。

淡い光の中、現れたのは、燻狼に向かい、剣を振り上げるディオンの姿で……。

その、化け物じみたスピードに、慧馬は思わず……。

「……こ、こわぁ……でぃ、ディオン・アライア、こわぁっ！」

ドン引きした様子でつぶやいた。


一方、ドン引きする余裕すらなかったのは、燻狼だった。

突如、目の前に出現したディオン。剣を振り上げたその姿に、彼は思わず、その場にへたり込む。

「ひっ、ひぃいいいいっ！」

腰を抜かしたように……あるいは……そう見えるように。

直後、振り下ろされる刃、けれど、彼を守るように割り込んでくる者がいた。

「おお、いい太刀筋だが、素直に喰らってやるほど甘くはないぞ」

燻狼の相棒、バンダナの男は嬉々とした様子で、ディオンの斬撃を受け止める。

その手に持つのは、独特のフォルムをした曲刀。

それは、ガヌドス港湾国の近郊の海賊が好んで使うものだった。

「はっはー！」

ディオン・アライアの剛撃を受け止めて、得意げに笑う男、だったが……次の瞬間、その体が、真横に吹き飛ばされた。

くるりと体を反転させたディオンが、蹴りを放ったのだ。

――こいつ、お行儀の良い騎士って感じの動きじゃないねぇ。戦い慣れてるよ。

などと冷静に分析しつつ、燻狼は腰を抜かした演技を忘れない。その甲斐あってか、どうやら、ディオンの興味は、相方の暗殺者のほうに向かってくれたらしい。

「ほう、狼使いを葬ったというのは、君か」

剣を肩に担いで、ディオンは、のんびりとバンダナの男に歩み寄った。

「腕は悪くないみたいだが、まだ青いな。アベル王子のほうがよほど覚悟が決まってるよ」

「この俺が、生ぬるい王子の剣に劣ると……？」

「よかったよ。もしそう聞こえていなかったのなら、剣だけでなく、理解力まで王子殿下に劣るところだった」

「殺すっ！」

激高する蛇の刺客は、再び、ディオンに挑みかかっていき……。

──って、まともに戦ったらまずいんですけどねぇ。ああ、しかし、失敗しましたねぇ。ディオン・アライアがここまでの男とは。

燻狼は、己の判断ミスを悔いていた。

いかに、同じ町に帝国の叡智が訪れていようと、下手にちょっかいを出してはいけなかったのだ。それは……彼のやり方ではなかったのだ。

──上手くいかないことが多すぎて、焦りがあったということか。慣れないことをした報いですねぇ。

あわあわ、と口を震わせつつ、彼は、ディオンたちから離れるようにして後ずさる。後ずさりつつ……視線を巡らせる。その先にいたのは、火慧馬だった。

そう、確認すべきは……慧馬の視線から外れることができたかどうか、である。

火燻狼は、とても器用な男だった。彼は自らを「取るに足らぬ存在」であるかのように見せる術を心得ていた。

まぁ、実際問題として、戦闘力的に言えば、燻狼は取るに足りない存在には違いないので、演じることに、あまり苦労はないわけで。

その結果、彼はディオンの注意から外れ……慧馬の視線からすらも逃げ切ることに成功する。

彼らの注意の外、陰の中に潜んだところで、彼は改めて状況を確認する。

残された時間は少ない。あの男と戦っているからこそ、ディオンの注意は逸れているだけで……。

――あいつが倒されるのは時間の問題。そうしたら、次は俺の番ということになりますからねぇ。

ならば、どうするか……？

この絶対的な危機にあって、彼が活路を見出だしたのは、慧馬の存在だった。

火慧馬は、かつては族長の戦士たちを率いて、略奪隊を指揮していた。

本人も、兄仕込みの剣を使う、なかなかの手練れである。その腕前は、恐らく燻狼を凌《しの》ぐ。

ゆえにそこに油断がある……っと、燻狼は踏んだのだ。

そして……その予想は当たる。慧馬の視線は、今、ディオンに向いていた。

「よし！　やれ、ディオン・アライア！　我が兄の仇を取るのだっ！」

しかも、調子に乗っていた！

――さて、それじゃ、ま、やりますかね。

燻狼は、小さくつぶやくと、自らの剣の柄をひねる。柄から出てきた水と、自らの手のひらの中の粉とを混ぜ合わせ……。

「それっ！」

生まれたのは、強烈な光っ！

「なっ⁉」

っと、驚きの声を上げ、固まる慧馬。

きゃんっと弱々しい声を上げる狼を尻目に、燻狼は流れるような動きで、慧馬の後ろに回り込む。その体に腕を回し、鼻と口を布で塞いだ。

「むっぅっ！　ふ、ふんろ……ぅ……んぅ……」

バタバタと、一瞬、体を暴れさせかける慧馬だったが、すぐに、その体から力が抜けた。がくん、と膝を折りかける慧馬を抱きすくめつつ、一方で、混乱から回復しかけた戦狼には、

「近づいたら、お前の飼い主を殺しますよ？」

っと、念のために声をかけて足止めをする。さすがに訓練された戦狼なだけはあって、燻狼の言葉を聞いて、そこで動きを止めていた。

——さて、ここまでは計画通り。後は……。

ぐったりとした慧馬を抱えたまま、燻狼は声を上げる。

「ちょっといいですかね？」

その声に反応して、ディオンが大きくバンダナの男との距離を開ける。

一方で、バンダナの男は、追撃をかけようとはしなかった。その余裕は、どうやらなさそうだった。

──斬り殺されていないだけマシ、と言ったところでしょうね。彼も手練れではあるのでしょうが、このまま、戦えばどうなるかは明らか。やれやれ……。

ため息を吐きつつ、燻狼はディオンに目を向けた。

「さて、状況の確認、といきましょうか」

「まさか、その子を人質に剣を捨てろ、とでも脅してみるつもりかな？」

そう言いつつ、静かに刃を向けてくるディオンに、けれど、燻狼は肩をすくめた。

「いえいえ、そんな要求突き付けた瞬間、あなた、俺たちを殺しに来るでしょう」

人質が、かの帝国の叡智ならばいざ知らず。慧馬程度では意味をなさないことは、燻狼もよくわかっていた。

慧馬のために殺されてやるという選択肢は、ディオンの中にはないだろう。だからこそ、取引は「慧馬の命」と「ディオンの命」では成立しない。そうではなく……。

「慧馬には、すでに毒を投与しました。最終的には死ぬ類いの毒ですが……今すぐにイエロームーンのお嬢さんに見せれば、解毒することも可能……かもしれませんねぇ」

燻狼は容易に妥協する。

それは「慧馬の命」と「自分たちが逃げる時間」との取引だった。

──帝国の叡智は人質に弱い。その剣たるこの男も、少なからず影響を受けているはず。であれば……。

「ほう。すぐには死なないが、最終的に死に至る類いの毒……。しかも、イエロームーンのお嬢さまに見せれば、簡単に解毒できる……っと。あるものかな……？　そんなに都合のいい毒が……」

まるで馬鹿にするように、口元に笑みを浮かべるディオン。対して、燻狼は……。

「どうでしょうねぇ。どう思われます？」

できるだけ意味深に見える笑みを浮かべておく。

――まぁ、そんな都合のいい毒とか、ないんですけどね！

実際のところ、半ばヤケクソであった。

現在の、彼の手持ちの毒は、投与するとすぐ死んでしまう類いの、毒性が高いやつだけだった。

そもそもが根無し草。イエロームーン家のように、屋敷内に多種多様な毒を取り揃えておく、などということは、当然できないわけで……。

――かといって、すぐに死なれたら、奴はそのまま殺しに来るでしょうし……。

慧馬を抱え上げた瞬間、彼女が死んでることに気付いたら、容赦なく斬りかかってくるだろう。

であれば、慧馬は、きちんと生きていてもらわなければならないわけで……。

ということで、慧馬に与えたのは、ただの眠り薬だ。

以前、シュトリナを眠らせたのと同じものである。

「ちなみに、解毒はできるでしょうが、やるなら早くしたほうがいいと思いますよ。毒は毒。後遺症が残ったりするかもしれませんからねぇ」

無論、はったりである。後遺症的に言えば、ちょっぴり二日酔いっぽくなるかなぁ？　ぐらいの体をそらした燻狼が、それを顔に出すことはない。

そうして、彼はさっさと慧馬から離れる。慧馬を抱え上げるついでに、斬りかかられたら、ひとたまりもないからだ。

「慧馬を助けるためには急いでこの場を離れる必要がある」という脅しを生かすためには、「燻狼たちを斬り殺すには、それなりに時間を消費する」という状況を維持する必要があるのだ。

「なるほど。十中八九、嘘なのだろうが、嘘と断定できるほどの確証はない。それに、君が嘘だ、と口にすれば、それはそれで疑わしい」

ディオンは何の未練もなくバンダナの男から離れると、慧馬のそばに行き、その体を抱え上げる。

「ははは、どうやら我ながら油断していたようだ。どうも、自分の命以外がかかってる駆け引きは、あまり得意じゃないみたいだよ」

小さく舌打ちしつつ、ディオンは何の未練もなく、さっさとその場を後にした。

その姿が闇に消えるのを確認してから、燻狼は、ふぅーっと、息を吐いてへたり込む。

「っと、一安心している暇なんてありませんでしたね。さっさとここを離れなければ……」

やれやれ、と首を振りつつ燻狼は、地面に倒れ込んでいるバンダナの男のほうへと歩み寄った。

「大丈夫ですか？」

「なんだあれは……。化け物かなにかか？」

「さんざん言ったと思いますけどねぇ。ヤバいって」

呆れたようにため息を吐き、燻狼は続ける。

「まぁ……手を出したらヤバいってわかってもらえただけでもよかったですよ。それで命があるんなら、上出来だ。とりあえず、急いでここを離れないとね」

「離れるのはいいが、これからどこへ行くんだ？」

立ち上がったバンダナの男を見て、燻狼は笑みを浮かべた。

「当分は、帝国の叡智とはお近づきになりたくないんでね……。帝国を出て、あなたの故郷に行くってのはどうですかね？」

「ガヌドス港湾国に……か」

「ええ。そこで、のんびりゆっくり、毒をまいていくとしましょう。そのほうが、俺のやり方にあってるみたいなんでね……」


……ちなみに、慧馬は、ディオンに運ばれている途中、クラウジウス邸で目を覚ました。

目を覚まし……自分が、怖い、こわぁいディオン・アライアに抱えられていることに気付き……また、自らのミスで、燻狼らを取り逃がしたことを悟り……。

この後、ディオンに死ぬほど怒られるんじゃないかなぁ、とこわぁい想像をした結果……。

「ううん……」

再び、意識を手放すのだった。

第十九話　ミーア姫、ちょっぴりおこがましくなる……

さて……。

ミーアにしては夜更かしをした翌日のこと。

柔らかな朝日を浴びて、ミーアはゆっくりと目を開ける。ぼんやりと滲《にじ》む視界、その中には、すやぁっと気持ちよさげに眠るベルとパティの姿があった。

——はて、どうしてこんなことになっているんだったかしら……？

などと一瞬、首を傾げるも、すぐに昨夜のことを思い出し……。それからミーアは、パティの顔を見た。

それまでは硬い表情というか……心の内がわかりづらいことが多かったが、昨夜のやり取りを経て、ほんの少しだけ距離が近づいたような気がして……。

「というか、こうして眠っている姿を見ると、まだまだ可愛い子どもですわね。ふふふ」

ついつい微笑ましい気持ちになったミーアは、優しくパティの頭を撫でた。

「ゆっくりと、良い夢が見れていればいいのですけど……」

その微笑みは年相応の、すなわち二十歳過ぎたお姉さんの包容力を、多少なりとも感じさせるような笑みだった。大変珍しいことである。

っと、そんな感じで心地よい目覚めを迎えていたミーアであったが……。

こんこん、っと遠慮がちなノック。

ドアを開け、現れたのは、アンヌだった。

「失礼いたします。ミーアさま、ルードヴィッヒさんとディオンさんが、お話ししたいことがあると、訪ねてこられたのですが……」

「あら……二人が？　こんな朝早くから珍しいですわね……。よほど緊急のことでも起こったのかしら？」

首を傾げるミーアであったが……。すぐにベッドから降りる。

「着替えをしますわ。アンヌ、手伝ってもらえるかしら？」

ミーアの嗅覚が、ほんのりとした危機的状況を嗅ぎ取っていた。

――ディオンさんが来ているという時点で、すでに危険な香りがしますし……。これは、急いで対処すべき案件かもしれませんわ。っと、そう判断し……。直後……。

くぅっと、ミーアのお腹が切なげな声を上げる。

「……ふむ」

お腹をさすりつつ……ミーアは頷く。

「とりあえず……朝食を食べながら、お話を聞かせていただこうかしら……。お二人もお腹が減っていると、落ち着いて報告できないでしょうし……」

っということで、急遽《きゅうきょ》、部屋に朝食が運び込まれる。

その音で目を覚ましたベルとパティは連れ立って部屋を出ていった。

一見すると姉妹めいたその姿に、またしても微笑ましい気持ちになってしまうミーア・オトナノオネーサン・ルーナ・ティアムーンであった。

さて……そんなこんなで、ディオンとルードヴィッヒを迎え入れたミーア。さらに、ディオンの後ろからは、しょんぼーりと肩を落とす慧馬もついてきた。

「あら、慧馬さんもいらしたのね。では……ええと、申し訳ありませんけど、一人分追加で……」

「あの、ミーアさま、皇帝陛下が朝食をご一緒にしたいとおっしゃられて……」

っと、おずおずというアンヌに、

「そっちはパティとベルにお任せしますわ」

ミーア、ニッコリ笑顔を浮かべてスルー。それから、

「お昼はぜひ一緒に食べましょう、と言っておいてくださいましね」

きちんとフォローも忘れない。できる大人のお姉さんは、スルー&フォローを完璧に使いこなすのである。

「ええと、それで、いったいどうしましたの？　このメンバーで話しに来るなんて、珍しいですけど……」

首を傾げつつ、手前のパンをペロリ。

焼き加減は上々。バターは騎馬王国のものには劣るものの、まずまずといったところか。

追加で来たパンに、今度は蜂蜜をたっぷり塗ってペロリ。うーん、美味しい！

などとやっているところで……。

「実は、昨夜、混沌の蛇の刺客と遭遇しましてね……」

ディオンの言葉に、思わず、ゴクリ、とパンを飲み込んでしまう。

せっかく、もう少しもぐもぐ楽しもうと思ってたのに！　と、心の中で嘆きつつも……。

「まぁ！　わたくしの知らぬ間に、そのようなことになっていたんですのね……。それで、お二人ともケガはございませんの？」

ミーアは慧馬のほうに目を向ける。対して、慧馬は……ものすごーくすまなそうな顔で……。

「面目ない……。我が、調子に乗らなければ、みすみす敵に逃げられるようなことにはならなかったのに……」

そうして、しょんぼーりと肩を落とす慧馬に、ミーアは小さく首を振った。

「いいえ、あなたに怪我がなければ、なにも問題ありませんわ」

「しかし……」

「確かにあなたは、お兄さまの仇を討つためについてきた。それに、お兄さまの代わりとして、わたくしの護衛を買って出てくれた。けれど、同時にあなたは、わたくしの友なのですから。怪我一つなかったというのであれば、それで構いませんわ」

「うう……ミーア姫……。我が友よ」

などと感動に瞳をウルウルさせる慧馬を尻目に、ミーアはディオンのほうを見た。

「ディオンさん、あなたもよくやってくれましたわ。よく慧馬さんを守ってくれましたわね」

「そう言っていただけると、少しは気持ちが軽くはなりますがね。実際、してやられましたよ」

そう肩をすくめるディオンに、ミーアは首を振った。

「あなたがいて逃がしてしまったというのであれば、それは仕方のないこと。敵がそれだけ上手だったということですわ」

「ははは、返す言葉もありませんな。すっかり敵の実力を見誤りました。真に警戒すべきは、あの毒使いの男のほうだった」

毒使い……はて？　と一瞬、首を傾げるミーアだったが、すぐに思い出す。

「エシャール殿下に毒を渡したと思しき男ですわね。リーナさんを誘拐したのも彼だったのではなかったかしら……？」

「火燻狼という。我が火族出身の男だ。剣の腕はそれほどではないのだが……」

っと、苦々しい顔をする慧馬に、ルードヴィッヒが頷いてみせた。

「知恵は、時に、武力を上回る脅威となる。こちらにミーア姫殿下がおられるように、敵にも当然、知恵働きができる者がいると……そのことをしっかりと肝に刻むべきなのでしょうね。無論、ミーアさまに及ぶべくもない、とは思いますが……」

ルードヴィッヒの言にミーアは素直に頷いて、

「そうですわね。大いに警戒すべきですわ。敵にもわたくしのように聡明な者がいると……」

実におこがましい態度だった！

第二十話　水の音の子守歌

さらに、翌日。ミーアたちはシューベルト侯爵邸へ向かうため、急ぎ帝都にとって返した。

ちなみに、帝都に戻ったところで、めでたく、マティアスとは別行動になった。

「シューベルト侯とは、久しく顔を合わせておらんし、私も……」

などとぶつぶつ言っていたが、スルーである。


さて、ミーアたちのお願いを聞いたレティーツィアは、快く屋敷に入れてくれた。

「クラウジウス家から譲り受けた楽器というと、これのことでしょうか？」

そうして、レティーツィアが案内してくれた先にあったのは、木の箱と陶器を合わせたような、不思議な細工の楽器だった。

「あら……これが楽器なんですの？　なんだか、ヘンテコな形をしておりますけれど……」

「これは、クラウジウス家が保管していた、紙で音が鳴るという変わった楽器なんです」

そう言って、レティーツィアは、箱に大きな紙を入れて、それから横にあるハンドルを回し始めた。

穴の開いた紙が中に吸い込まれていき、直後、チィン、と陶器の澄んだ音が鳴る。

「あら、綺麗な音……。不思議な楽器ですわね」

硬質な音は、やや不規則ながら、ほぼ一定のリズムで鳴っていた。

まるで、中に小さな人間が入って、太鼓を叩いているみたい！　などと、ワクワクするミーアだったが……。ふとパティのほうを見ると、彼女は怪訝そうな顔をしていた。

「あの……これの使い方、ゲルタは言ってませんでしたか？」

そう問われて、レティーツィアは、首を傾げた。

「使い方、というと……これではだめなのかしら？」

その問いに、パティは静かに頷いて……。

「この楽器は、ここに水を入れないと、上手く音が出ないから」

そう言って、パティはちょこんと背伸びをすると、箱の上部につけられた陶器を取り外した。

「これに……水を入れるの？」

不思議そうな顔をするレティーツィアに、パティは小さく頷き、

「この印がついてるところまで水を入れるの」

ミーアが覗き込むと、陶器には、それぞれ微妙に違う位置に線が引かれていた。

パティの指示のもと、水を入れた後、木箱にはめる。それから再び紙を挟んでハンドルを回してみる……っと！

「おお！　これは……」

先ほどとは打って変わって、聞こえてくるのは、単純なリズムだけではなかった。

それは、れっきとした音の連なり。教会で聞く聖讃美歌のような、きちんとした曲だった。

「これは……すごいですわ！　こんなものがございますのね。どんな仕組みなのかしら？」

などと、ウキウキ喜んでいたミーア、であったのだが……。

「あら……なぜかしら……？　なんだか、こう……聞いてるとちょっと不安な気持ちになってきますわね」

流れるのは、確かに綺麗な音の連なりで……でも、どこかに不協和音が混じるような……なにか不快な音が混じっているような、そんな曲で……。

「これは、確か、聴いた人が一週間後に死んでしまうという呪いの曲だったような……」

「なっ！　なんで、そんな恐ろしそうな曲がございますのっ⁉」

思わず悲鳴を上げるミーアである。

対して、パティも顔をしかめて、

「私も、この曲、怖いから嫌い。でも、クラウジウス家にあった曲は、全部、邪教の影響を受けた秘密の曲だったから……」

「そうか。中央正教会に知られるとまずいような、邪教の儀式歌。それを記録して後世に伝えるための道具が、この楽器なんですのね……」

つまりは、この楽器もまた、蛇の遺産ということになるのだろう。

「なるほど、だから、ゲルタさんは正しい使い方を教えなかったんですのね。納得ですわ」

腕組みしつつ、うむうむ、と頷くミーア。一方、ルードヴィッヒのほうも感心した様子で、楽器を眺めていた。

「そうか、ここから、着想を得たのが、ヨルゴス式音階か……」

「ん？　どういうことですの？」

「ヨルゴス式音階の優れた点は、言ってしまえば、音の共通化をなしたことです」

そう言ってから、ルードヴィッヒは、レティーツィアにお願いして、グラスを用意してもらった。

そこに、それぞれ、量を変えた水を入れていき、軽く指ではじいて音を出す。

「このように、グラスに入れる水の量によって、音の高さは変わります。これにより、それまで口伝でしか伝わってこなかった音階を共通のものとして広めたのです。例えば、この一番上の穴は、グラスのここまで水を入れたもの、二番目は、ここまで、といった具合に、あらかじめ決めておくわけです」

「なるほど。これは、なかなか面白いものですけど……」

それから、ミーアは、パティのほうに目を向けた。

「では、この紙をあの楽器に差し込むと、なにかの音楽が流れると……あら？　でも、これって、サイズが合わないような気がいたしますけど……」

ミーアは、手元の虫食い状態の紙と、目の前の楽器に差し込まれた紙とを見比べる。

「楽器に入れた紙のほうは四倍ぐらいの大きさがございますけど……」

「はい。これは、あれに、直接、差し込むためのものじゃないです」

そう言うと、パティは、ミーアから紙を受け取る。

それから、紙を指でなぞりながら、

「この一番左の穴が、この音……」

ルードヴィッヒが用意したグラスを指ではじく。

「次が、これ。その次が……」

キン、キン、と高さの異なる音が鳴る。音は繋がり、一つの曲を奏でだす。

「こうやって、いつもハンネスと遊んでるんです」

そうして奏でられたのは、どこかもの悲しいような、それでいて懐かしいような……。なんとも言えない曲だった。

「ふむ……、なるほど。つまりこれは、ハンネス大叔父さまが、昔を懐かしんで、作曲したものを本に挟んでいただけ、ということかしら？」

意味深に挟んであったわりには、ちょっぴり拍子抜けだったが……。

「いえ、どうなのでしょう……」

ルードヴィッヒが難しい顔でつぶやく。

「それならば、別に、わざわざ穴を開ける必要がないはず。ただペンで書けばいいだけではないでしょうか。わざわざ穴を開けたということは、この楽器のことを思い出してもらいたかったからで……」

「なにか、パティにだけ伝えたいことがあったのだ、と……そういうことですのね……」

と、その時だった。

黙って、パティの奏でる曲を聞いていたヤナが口を開いた。

「……これ……この、曲……。母さんが歌ってくれた歌だ……」

「へ？」

ぽかん、と口を開けるミーアに、ヤナが興奮した様子で言った。

「昔、母さんが歌ってくれたんです……。あたしたちに、子守歌でよく歌ってくれてた歌なんです」

「はて？　ヤナのお母さんの、歌、ですの？」

首を傾げるミーアに、ヤナは小さく頷いた。それから、そっと息を吸って、歌い始める。

「西の夜空に月、三つ。
東の夜明けに、日が六つ。
古き約束より出し、
我ら、いずれ帰らん。かの地へと。
いずれ帰らん、霧の海へと」

「いずれ帰らん……。なにやら、意味深ですわね。それに、最後の部分の歌は、なんだか、ちょっと音が変な感じがしますわね。上に行ったり、下に行ったり……」

パティのほうに目を向けると、彼女も小さく頷いて、

「その部分は、この紙には書いてなかった。ただ、繰り返しのメロディーになっていました」

そう言って、パティは自らの手元の紙に目を落とした。

「あはは……。それは、もしかしたら、あたしの母さんの覚え違いかもしれません。あたしも、なんか変な歌だなって、思ってましたから」

それから、ヤナは遠くを見つめるように瞳を細める。

「もしかしたら、途中まで歌って、気持ちよくなって……だから、最後のところだけ音が外れちゃったんじゃないかな……。最後のところだけすごく変だから逆に覚えてたけど……。母さん、歌、下手だったから。でも、下手なのに、毎日歌ってくれたから、すっかり覚えちゃった……」

そうして、ヤナは笑った。とても寂しそうな顔で……。

もしかすると幼かったキリルより、母親との思い出が多いから……だから、思い出して辛くなってしまったのかもしれない。

ミーアが、ヤナの頭を撫でてあげようと、近づこうとしたところで、パティがゆっくりとヤナのそばに寄り添い、その背中をさすった。それはちょうど昨日、パティがしてもらっていたような……そんな優しい仕草だった。

そして、子どもたちを労わるように、アンヌも、ベルやシュトリナも見守っている。

――ふむ……、あちらはなんだか大丈夫そうですわね。とすると、わたくしが今すべきことは、頭脳労働ですわね！

……ミーアが、また無茶なことを言いだした。

「ええと、状況を整理するべきですわね。まず……ハンネス大叔父さまは、『地を這うモノの書』を熱心に探っていた。そして、そんな彼の部屋から、ヤナたちのお母さまが歌っていた子守歌が出てきた。これは、何かしらの関係性があると考えるべきなのかしら？」

ミーアは、パティのほうに目を向けて、

「ちなみに、パティ、あなたはヴァイサリアンとなにか所縁《ゆえん》があったりしますの？　例えば、出身がガヌドス港湾国のほうだったとか……」

クラウジウス家に引き取られる前のパティの暮らしを、そういえば聞いていなかった、と思うミーアだったが……。パティは静かに首を振り。

「生まれも育ちも、帝国です。この曲も聞いたことはありません」

「ふむ……とすると、この音楽が残されていたことが、とても意味深な感じがしますわ」

「そうですね。紙に穴を開けているのも、気になります」

くいっと眼鏡の位置を直しつつ、ルードヴィッヒが言った。

「先ほども言った通り、ただ、音楽の記録をしておきたいだけであるなら、紙に書いておけばいい。ヨルゴス式音階で記録するために、わざわざ穴を開ける必要はどこにもありません。自分のためのメモであるならば……。にもかかわらず、このように穴を開けたということは、この楽器を強く印象付けるためではないでしょうか」

「なるほど。つまり、ええと……この紙は、誰かに向けて、この音楽のことを伝えようとした……ハンネス大叔父さまのメッセージだったかもしれない、ということですわね」

それで、合ってるかなぁ？　っと、横目で窺えば、ルードヴィッヒは満足げに頷いていた。

どうやら、合っていたらしい！

「ふむ……。しかし、ヨルゴス式音階も、やっぱり気にはなりますわね。ヨルゴス神父という方が自分で考えた可能性ももちろんございますけれど……ハンネス大叔父さまと知り合いであると考えるのが自然かしら……」

と、そこで言葉を切って、ミーアは窓の外に目を向ける。

「いずれにせよ、ガヌドス港湾国には、すぐにでも行くことになりそうですわね。エメラルダさんにも連絡して、段取りをつけていただきませんと……ああ、これから忙しくなりそうですわ」

そうつぶやくミーアであったが……その予想はある意味で裏切られる。

ミーアたち一行がガヌドス港湾国に行くのは、少し先のことになるのだった。

さて……。帝国からガヌドス港湾国に移り、のんびり陰謀工作に勤しもうとしていた火燻狼が、その悲報を受けとるのは、季節が秋から冬に変わりかけた頃のことになった。

大型台風ミーアが、ガヌドス港湾国に上陸しつつあるという悲報……それは、時期的にいえば、彼がようやく人間関係を構築しつつあり、これから、すこぅしずつ悪意の種蒔きをしようかな、と……、楽しくなってきたぞぅ！　という……まさにその時だったのだ。

それは世界中のどこにでもあるような、ちょっとした些細《ささい》な悲劇。それをもたらした大型台風ミーアがかの地に何をもたらすのか、知る者は一人もいなかった。

第二十一話　夏休みも終わりに近づき……

さて、夏の終わりも間近に迫った頃……。

ミーアのもとに、三通の手紙が届いていた。

一通目は、イエロームーン公ローレンツからのもの。

今しがた、白月宮殿へとやってきたシュトリナの手により、直接届けられたものだった。そこには、ミーアたちの予想通り、ハンネスがガヌドス港湾国に亡命したことが記されていた。

「やはり、生きておりましたのね……。しかし……」

と、シュトリナのほうに目を向ければ、彼女は静かに首を振り……。

「ハンネス卿のご病気のことは、父も把握していなかったようです」

「把握していなかった……ということは、ハンネス卿ご自身が口にしなかったということか……」

ミーアの隣には、知恵袋、ルードヴィッヒが当たり前のように待機している。

頭脳労働の際には、叡智の知恵袋の携帯を欠かすことのない、しっかり者のミーアなのである。

そんな叡智の知恵袋ことルードヴィッヒのつぶやきに、シュトリナが一つ頷いて……。

「もっとも、言う暇がなかったということも考えられますから。なにしろ、我がイエロームーン家の本分は、暗殺ですから」

「なるほど。確かに。暗殺すると見せかけて国外に逃がしていたということなら、病気の事情など、いちいち気にしている余裕はない、か……」

いずれにせよ、今も生きているのであれば、ぜひ、直接会って話を聞いてみなければならない。

そんなことを考えつつ、ミーアは二通目を開く。こちらは、緑月省からのものだった。

書面に目を通したミーアは、うーむ、と唸った。

「ガヌドス王は、相変わらずですわね……」

ため息交じりに、ルードヴィッヒに書面を渡す。それを一読したルードヴィッヒは、シュトリナのほうにも手紙を回しつつ腕組みする。

「やはり、ガヌドス国王は食えない男のようですね。正式な方法では、取り合ってもらえませんか」

こちらも、眉間に皺を寄せて、悩ましげな顔をする。

手紙には、ガヌドス港湾国は現在、多忙な時期にあるため、仮に来てもらったとしてもろくなおもてなしができそうにない……みたいなことが、慇懃無礼《いんぎんぶれい》かつ長々と書かれていた。

「うーん……そういえば、前の時ものらりくらりとかわされたんでしたかしら……」

そうつぶやき、思い出すのは前の時間軸、革命期の時代のこと。

ペルージャン農業国と同様、ガヌドス港湾国にも、当然のごとく救援を求めようとしたミーアたちであったが……何度、会談を望んでも、ガヌドス国王は、なんだかんだと理由をつけて、会おうとはしなかったのだ。

「表立って敵対してこない分、面倒なんですわよね。うーむむ。どうしたものか……。ちなみに、ガヌドスの協力を取り付けず、邪魔されることを覚悟のうえで調査を進めることは可能かしら？」

確認するように問いかけると、ルードヴィッヒは一瞬、考え込んでから……。

「不可能ではないと思いますが、難しいのではないかと……。ミーアさまもご存知のとおり、彼は、切れ者なので……。どのような妨害をしかけてくるか……」

「ですわよね……。ううん……となると、やはりグリーンムーン公に、なんとかとりなすように動いていただいて……。そのために、エメラルダさんの力を借りるか……」

そもそも、ミーアにはわからないのだ。

なぜ、ガヌドス国王が未だに、ミーアらに非協力的なのか……。

確かに、初代皇帝の立てた計画に乗っていれば、彼らは甘い汁を吸えるかもしれない。帝国が混乱に陥れば、その領土なり、権益なりを削り取り、自分たちの国を強化できるだろう。

あるいは、国王が蛇の影響を強く受けているのであるならば、確かに帝国を潰して秩序を破壊しようとしていることだってあり得るわけだが……初代皇帝の思惑は、すでに瓦解している。

これ以上、こちらに敵対しても意味がないような気がするのだが……、と首を傾げざるを得ないミーアであった。

「うーん……」

唸りつつ、ミーアは三通目の手紙を開く。

それは、ラフィーナに出した問い合わせへの返答の手紙で……文面に目を落としたミーアは、

「おおぅ……」

思わず、おかしな声を出す。

そこには「ヨルゴス式音階は、確かに、ガヌドス港湾国に赴任している神父ヨルゴスによって考案されたものである」という旨と共に……。

『ところで、そろそろ、夏休みも終わりですね。セントノエルでお会いできるのを楽しみにしています』

なる文面が……。

「こっ……これは……」

なぜだろう……ミーアは、その文章から、なにやら迫力のようなものを感じ取っていた。

「これは……夏休みが終わったら、絶対にセントノエルに戻らねばならぬような……このプレッシャーは……。これ、もしサボったりでもしたら……」

っと、その時だった。シュトリナと一緒に遊びに来ていたベルが声を上げた。

「あっ！　ミーアお姉さま、大変です。ルードヴィッヒ先生の日記帳に『司教帝』の文字が……っ！」

「なっ！」

驚愕に固まるミーアであったが……。

「あはは、なぁんて、冗談ですよ、冗談」

などと楽しげに笑うベルである。対するミーアは苦り切った顔で首を振った。

「ベル……あなたの冗談は、なんていうか、冗談になってないですわ」

なんというか……こう、あまりラフィーナに寂しい思いをさせると、すぐに獅子に変貌《へんぼう》してしまいそうな、そんな予感があるのは確かなわけで……。

「とはいえ、あまり授業をサボるのもよろしくないのは、確かな事実……。ヤナとキリルにもきっちりと勉強してもらいたいですし……それ以上に、ベルをサボらせるわけにはいきませんし！」

ギラリ、と睨まれ、ベルがすくみ上がる。

「早く帰らないと、司教帝が復活してしまうと言いますし、これは、予定通り夏休みが終わったらセントノエルに帰らねばなりませんわね！」

「え？　あ、いえ、あくまでも、冗談ですよ。ミーアお姉さま、そんな、焦ってセントノエルに帰らなくっても……」

あわわ、っと口を開けるベルに、ミーアはニヒルな笑みを浮かべる。

「ベル……人は自らが蒔いた種の刈り取りを、自分でする必要がございますのよ？　先ほどの軽口の報いは、自らで受け入れなければならないのですわ！」

キリリッと、人生の真理を伝えつつも、ミーアは腕組みする。

「問題は、パティですわね……。せっかく弟を捜しに行けると思っているのでしょうし、気落ちしてしまうかも……」

などと心配したミーアであったが……予想に反して、パティは素直に頷いてくれた。

「この時代で、学べることも多いと思うから……」

なぁんて、素直で健気なことを言うパティに、ミーアは思わず感動しつつ……。

「しかし、ベルとの差はいったい何なのかしら……？　こんなに勤勉な人の子孫が、なぜ、あんな……。これは、お父さまの影響か、あるいは、ベルの母親の影響か……。まったく、間にどんな人が挟まると、あのようなサボり癖が生じるのかしら……？」

ベルの祖母の影響をまったく考慮に入れていないミーアなのであった。

第二十二話　高貴なる公爵令嬢エメラルダとのお茶会

セントノエルへの帰還を決めたミーアは、とりあえず、帝都ですべきことをしておく。

それは、そう……エメラルダとのお茶会である！

「ガヌドス港湾国のことで力を借りなければなりませんし、根回しをしておく必要がありますわね」

グリーンムーン家保有の珍しい外国のお茶菓子が目当てではない。あくまでおまけである。念のため。

ということで、ミーアは早速、帝都にあるグリーンムーン邸を訪れていた。

――前時間軸で、ガヌドス側は、すべてグリーンムーン家を通して、とか言っておりましたし……。グリーンムーン公から言ってもらうのが手っ取り早いですけど……。

個人的に、あまりグリーンムーン公のことを好まないミーアである。

なにしろ彼は前時間軸において、一族郎党をまとめて、さっさと帝国の外に脱出してしまった男である。いわば裏切り者である。

エメラルダとの和解は済んでいるものの、彼女の父には未だにモヤモヤを抱えるミーアである。

――まぁ、それでなくても、大貴族には面倒な方が多いですし……。お父さまを通して声をかけてもらうのも手ではありますが、いささか確実性に欠けますわ。やはり、一番に頼るべきはエメラルダさんですわね。

あの冬の日に、盟約を交わしたエメラルダのことを、ミーアは信じていた。

――まぁ、幸いにして、エメラルダさんも、我が血族の中ではお調子者筆頭みたいな方ですし。おだてれば、動いてくれるのではないかしら……。

そう、ミーアは信じているのだ。エメラルダの単純さを！

――うふふ、となれば、問題はやはり、出されるお茶菓子ですわね。楽しみですわ！

……あくまでおまけ……のはずである。

ともあれ、比較的軽く考えていたミーアであったのだが……出迎えに現れたエメラルダの表情を見て、わずかばかり気持ちを引き締める。

なぜなら、ミーアを迎えるエメラルダの表情は、どこか硬く、よそよそしいものだったからだ。

「本日は、ようこそいらっしゃいました。ミーア姫殿下。家人一同、心より歓迎いたします」

スッと姿勢よく頭を下げるエメラルダに、礼を返しつつ、ミーアは首をひねる。

――これはいったい、どうしたのかしら……？　なにやら、エメラルダさんらしくないような……。

などと、頭の中を「？」で満たしつつ、案内されるままに入った部屋。丸いテーブルの上には、すでにお茶の用意がしてあった。

「どうぞ、早速、お茶にいたしましょう」

すまし顔でそう言ってから、エメラルダは、傍らに控えていたメイドのニーナに声をかけ、それから、ミーアをジッと見つめる。

ジッと……ジィイッと！　上目遣い気味に、ちょっぴり睨んでくるエメラルダ。やはり、どこか様子がおかしい気がする。

「ええと……ああ、そういえば、先日は、シオンの接待を感謝いたしますわ」

このまま黙ってても話が進まない、と、とりあえず話を振ってみるミーア。

「いえ。大したことではありません。エシャール殿下も、兄君とゆっくりお話しできたようでしたし、許嫁《いいなずけ》である私も手配のしがいがあるというものですわ」

エメラルダは、ニコリともせずに、運ばれてきたお茶を一口。それから、テーブルの上にあったケーキをフォークで切ってパクリ！

……やはり、様子がおかしい。

――これは、シオンがなにか言ったとかかしら？　それとも、エシャール殿下のことで、お父君ともめたとか？

などと考えていたミーアに、エメラルダは、再び、ジロォリと視線を向けて……。

「……それより、聞きましたわよ？　ミーアさま……。私のいないところで、ずいぶんと楽しい夏休みを過ごされたみたいですわね」

「……へ？」

「ルヴィさんと乗馬遊びをしたり？　レティーツィアさんのところで、お料理を一緒に作ったりしたとか……ああ、つい最近まで、クラウジウス領に遊びに行っていたんでしたっけ？　シュトリナさんたちと一緒に……」

「あ、え、ええ、そうですわね……。いや、まぁ、遊んだわけではありませんけれど……」

「夏休みは、親友の私と一番に遊ぶべきではありませんの!?」

だだんっとテーブルを手で叩き、エメラルダが立ち上がる。

その魂の叫びを耳にしたミーアは、思わず……。

——ああ、そう、これこれ。これでこそ、エメラルダさん……。実にエメラルダさんですわ！

うんうん、と思わず納得の頷きをしてしまう。

「なにをそんなに満足そうな顔をしておりますの？　ミーアさま、私、いつお誘いの声がかかるかと、楽しみにしておりましたのにっ！」

などと言う悲痛な声に、ミーアは心を揺さぶられて……そっと頭を下げた。

そのうち、相手が来るんじゃないか？　と待ち続ける辛さは、ミーアも前時間軸で経験済みだったからだ。

自分が、あの！　アホのシオンと同じようなことをしていたかもしれない、と考えたミーアの心は、思いのほか揺さぶられたのだ。

「それは、申し訳ないことをしましたわ。いろいろすることがあったとはいえ……そんなふうにお待たせしてしまっていたなんて。今日は……その分、お茶会を楽しめれば、と思いますわ」

そうして笑みを浮かべるミーアに、エメラルダは、まだ、頬を膨らませていたが……。

「まぁ、せっかく、待望のお茶会ですし……？　ミーアさまがいろいろと忙しくしておられるのは知っておりますから、これ以上は言いませんけれど……。私はいつでもミーアさまがいらっしゃるのを待っておりますわ。いつでもウエルカムだということは、お忘れなきようにお願いしたいですわ」

そうして、ふんっと顔を背ける、高貴なる公爵令嬢《ツンデレディ》・エメラルダなのであった。

「それで、先ほどは聞き損なっておりましたけれど、シオン王子とエシャール殿下との会合では、どのようなお話が出ましたの？」

尋ねると、エメラルダは小さく首を傾げて……。

「さぁ……。実は、あまりお二人のお話には参加しませんでしたの。家族の内でしかできない会話というものもありますでしょうし……」

ミーア、その言葉を聞き、瞠目する！

あのエメラルダが……あの、面食い令嬢として知られる、あのエメラルダが、イケメン王子兄弟の会話に参加しに行かなかったのが、意外すぎたためだ。

──まぁ……でも、エメラルダさんも弟を何人も持つ身。シオンの気持ちを慮《おもんぱか》れたとしても不思議はないか……。

なぁんて思いつつ、紅茶を一すすり。マカロンをパクリ。うーん美味しい！

「その間に、私はティオーナさんとお話しさせていただきましたわ。ルドルフォン家の令息が、エシャール殿下と学び舎を共にされているとのことでしたから」

「ああ。セロくんですわね。ふふふ、なかなか見どころがある、学者の卵ですわ」

なぜか、得意げなミーアに、エメラルダは真面目な顔で頷いた。

「ええ。私もとても驚きましたわ。ペルージャンとの小麦の共同研究……。各地で不作が続いていることは存じておりますけれど……まさか、今日の事態を見越し、ミーアさまが、あのような人材を見つけておられたなんて……」

頬に手を当てて、エメラルダは続ける。

「幼いながらも、優れた観察眼……。あのような俊英と、我が夫エシャールさまが交流を持つことは、とても素晴らしいことですわ」

――ふむ、さりげなく我が夫とか言っておりますわね……。まぁ、将来的にはそうなるのかもしれませんけれど、実に気が早いことですわ。

やれやれ、と首を振るミーアである。

ちなみに、ミーアも、某蛇の巫女姫を「お義姉さん」と呼んでいたような気がしないではないが……そんなことは一切忘れているミーアである。

「ということで、改めて、我がグリーンムーン家も、聖ミーア学園への助力を惜しみません。教員や資金面、なんでも言っていただきたいですわ」

「あら、それは、確かに助かりますわね。それでは、働きに期待させていただきますわ」

グリーンムーン家は、古くから国外に強力な人脈を持つ。その協力は、なにかと学校運営の役に立つものだろう。

などと、冷静に計算するミーアの目の前に、新たなお菓子が運ばれてきた。

「あら……これは？」

「お口直しですわ」

深めの容器に入ったそれは、たっぷりと黄金色のソースのかかった、透明の四角い塊だった。塊は、一口大で、遊戯に使うダイスのような見た目をしていた。

——ふむ、この透明の四角いのはいったい……？

試しにスプーンでつついてみると、プルン、プルン、と揺れる。

それをスプーンですくい、たっぷりのハチミツに絡めると、一口パクリ……。瞬間、口の中に広がるのは、ほのかに冷たい甘味だった。

「おお、ひんやりしておりますわね……。これは、いったい……」

「ふふふ、これは、寒月天という、海藻を固めたお菓子ですわ。ガヌドス港湾国辺りでは、古くから親しまれているもので……」

「ほう……」

つぶやき、ミーアはもう一口、透明のダイスを口に入れる。

ガヌドス港湾国ごと呑み込んでやるぞ、と意気込みを込めて……ゆっくりと口の中で咀嚼して……。

「しかし、不思議な風味ですわね……。ゼリーのようですけど、それよりは歯ごたえがありますわ。プルプルと口の中をくすぐりつつ、歯で噛めばぷっつりと切れる。独特の歯ごたえ……。これは、なかなかに、ふふふ」

新たなお菓子との出会いは、ミーアにとって至上の喜びだ。

――さすがは、グリーンムーン家ですわ。毎回、新しいお菓子を用意するとは、なかなかできますわね。

感心に唸りつつも、ミーアはつぶやく。

「それにしても……ガヌドス港湾国……」

こういう美味しいお菓子も手に入るなら、やっぱり、きちんと仲良くしておきたいなぁ、などと思っていると……。

「やはり、ガヌドス港湾国のこと、お気になさっていたんですのね……てっきり、御しやすい男かと思っておりましたけれど、あのガヌドス国王という人は、なかなか、手ごわい方のようですし……ミーアさまの悩みの種になるだなんて、生意気な……」

エメラルダは、実に不愉快そうに、爪を噛む。が、すぐにその顔には落ち着きが戻ってくる。

「でも、そうですわね……。あの者も、初代皇帝陛下……いえ、初代皇帝の意を尊重し、行動しているというのであれば、手ごわいのは当然のこと。ミーアさまの新たなる盟約によって結び合わされた我々は、初代皇帝より連綿と続く、古き盟約と戦っているようなものですもの」

エメラルダは――あの冬の月光会において、ミーアの新たなる盟約に一番にはせ参じた四大公爵家筆頭令嬢は、どこか心強さすら感じさせる笑みで言った。

「むしろ、多少なりとも歯応えがなければ、拍子抜けというものですわ」

「ふふふ、とても心強いですわ」

ミーアは、そっと微笑んで、エメラルダに言った。

「今日、お願いしたかったことを、先回りして言われてしまいましたけれど……わたくしは、どうしても、ガヌドスでしなければならないことがありますの。そのためには、ガヌドス国王の協力を取り付けるか……最低でも、その動きを掣肘《せいちゅう》する必要がありますの。だから……」

ミーアはそっと瞳を閉じて言った。

「エメラルダさん、あなたにお願いいたしますわ。グリーンムーン家の謀略をもって、ガヌドス国王を懐柔してちょうだい」

その言葉に、エメラルダは、ニヤリと勝気な笑みを浮かべて……。

「ふふふ、お任せくださいませ、ミーアさま。実は、すでに手は打ってありますの。楽しみにしていていただきたいですわ」

自信満々に言い放ったのであった。

第二十三話　豪華なお出迎え

エメラルダとのお茶会の後、根回しのため、帝都の有力者たちのもとを回ったミーア。

何回かの会合と、お茶会、挨拶を終えたところで、夏休みは終わりを迎えた。

「なんだったら、子どもたちとベルだけでも置いていっては……」

などと真顔で言う父を華麗にスルーしつつ、ミーアはセントノエルへの旅路についた。

「今年の夏は、なかなかの強行軍でしたわね……。馬術勝負しかり、シューベルト、クラウジウス家しかり……。あら？　これは、もしや、少しばかりシュッとしすぎてしまったのではないかしら？」

などと……自らの二の腕を揉《も》んでみるミーア。その結果！

「……妙ですわね」

現実は、とても……残酷なものだった。

それはさておき、ミーア一行が乗る馬車は、特に何事もなく帝国国境を越えて、ヴェールガ公国へと差し掛かった。

帝都とヴェールガ公国とを結ぶ巡礼街道は、非常に治安の良い道として知られている。人々の往来も盛んで、盗賊が出るなどということも、ほとんどない安全な場所。ゆえに、逆に油断しやすい場所でもあるわけで……。

「ふむ、もしかすると、またしても蛇が襲ってくるかと思っておりましたけど、杞憂《きゆう》のようですわね。珍しいこともあるものですわ」

こいつには、しばらくは絶対に会いたくないわ～！　と思う蛇の心情など、まったく想像もしないミーアなのであった。

まぁ、そんなこんなで、のんびりとセントノエルへの帰還を果たさんとするミーアたちであったのだが……そこへ、前方から騎馬の一団が向かってきた。

「あら……あれは？」

襲撃をしてくるという様子ではない。むしろ、のんびりゆっくりと、こちらに向かってくる集団。

「商隊かなにかかしら？　それとも、どこかの貴族の私兵団とか……？　ああ、そういえば、帝国に戻る時にも、こんな馬の一団に会いましたっけ……ヒルデブラントは元気かしら？」

などと、特に警戒もなく、その光景を眺めていたミーアは……次の瞬間に目を見開いた。

「ミーアさん、おひさしぶりね」

「ら、ラフィーナさま？」

なんと、騎馬を率いてやってきたのは、ヴェールガの聖女、ラフィーナ・オルカ・ヴェールガだった。

「これは驚きましたわ。ラフィーナさま、お一人でも馬に乗れるようになったんですわね……」

などと、思わずつぶやきつつ、ミーアはラフィーナの堂々たる馬の乗りこなしを見た。

ラフィーナが乗る馬は、月兎馬《つきとば》、花陽《かよう》だった。もともと花陽は頭の良い馬。初心者でも乗りやすい馬ではあるのだが……。

――それにしたって、つい先日まで、乗ったこともなかったのを考えると、大変な上達ぶりですわね。

「ふふふ、どう？　休みの間に練習したの。これでミーアさんといつでも遠乗りに行けるわ」

心なしか得意げなラフィーナを見たミーアは、息を吸うようにヨイショモードへと移行する。

「おお、さすがはラフィーナさまですわ。もう、完全に馬を乗りこなしておりますのね」

「あ！　でも、もちろん、ミーアさんと遊びたいという理由だけで、乗馬を身につけたわけではないのよ？　これならば、馬車で行けないような僻地《へきち》の村々も回れるし、多くの民と触れ合うこともできる。だから、天より与えられた馬に乗ることは、聖女には必須の技術なのではないかしら……？」

なにやら、壮大なことを言いだしたラフィーナに、ミーアは、思わず吹き出して。

「ふふふ、なんだか、馬龍先輩みたいなこと言っておりますわね、ラフィーナさま」

つい、そんなことを口走ってしまう……。瞬間、かっちーん、とラフィーナが固まる。けれど、すぐに涼やかな笑みを浮かべて……なにか言おうと口を開こうとして……。

「それはそうですよ。ミーアお祖母さま、夏休みの間中、乗馬の練習って名目で、馬龍先輩と遊んでたら……」

「……ベルさん」

不意に聞こえる清らかな声……。ニッコリ、と澄み渡った……魚の一匹も棲《す》んでいない、とってーも澄み切った泉のような笑みを浮かべるラフィーナ。

その笑みを受けて、ベルは、慌てて口を塞ぎ……。

「あ、危ないところでした。危うくまた、司教帝の文字が、日記帳に現れてしまうところでした」

などと、不穏なジョークをつぶやく。

なんだか、よくわからないけど、ベルが、眠れる獅子の尻尾《しっぽ》を持ってブンブン振ってそうな気がしたミーアは、素早く話を変える。

「ところで、荒嵐も連れてきているんですのね」

ミーアの視線の先、引っ張られてきたのは、花陽の彼氏である荒嵐だった。

久しぶりに見る荒れ馬に、ミーアは戦友と再会した時のような親しみを感じる。

「夏の間は、ずっと東風にばかり乗っていましたから、ふふ、懐かしいですわ」

「よければ、ここからはミーアさんも一緒に乗馬しないかな、と思って連れてきたのだけど、どうかしら？」

小さく首を傾げるラフィーナ。なんだか、すごく……ものすごーく一緒に馬に乗りたそうな顔をしていたから……。

「……そうですわね。最近は、東風の大人しい乗馬に慣らされておりましたし……」

荒嵐のほうを見てから、ミーアは笑みを浮かべる。

「たまには暴れ馬に乗るのも一興。それでは、ラフィーナさま、お供いたしますわ」

そうして、ミーアは急ぎ、乗馬服に着替える。

「ふふふ、ミーアさんと遠乗り。あ、それと、後でお茶会も……楽しみだわ」

などと微笑むラフィーナの、少し後ろには……なぜか、自分もついていく気満々の慧馬が静かに佇んでいたが……。

まったく気付いた様子のないラフィーナなのであった。

第二十四話　ミーア姫は乗りが良い！

さて、ラフィーナのお誘いに応じて、乗馬用の服に着替えると、ミーアは颯爽《さっそう》と荒嵐に飛び乗った。誘いに乗れば、馬にも乗る。脂も乗れば、波にだってスイスイ乗ってしまう。ミーアは乗りの良い皇女殿下なのである。

そうして二人で馬を並ばせると……さらに、もう一頭の馬が横に並んできた。

「ふっふっふ、聖女ラフィーナの乗り方も、なかなか様になっているな」

馬上で、そう評したのは火慧馬だった。

胸を張り、腕組みしつつ、ラフィーナのほうを見て……うんうん、っと頷く。

微妙に態度が……こう……、なんというか、偉そうな感じではあるのだが……。まぁでも、それは仕方ないことなのかもしれない。

なにしろ、慧馬は、蛇の暗殺者を退けたのだ。

悪辣《あくらつ》な火燻狼と、あのバンダナの凄腕暗殺者を見事退けて、ミーアの危機を救ったのだ。しかも、その過程で、苦手としていたディオン・アライアを克服してのけたのだ。

……そうだっただろうか？　などと疑いの目で見てしまうのは、野暮というものだろう。事実とは別に、真実は人間の数だけ存在している。彼女の中では、そうなっている、と言われて、それを否定できるものはいないのだ。

ともかく、そんなわけだから、慧馬がちょっぴり増長していても、やむを得ないことなのだ。たぶん……きっと。

さて、そんなふうにドヤ顔でついてくる慧馬に、若干、イラァッとした顔をしていたラフィーナであったのだが……そこは聖女である。すぐに、涼しい笑みの裏に感情を隠して、ミーアのほうに目を向ける。

「先ほども言った通り、騎馬王国の各地を回っていたの。その時に、林族《リン》の方に教わったのよ」

「ああ。馬龍だな。うん、あれは良い乗り手だ。あれに教わったのであれば、上手くなるのも当然……」

「いいえ、違います。馬龍さんの妹さんに教わったのよ」

きっぱりとそんなことを言うラフィーナだったが……。

——あら、ラフィーナさまは、馬龍先輩のご家族とも仲がよろしいんですのね……。これは、まさか……？

などと、ミーアの恋愛脳が、ひそかに活性化したことになど、まったく気付いた様子もなく、ラフィーナは、涼やかな顔のまま、ミーアに目を向けた。

「ところで、ミーアさんは、どうだった？　帝都での夏休みは、どのようなものだったのかしら？」

「ああ……ええ、まぁ……」

ミーア、ここで答えを一瞬、考える。

――エメラルダさんは、夏休みの間、遊べなかったことが気に食わない様子でしたし……。ラフィーナさまがエメラルダさんと同レベルだなんてことは思いませんけれど……それでも、似たようなことを思っている可能性は否定できませんわ。となれば、ここで、強調すべきは……。

刹那の判断。その後、ミーアはゆっくりと話し始める。

「ええ、なかなかに大変でしたわ。実は、ルヴィさんの婚約騒動がございまして……」

ラフィーナに披露すべきは、多忙を極めたアピールである。そのせいで、ラフィーナを遊びに誘えなかっただけで、決して、他意はないですよぅ！　と主張する。

「その婚約者というのが、なんと、わたくしの母方の従兄弟でして。さすがに、あの時は焦りましたわ。ルヴィさんに想い人がいること、わたくしは存じておりましたから」

「まぁ、そのようなことが……。それで、どうやって解決なさったのかしら？」

興味津々で聞いてくるラフィーナに、ミーアは、意味深に頷いて、

「実は、レッドムーン家と共同で乗馬大会を開いて……」

「ふっふっふ。我が、友のために、一肌脱いだ乗馬勝負のことだな！」

実際に、あの時には活躍していた慧馬が、ドヤドヤァ！　と胸を張る。

「まぁ、我と、我が愛馬蛍雷《けいらい》の前では、あのような乗馬対決など児戯に同じ。そう騒ぐことでもないが……」

っとそこで、慧馬は、さすがにドヤりすぎたと思ったのか、ちょっぴり謙虚な顔で……。

「ともあれ、友のために役立てたのであれば、これほど嬉しいことはない」

「ふふふ、ありがとう。慧馬さん。あの時は助かりましたわ」

笑みを浮かべて答えつつ、横目でラフィーナの顔を窺えば……ラフィーナは変わらず笑みを浮かべていた。

いつもと変わらないはずの笑み……なのだが……、ミーアは、なぜか、前時間軸のラフィーナのことを思い出した。

――あ、あら？　変ですわね。なんだか、あの、お近づきになりたくっても、まったくもって近づけなかった……あの時の笑みに似ている気がいたしますわ！

「それで……その、楽しい乗馬対決をして、その後は、どんなことがあったの？」

「そっ、そうですわね。その後は、サフィアスさんの婚約者のシューベルト侯爵家に行って、その……お料理会をしたんですけれど……」

「お料理会……」

ピクリ、っと、ラフィーナの頬が引きつる。ミーア、慌てて言葉を続けて……。

「あっ、あの時も大変でしたわ。混沌の蛇の息がかかったメイドさんがいて……。危うく、毒を混入されそうになったんですもの！」

決死の大変だったアピール！　アピール!!　アピール！！！

あそこにいなくってよかったな！　っと思ってもらえるよう、懸命に論陣を張る。されど……。

「お料理会……」

ラフィーナには、まったく届いていなかった！

お料理会……お料理会……と、どこか遠くを見つめながらつぶやいたラフィーナだったが、気を取り直したように笑みを浮かべて。

「そう……。それで、その後は、どんなことが……？」

「あ、え、ええ……。そうですわね、その後は、クラウジウス家に行き……ああ、クラウジウス家というのは、わたくしの祖母の実家なのですけれど、そちらに行って、蛇の痕跡を探って……。ああ、あと、エメラルダさんとお茶会をしましたわね。ふふふ、エメラルダさんも聖ミーア学園に協力してくれるとか、嬉しいことを言ってくれましたし……。ガヌドスのこともなにか手を打ってくれるとのことで、頼もしくなってくれて嬉しい限りですわ」

ニコやかに語るミーアとは対照的に……ラフィーナは、ちょっぴりいじけた様子で唇を尖らせる。

「ふぅん、あの、エメラルダさんが……心強い協力を……へぇ……」

そんな、人間たちの会話を聞いてか聞かずか、荒嵐は、耳をピクピクッとさせた後、ぶーふ、っと深々とため息を吐くのだった。

第二十五話　意外な来客、意外な願い

セントノエルに着いたミーアを待っていたのは、友人たちとの再会だった。

シオンやティオーナは、シューベルト邸でのお料理会で会っていたものの、ラーニャやクロエらとは、ずいぶん久しぶりになる。ちょっぴりテンションが上がって、自然と笑みを浮かべてしまうミーアである。

さらに、もともとのミーア派の者たち、タチアナやユリウス、特別初等部の何人かの子どもたちからも挨拶されて……ミーアはふと感慨深く思う。

──思えば、わたくしは、前の時間軸で、本当の意味で挨拶をしたことがなかったかもしれませんわ……。

かつて、前時間軸において。ミーアは数限りない人々と挨拶を交わした。休みの前、帰国するミーアを見送る人々の数は決して少なくはなく……。再会を祝う人々の数も少なくはなく……。けれど、きっと心から言葉をかけあった人というのは、そう多くはなくって……。

必要に駆られて、あるいは打算的になされたものが、ほとんどではなかっただろうか。

そんなミーアだったから、心から友人たちと再会を喜ぶ自分の姿が、なんだか、不思議なもののように感じてしまうのだ。

──まぁ、なんにしても、わたくしのセントノエルでの学生期間はあと二年半ですし。悔いの残らぬ日々を送りたいものですわ……。

それから、ミーアは、晴れやかな空を眺めて……。

「ふむ、もうすぐ秋になりますし……なにか、美味しいイベントごとの企画がしたいですわね。生徒会主催で……これは、やはりキノコ狩り大会かしら……？　秋の色に彩られた森を歩くのは、なかなかに楽しいですし……。それに、全校生徒を動員すれば、キノコもたくさん採れるはず……。

ふむ！　これは、なかなか良いアイデアではないかしら？」

性懲《しょうこ》りもなく……。全校生徒に被害を広めそうなことを企み始めるミーアであった。

さて、そんな風に一通りの通過儀礼を終えて、ミーアが部屋でのんびり、ごろごーろしている時だった。

唐突に、部屋にノックの音が響いた。

応対に出たアンヌが、小走りに戻ってきて……。

「ミーアさま、お客さまが訪ねてきておられるとのことなのですが……」

「あら？　わたくしに？　どなたかしら……？　せっかく、秋の昼寝を楽しもうと思っていたところですのに……」

ちょっぴり、不満そうに唇を尖らせるミーアだったが……軽くお腹をさすりさすり。それから、よーいしょっと起き上がる。

「まぁ、せっかく訪ねてきてくれた方をお待たせするのも申し訳ないですし、お茶とお菓子でお迎えするのがよろしいですわね。アンヌ、手配をお願いできますかしら？」

ミーアを訪ねる際には、彼女が空腹な時間帯を狙うと、美味しいお菓子でもてなしてくれる確率が高くなるというのは、一部の者たちには知られたことであった。まぁ、それはさておき。

セントノエル学園は、近隣の王侯貴族の子女の集う場所。来客も珍しくないため、そのお客を迎えるための部屋もきちんと用意されている。

そんな来客用のカフェスペースに向かいつつ、お茶菓子はなににしようかしら？　などと思案しつつも、ミーアはアンヌに尋ねる。

「ところで、来客とは、いったいどなたが訪ねてこられたんですの？」

ルードヴィッヒであれば、手紙を送るだろうから、おおかたどこかの商人とかだろうか。

クロエの父親や、シャローク辺りも考えられる……。などと予想するミーアであったのだが……、
アンヌの口から出た答えは意外なものだった。

「職員の方によりますと……。ガヌドス港湾国の王女殿下だということでしたが」

その言葉に、不意にミーアは立ち止まる。

「ガヌドス港湾国の、王女殿下……？」


来客用のカフェスペースは、学園の中庭の一角に設けられている。室内だけでなく、屋外にもテーブルとイスが用意してあるのだが、どうやら、来客はそちらで待っているらしい。

ポカポカと気持ちの良い日の光に、ちょっぴり睡眠欲を刺激されて……ミーアは心の警戒レベルを少しだけ上げる。

――もしもこれが、わたくしを睡魔によって油断させようとして、この時間帯に訪ねてきたのであれば警戒に値する敵かもしれませんわね……。

ただでさえ、あのガヌドスの姫である。どのような策謀家か、想像もできない。

そうして、臨戦態勢でカフェスペースに足を踏み入れる。っと、座っていた少女が、おもむろに立ち上がり、こちらに歩いてきた。

すっす、と歩いてくるその姿に、ミーアは思わず、目を見張った。大きい……非常に大きい、まるで見上げるほどに背の高い長身の少女だったためだ。

ミーアより頭二つ分ぐらい大きいだろうか……？　すらりとしたその身に纏《まと》う豪奢なドレス、そのスカートの裾をちょこんと持ち上げ、

「お初にお目にかかります、ミーア姫殿下。オウラニア・ペルラ・ガヌドスと申します。ええと、ガヌドス港湾国の王女です」

それから、小さく頭を下げる。その動きに合わせて、豪奢にウェーブする髪が揺れる。髪には特徴的な髪飾りがつけられていた。あれは……槍……だろうか？　いや、でも、矢じりに穴が空いて、なんだか、魚の横顔のような……。いや、むしろ、魚の……骨の形？

一瞬、不思議な髪飾りに目を奪われかけたミーアであったが、すぐに気を取り直して、スカートの裾を持ち上げる。

「ティアムーン帝国皇女、ミーア・ルーナ・ティアムーンですわ。オウラニア姫」

薄く笑みを浮かべ……。

「それで、わざわざセントノエルにわたくしを訪ねてこられたのは、どのようなご用向きがあってのことかしら？」

キリリッと鋭い表情を浮かべて問いかけるミーア。対して、オウラニアは、ぽやーん、っとどこかぼやけたような、ちょっぴり困ったような顔つきで、言った。

「ええと、私を、そのー、聖ミーア学園に入学させていただけないでしょうか？」

「…………はぇ？」

急転直下の展開に目を白黒させるミーアであった。

第二十六話　ミーアエリート育成計画、密かに進行中！

エメラルダ・エトワ・グリーンムーンは、後世において、ミーアの親友の一人と目される女性である。

大貴族の令嬢らしい気位の高さと、目下の者に対する表面的な当たりの強さ、それと相反するような懐の深さで知られている。

そんな彼女であるが、公人としての働きを評価されることは、あまり多くはない。

歴史の表舞台において、彼女の活躍が記録されることは、ほとんどなかった。

されど……実のところ、彼女が果たした役割は決して小さくはないのだ。

サフィアス・エトワ・ブルームーンが国内の貴族の抑えとして……星持ち公爵令息として動いていたように、エメラルダもまた、星持ち公爵《エトワーリン》令嬢としての役割をしっかりと全うしていたのだ。

なにも「ミーアさまに誘われないかしら？」なぁんて、屋敷内でソワソワしてばかりはいなかったのだ！　まぁ、たまにはそんな日もあったのだが、ともかく、彼女はきちんと仕事をしていたのだ。

実のところ、エメラルダが動きだしたのは、シオンたちが訪ねてきた翌日のことだった。

「やはり、まず着手すべきは、ガヌドス港湾国のことですわね」

ミーアに言われるより前から、そう目付をしていたエメラルダは、すぐさま、ガヌドスに自ら赴くことを決断。

果断速攻のその様は、思い付きの人ミーアを彷彿《ほうふつ》とさせるものだった。

ちなみに、準備はほとんど、メイドのニーナに丸投げである。

アンヌとルードヴィッヒがするような仕事を一手に担う、彼女は凄腕のメイドなのである。

「さすがの手際ですわね、ニーナ。さすがは、我がグリーンムーンのメイドですわ」

エメラルダの称賛を受けたニーナは、ニコリともせず、頭を下げて……。

「過分な評価、痛み入ります、お嬢さま。それと、僭越ながら……帝国四大公爵家の令嬢たる者がメイドの名前を覚えているのは、あまりよろしくないのではないかと……」

「まっ！　なにを言っておりますの？　あなたは、幼少の砌《みぎり》より、私に仕えてくれている大切なメイド。名前を覚えることぐらい当然のことですわ！」

なぜか、ドヤ顔で胸を張るエメラルダに、ニーナは、ふぅっと切なげなため息を吐いて……。

「……まぁ、でも、これはこれで……」

などとつぶやくニーナに、小首を傾げるエメラルダであった。

そんなこんなで、エメラルダはガヌドス港湾国に赴いた。

さて、ガヌドス王都にあるグリーンムーン家の別邸にて。

エメラルダは、客人を出迎える準備をしていた。といっても、実際にやっているのはニーナなわけなのだが……。

ともあれ、並べられていく茶器やお茶菓子を眺めながら、エメラルダは小さく笑みを浮かべた。

「ふふふ、あの方とのお茶会も、思えば久しぶりですわね」

そうして、待つことしばし。

客人は、約束の時間ぴったり……にはやってこず、一刻ほど遅刻して現れた。

……まぁ、いつものことなので、エメラルダは気にしないことにしていたが……。

「ご機嫌よう、本日はお招きいただき感謝いたします。エメラルダさま」

そうして、スカートの裾をちょこんと持ち上げるのは一人の少女だった。

とても背の高い少女だった。舞台女優のように、すっと伸びた背筋と、すらりと長い手足を持つその少女は、エメラルダを見て、ふんわりした笑みを浮かべた。

「本日は、お忙しい中、いらしていただき感謝いたしますわ。心ばかりではございますけれど、お茶会を楽しんでいっていただけると嬉しいですわ。オウラニア姫殿下」

その少女の名は、オウラニア・ペルラ・ガヌドス。ガヌドス港湾国の王女である。

そして、二人は、お茶のみ友だちでもあるのだ。

もともと、ガレリア海に遊びに来ることが多いエメラルダのこと……。この国の有力者と食事を共にすることも多く、必然的に、年の近いオウラニアとも親しくする機会があったのだ。

そんなわけで、まぁ、彼女をお茶に誘うこと自体は珍しいことではないのだが……。

「ところで、オウラニア姫……」

世間話もほどほどに、早速、エメラルダは斬り込む。

「少し小耳にはさんだのですけれど、どうもお父君は、我が帝国に対して、不穏な態度を取っておられるとか……」

「え、ええと……？　そう……なんですか？」

オウラニアは、小さく首を傾げる。根本的に、彼女は政治に一切関わっていない。王宮の中、大切に世間から隔絶されるようにして育てられた姫なのである。

そのことを把握していたエメラルダは、優雅に紅茶を飲みながら、

「ええ、そうなのですわ。まぁ、それは昨年の夏あたりからわかっていたことではありますけれど……。それで、そのことを、我が友ミーアさまが問題視されておりますの」

「まぁ、ミーア姫殿下が……？」

オウラニアは、目を真ん丸にして口を押さえた。

「ええ。そうなんですの。それで、私としても、どうしたものかしら……と思いまして。私、ガヌドス港湾国との仲は、とても大切と思っておりますのよ？　我が帝国と、あなたの国との仲がこじれること、これほど悲しいことはありませんわ。なにしろ、ガヌドス港湾国に最も近しい帝国貴族は我がグリーンムーン家ですしね」

すまし顔で、エメラルダは、ケーキを一口。それから、オウラニアのほうを上目遣いに見て……。

「だから、あなたに、国王陛下に態度を改めるように言っていただけないかしら？　と思って……」

「うーん、私が……ですか？　それは……無理なんじゃないでしょうか……？」

オウラニアは、のんびりとした口調で首を振った。その様子に、エメラルダは、内心で頷く。

エメラルダは、交渉の基本を知っている。

まず、大きなことを要求し、そのうえで、呑み込めるギリギリの条件を提示する。そのセオリーに則《のっと》り、エメラルダは真の要求を突きつける。すなわち……。

「では、どうかしら？　あなたが聖ミーア学園で、勉学に励む、というのは……」

「……えぇと……それは」

オウラニアは、ぽーっとした視線をエメラルダに向けてから……。

「人質《ひとじち》ということ、でしょうか？」

ゆーっくりとした仕草で首を傾げる。

エメラルダはにやり、と笑みを浮かべて頷いて……。

「ふふふ、相変わらず、言葉を飾りませんわね。あなたのそういう実直なところ、嫌いではありませんわよ？」

エメラルダは、オウラニアのことを世間知らずのお姫さまだと思っていた。箱入りで、王宮の外のことはまるで知らない……無知なる者であると。

されど、それは、愚かであることを意味しない。

オウラニアは世間知らずの箱入り姫ではあるが、相手の言葉をきちんと理解できる頭を持っている。ゆえに、エメラルダの言わんとするところの本質を、端的に言葉にしてきたのだ。

その実直さと頭の回転の速さを、以前からエメラルダは好ましく感じていた。

が……実のところ、エメラルダは、オウラニアを人質にしようとは思っていなかった。彼女が企んでいることは、もう少し、ミーア寄りのことで……すなわち。

――聖ミーア学園は、通っているだけでミーアさまの良さにたっぷり触れられる環境。であれば、オウラニア姫を入学させることで、こちらの仲間に引き入れられるはずですわ。

これである。

まぁ、もっとも、それを素直に教えるはずもなし。エメラルダは笑みを浮かべたまま続ける。

「まぁ、実際には、それほど悪い話ではありませんわ。聖ミーア学園は、我が帝国でも最高峰の学府となる予定の場所。あなたの学びのためにも、とても良い機会になるのではないかしら……？」

「あのー、私にはお断りする権利はないと……？」

「断る理由がない、と言っておりますのよ。こんないい話、滅多にございませんし……。仮に断った際、私から吹っ掛けられる面倒事を思えば……ここは引き受けておいたほうがいいのではないかしら？」

そうしてすまし顔で紅茶をすすってから……。

「あ、それと、寒月天がお土産に欲しいのですけれど、どこか、良いお店を紹介していただけるかしら？」

ずうずうしくも言ってのけるエメラルダであった。

「聖ミーア学園に……？　それは、ええと、どういう意味かしら？」

ミーアは目を白黒させつつ、なんとか問う。

ついでに、手近にあった紅茶を一口。舌の上で転がし、糖分を補給しようとする……が……生憎と、砂糖の甘味は感じられなかったっ！

――っ！　そうでしたわ。夏の間に、ちょっぴり食べすぎたからって、当分の間、紅茶にお砂糖は控えるようにと言っておいたんでしたわ！

ちなみに、お茶菓子のほうには、特に注文をつけていないミーアである。

飲み物の甘味を控え、お菓子からのみ糖分を摂取する。飲み物は甘くなくってもいいから、お菓子は甘くしてほしいな！　というミーアの無言の訴えが聞こえてくるようだった。

まぁ、そのあたりの事情を知ったタチアナから、

「お菓子の量も減らしたほうがよろしいのではないかと思います。お茶菓子には……そうですね。干した小魚なんてどうでしょう？」

などとニッコリ提案されてしまうことになるのだが……それはさておき。

ミーアは咳払いをした後、改めて、オウラニアのほうに目を向けた。

その視線を受けて、オウラニアは、ぽやーんっとした顔で、そっと首を傾げてから、ああ！　と小さく声を上げて……。

「そういえば、エメラルダさまから、これをお預かりしています。どうぞ……」

そうして、彼女が差し出してきたのは、一通の手紙だった。さっと手紙の文面に目を通し……ミ

ーアはようやく事態を悟る。

――なるほど……これは、すべてエメラルダさんの差し金……。いえ、エメラルダさんがわたくしのために暗躍した結果、なんですわね……。

そこに書かれていたのは、要するに……。

ガヌドス国王を正面から説得するのは大変だから、娘のほうをミーア学園に入学させて、ミーアエリートに仕立て上げて、側面から攻撃してもらおうぜ！

みたいなノリのことだった。

――ぐむ……これは、確かに作戦としてはわかりますけれど……。

ミーア、思わず唸る。

そう、理屈は理解できるのだ。そして、恐らく、考え方も間違っていないのだろう。

ガヌドス国王とは、いわば強固な城だ。その城壁は高く、城門も分厚い。正面から落とそうと思えば、苦戦は必至。なればこそ、正面からあたるべきではない。

補給を断ったり、城壁の中に間諜を送り込んだり……そうした小細工が必要となってくるわけで……。

――力押しせず、周囲から切り崩していく……なるほど、エメラルダさんにしては実によくできた作戦ですわ。ルードヴィッヒとか、ガルヴさんとか、あのあたりの人たちが好みそうな策でもありますし……。しかし……。

一瞬、納得しかけたミーアであったが、すぐに眉間に皺を寄せる。

――なんか、ミーア学園、とんでもないことになってやしないかしら？

思うのは、そんなことだった。

例えば、エメラルダからの手紙には、エシャールのことが、ちょっぴりの自慢を交えて書いてあったのだが……。

とても勉強ができるし、心が清らかで素直だし……将来の夫として超楽しみ！　みたいな文章に、ちょっぴり胃もたれを感じつつも、ミーアが注目したのは次の文面だった。

『それに、エシャール殿下も、周りからの良い影響を受けて、今ではすっかりミーアさまの信奉者になられました』

――周りからの良い影響……信奉者……。

仄《ほの》かに匂い立つキケンな香りを感じてしまうミーアである。

――これ以上、熱心な信奉者は必要ありませんわ。というか……聖ミーア学園、大丈夫なのかしら？

むしろエシャールや、今現在、通っている生徒たちのことが心配になるミーアである。

――それに、ガヌドスの手の者を聖ミーア学園に入学させるというのも、危険といえば危険ですし……。

聖ミーア学園は、新種の小麦の開発を担当してもらっている研究機関でもある。もしも、妨害工作でもされたら、一大事だ。

――それに、そもそも、聖ミーア学園の最終責任者は、わたくしということになりますわ。そこで起きた問題は、わたくし一人で対処することになりますけれど……それは、大変に不公平な話……。

ミーアが大事にしたいことは、責任回避、並びに、責任の分散化である。

重たい責任を一人で担うなんて真っ平ごめんのミーアである。ならば、どうするか？

――味方に引き入れるという基本線は、わたくしとしても望むところ。であれば、少しだけ軌道修正して……。

ミーアは、コクリッと、目の前に置かれていたクッキーを飲み込んで……！

「オウラニア姫殿下。聖ミーア学園に入学したいという旨、理解いたしましたわ」

手紙をそっと置いて、

「ただ、ご存知かどうかはわかりませんが、聖ミーア学園は、まだ、とても若い学校。貴女が通うには、相応しくないのではないかしら？」

それ自体に嘘はない。エシャールをはじめとして、聖ミーア学園に通う学生は、子どもが多い。いきなり入学して最年長になるのは、オウラニアとしてもやりづらいことだろう。

「え……？　でも」

と、困り顔のオウラニアに、ミーアは優しい笑みを浮かべて。

「大丈夫ですわ。エメラルダさんには、わたくしのほうから言っておきますから。どうせ、無茶なことを言われたのだと思いますし……。それより、これは、わたくしのほうから提案なんですけど……」

ミーアはオウラニアの瞳を真っ直ぐに見つめて言った。

「このセントノエルに通ってみる……というのはいかがかしら？」

「え、ええと……」

返事を躊躇うオウラニアを見て、ミーアは確信する。

――この方、押しに弱そうですわ。確かに、上手くすると、ガヌドス港湾国攻略の糸口になりそうですわね。さすがはエメラルダさんですわ！

腹の中でニンマーリと笑みを浮かべつつ、ミーアは畳みかける。

「ラフィーナさまには、わたくしのほうでお願いしてみますわ。ですから、ね？」

ちょっぴり前のめりになるミーアに、オウラニアはおずおずと首を縦に振るのだった。

第二十七話　お友だち、ラフィーナからの提案

オウラニアには、セントノエル島に一日滞在してもらうことにして、ミーアは早速、ラフィーナのもとを訪れた。

ちょうど午後のティータイムの時間だったため、ミーアがお茶をしに来たと思ったらしく、ラフィーナはニコニコ顔で出迎えてくれた。

いそいそと、自らが育てた花で作ったジャムを添えた紅茶を用意して、出してくれる。

スプーンにのった赤いジャムを紅茶の中に落とし込み、かき混ぜる。と、芳しい花の香りが、ミ

ーアの鼻孔をくすぐった。

「上品な香りですわね。甘さは控えめですけれど、とても美味しいですわ」

「ふふふ、喜んでもらえたなら、よかったわ。このジャム、パンに塗っても美味しいから、よろしければ、差し上げるわ」

「まぁ！　ありがとうございます、ラフィーナさま。ふふふ、これは、お食事がとっても楽しみになりそうですわ」

などと、明日の朝のパンに想いを馳せつつも、ミーアは本題を切り出した。

「ところで、ラフィーナさま、実はお願いがあってまいりましたの」

「あら？　なにかしら？　お友だちのミーアさんのお願いなら、なんでも聞いてあげたいところだけど……」

穏やかな表情で言うラフィーナに勝利を確信しつつ、ミーアは言った。

「実は、ガヌドス港湾国の王女、オウラニア姫殿下のことなんですの」

「ああ……ミーアさんを訪ねてこられたという方ね。その方がどうされたのかしら？」

小首を傾げるラフィーナに、ミーアは順を追って説明し始める。

「実は、セントノエルに来る途中にもお話ししましたけれど、ガヌドス港湾国に大叔父を捜しにいかなければなりませんの。そして、そのためにはガヌドス国王の協力が必要となる」

ラフィーナは、優雅に紅茶を飲みながら、そっと目を閉じる。

「なるほど。オウラニア姫殿下をこちらの仲間につけてしまいたい、と？」

「簡単に言ってしまえば、そうですわ。そしてそのために、できれば、このセントノエルに入学していただきたく思っておりますの」

「そう。ここに……ガヌドスの姫君を……」

ラフィーナは考え事をするように視線を動かし……ティーポットのほうを見て……。

「ミーアさん、お替わりはいかがかしら？」

「ありがとうございます。いただきますわ」

ミーアは頷いた。ティーポット……の隣のジャムの瓶を眺めながら。

……さて、若干の言葉のすれ違いはあったものの、無事にジャムと紅茶をゲットしたミーアは、改めてその上品な甘さにホッと一息。うーん、美味しい！

対して、ラフィーナも紅茶を一口。唇をほんのりと湿らせてから……、

「ガヌドス港湾国は、ティアムーン帝国の初代皇帝の息がかかった国。帝国を崩壊させる仕組みの一部を担う国……という理解で正しかったかしら？」

「ええ、その通りですわ。幸いにして、今はその企みは、ほとんど瓦解したといってもよろしいと思いますけど……。未だに頑なに、こちらとの対立姿勢を見せておりますの」

「けれど、表立って敵対するわけではないから、力で押し潰すことも難しい、ということだったわね……」

――力で、押し潰す……。なんだか、ラフィーナさま……時折、司教帝のお顔がチラリするんですわよね……。恐ろしいですわ。

獅子の皮をかぶった令嬢ラフィーナを、令嬢の皮をかぶった獅子ラフィーナと見誤るミーアなのであった。

「オウラニア姫が味方につけば、その援護によって、ガヌドス国王も折れるかもしれない、か。なるほど、確かに、お父さまというのは、娘に弱いものですものね」

ラフィーナは、小さくため息を吐きながら、壁を見つめる。そこには、なにもかかってはいなかったが……ミーアは、そこに、幻のラフィーナ肖像画の姿を見る。

「そうですわね……。お父さまというのは、そういうものですわ」

微妙に、偏った父親像を共有する二人である。

「しかし、さすがね。ミーアさん。よくオウラニア姫をここまで呼び寄せたものだわ」

ラフィーナの称賛に、けれど、ミーアは首を振った。

「お褒めに与《あずか》り光栄ですわ。けれど、この功績はわたくしのものではありませんの。すべて、エメラルダさんが手配してくれたものですわ」

その言葉に、ラフィーナの瞳が、すぅっと細くなる。

「エメラルダさんが……」

「ええ。グリーンムーン家は、外交的手腕に優れたお家柄。きっと、オウラニア姫とも、もともと繋がりがあったのではないかと思いますわ」

「そう……エメラルダさんが……」

ミーアの言葉を聞いてか、聞かずか……。ラフィーナは、じっと虚空を眺めていたが……。

しばらくしてから、ミーアのほうに目を戻した。

「わかったわ、ミーアさん。オウラニア姫の入学を、特別に認めましょう」

「ありがとうございます。感謝いたしますわ、ラフィーナさま」

半ば答えは予想できていたものの、ラフィーナの許可をもらえて一安心のミーアである。のだが……。

「ただし……。私からも一つ、条件があるの」

「はて？　条件……それは？」

続くラフィーナの言葉に、思わず首を傾げる。

ラフィーナは、一度、言葉を探すように黙ってから、

「セントノエルは大陸最高峰の学府であると自負しているわ。王侯貴族の子女に高度な教育を施し、倫理観を教え込むだけではない。知識の集積という意味でも、最高峰であると考えている」

「ええ、それはもちろんですけれど……」

「そこで、どうかしら？　聖ミーア学園とセントノエル学園、共同で、なにか研究プロジェクトを立ち上げるというのは……」

突然のラフィーナの提案に、ミーアは、目を白黒させる。

「共同研究……ですの？」

吟味するように、ミーアは口の中でつぶやく。対して、ラフィーナは、まるで以前から考えていたかのような、しかつめらしい顔で、重々しく頷いた。

「ミーア学園では、小麦の研究をなさっていると聞いているわ」

「ええ。そうですわね。寒さに強い小麦の開発を進めてもらっておりますわ」

「飢饉《ききん》の問題は、すべての民に共通する問題。そして、ヴェールガ公国も、中央正教会もずっと取り組んできたことでもある。協力できることがあるんじゃないかと思うの」

困窮する人々に対し、常に手を差し伸べてきたのは中央正教会だった。

新月地区に踏みとどまり、孤児や病人の世話をしていた、あの神父の顔が、ミーアの脳裏を過る。

あの……清貧な……聖女マニアの神父の顔が……。

――ふむ、今度、働きを労うためにラフィーナさまの肖像画を送りましょうか。

などと思いつつも、ミーアは冷静に検討する。

――メリットとデメリット……を考えるべきですわね。

気になるのは、セントノエルに功績を横取りされることだった。もしそんなことになったら……なったら？

そこで、ミーア、はたと気付く。

――あら？　意外と問題ないのではないかしら……？

という事実に。

なるほど、確かにミーア学園が単独で新種の小麦を開発すれば、その分、学校の名も上がる。その設立者であるミーアの名もきっと光り輝くことだろう……たぶん、黄金の色とかに……。

ごくり、と、紅茶で喉を鳴らしつつ、ミーアは思う。

――下手をすると、ベル辺りが……女帝ミーアとかいうわたくしが知らない方の功績を称える黄金像が立ったとか、言い出しそうですわね……。そのせいで財政が悪化したとかいうことになりかねませんわ。そうなると、いろいろと面倒……。

さらに、思い出されるのは、エメラルダからの手紙だった。

――その功績につられてやってきたたくさんの学生が、〝周囲からの良い影響〟とやらを受けて、わたくしの信奉者になってしまうかもしれませんわ。それは……ちょっと、アブナイ感じがいたしますわね。

大きすぎる功績というのも、厄介事を呼び寄せるものなのである。

――むしろ、その功績の実りさえ得られればそれで満足。その賞賛を誰が受けようとも、大陸全土が小麦で満ち足りれば、わたくしは、それで満足ですわ。

そうなのだ。ミーアの叡智はいつだって本質を見逃さないのだ。

大切なことはなにか？

それは、もちろん、美味しいものをお腹いっぱい食べることである。当たり前のことである。

では、そのために大切なことはなにか？

それは、すべての人に食べ物を行き渡らせることである。

それこそが、ミーアが求めるものであって……逆に言うと、それさえ手に入るならば、この際、功績に関しては誰のものでも構わないのだ。

むしろ、セントノエルが、小麦の知識の普及などに一役買ってくれるのならば望むところだ。

あるいは、こうも言えるかもしれない。

今や、ミーアの求めるものは、自身が栄誉を受けることでもなければ、帝国のみが飢饉を生き抜くための食べ物を得ることでもない。それでは全然足りないのだ。

あの『パンケーキ宣言』をしてしまった以上、事は帝国よりももっと大きな規模、近隣諸国、否、大陸全土にも及ぶほどのものになってしまったのだ。

それゆえに、すでに、大陸最高峰の学府として知られるセントノエルの名は、大変有用なものだった。

自分がなにもせずとも、自分が望んだ結果が向こうからやってくる。これほど素晴らしいことが、この世界にあるだろうか？

ミーアはどちらかというと、種蒔きも刈り取りもしたくないし、その功績も欲しくはない。刈り取った後の果実をちょこっと分けてもらえることこそ、ミーアの理想なのだ。

――まぁ、そうそう上手くいかないから、頑張る羽目になっているわけですけど……。

ともかく、一緒に働いてもらえることならば、遠慮なく任せてしまいたいミーアである。が……。

「では、小麦の研究にセントノエルも参加するということで……」

と頷きかけたミーアに、けれど、ラフィーナは首を振った。

「いえ、それはミーア学園主導の研究。後から参加して、功績を横取りするような真似はできないわ。もちろん、協力を惜しむつもりはないけれど……」

と、やんわり断られてしまった。

「それに、ミーアさんのことですもの。もうそろそろ、小麦のほうは研究の成果が出てきているのではないかしら？」

「ええ……まぁ、わたくしがどうこう言うより、セロくんやアーシャ姫が頑張ってくれておりますし……」

ミーア、すかさず訂正しておく。

上手くいかなかった時に「これだから、ミーアさんは！」などと言われぬようにということも、もちろんあるが、結果が出た時には、きっちり彼らの功績にしてもらわねばならないからである。

「功績をミーア姫殿下が横取りした！」などと言われてはたまらない。

――セロくんのお姉さんはティオーナさん……。怒らせると革命の鬼になってしまう可能性が万に一つもあるかもしれませんし……それに、アーシャ姫はペルージャンの姫君。あの国の機嫌を損なうのは、現状、とてもよろしくないですわ。

せっかく築いてきた良好な関係を崩さぬよう、細心の注意を払う。アフターケアに定評のあるミーアカンパニーである。

「うふふ、ティオーナさんやラーニャ姫から聞いているわ。すごく働きやすい場所でサポートも充実してるって。ミーアさんには感謝しかないって、言っていたわ」

そう微笑んでから、ラフィーナは続ける。

「でも、小麦だけでなく、もっといろいろなものを研究できるのではないか、と私は思っているの。まだ、具体的にはわからないけれど、きっとなにかあるはず。そして、できれば、各国の王たちにも、その動きへの協力を訴えたいと思っているの」

「飢饉への対策、そのためにミーア学園とセントノエルで共同研究を始めた、という、その表明を各国に示したいと……つまり、旗印ということですわね」

「そう。そして、そのための題材を、探したいと思っているのよ」

「それは、なかなかに難題ですわね」

ミーアは、うむむ、っと唸った。

寒さに強い小麦に関しては、ミーアには知識があった。されど、それ以外の飢饉への対処については、まったくのノーアイデアなミーアである。

そもそも、ミーアはイエスマンなのだ。

誰かの提案にイエスということはあっても、誰かに提案するというのは、あまり得意ではないのだ。

ということで……。

「そうですわね。これは、すぐに思いつく類いのものでもございませんし、一度、持ち帰って考えたいと思いますわ」

「もちろん、構わないわ。ただ……」

っと、そこで、ラフィーナはとても真面目な顔で、ミーアを見つめてきた。心なしか、その頬をちょっぴり赤くしつつ……。

「私は……私も、ミーアさんのお友だちとして、ミーアさんの役に立ちたいと思ってる。ミーアさんがしようとしていることは、とても素晴らしいことだから……私も一緒にそれをしたいと思ってる。そのことを、どうか忘れないで」

その、真剣そのものの顔を見て、ミーアは、思わず嬉しくなる。

——ふむ、ラフィーナさまがこんなにやる気なのであれば、飢饉の心配はいっそう遠ざかったと言えますわね。あら？　むしろ、わたくしが、それほど頑張らなくってもよいのではないかしら？

なぁんて……性懲りもなく、ちょっぴり危険な油断を始めそうになるミーアなのであった。

第二十八話　ミーア姫、ダメ出しされる⁉

ラフィーナとの会合を終えたミーアは、新たなる難問に頭を抱えていた。

「共同研究……これは、なかなかに難しいところですわ。正直、聖ミーア学園の名が世界に轟《とどろ》いても大していいことがあるわけではないのですけど……」

聖ミーア学園の名声が高まるのは、悪いことではないにしても、それほど重視することとも思えないわけで……。しかし……。

「なにか新しい発見があった際には、セントノエルの名を使えるのは有意義ですわ。セントノエルの発見という時と、ミーア学園の発見という時とでは、受け取る側の印象がまるでちがいますもの」

セントノエルで新発見された技術ならば、自国も取り入れてみようかな？　となるが、ミーア学園では微妙だ。

「なんだ？　聖ミーア学園って……」などと鼻で笑われる可能性もあるし「自分の名前を学校につけるとか……ねぇ？」なぁんて、失笑を買うかもしれない。

もしも、寒さに強い小麦が完成に至ったとしても、それを活用してくれなければ意味がないわけで……セントノエルのネームヴァリューはぜひとも生かしたいところなのだ。

「小麦の生産高が各国で上がっていけば、間違いなく価格高騰は起こらないはず」

ミーアの視線は、常に、先を先を見通す。

今の備えは、ミーアが知る大飢饉に対するもの。されど、それ以降、飢饉の危機に一度も巻き込まれないわけもなく……。

「絶対に起きてほしくないことのためには、きちんと備えておくべきですわ」

そのためには、ラフィーナが納得するような研究内容を探す必要がある。

というわけで、研究のネタ探しに、ミーアは図書館を訪れていた。

大きな机の一角に陣取り、腕組みする。

「飲食禁止というのが、少々、不満ではありますけれど……考え事をするには最適な場所ですわね。静かですし……せっかくですから、ある程度、ここで問題を整理してしまいたいですわね」

ぶつぶつつぶやきつつ、ミーアは紙とペンを手に取った。

「ふぅむ……。問題を書き出してみることにいたしましょうか」

眉間に皺を寄せつつも、ミーアは紙に文字を書きつけていく。

「まず、ガヌドス国王から協力を取り付ける件。目的は、大叔父さまである、ハンネス卿を捜し出すため。そして、もろもろの事情を聞く……。そのためには……」

ミーアは、紙に「ガヌドスの国内に対する対応」と書く。さらに、その横に、一番の邪魔者は国王か？　とメモをしておく。

「ガヌドス国王は一筋縄ではいかなそうな人ですし、オウラニア姫殿下との仲を深めることは、大切ですわね。エメラルダさんの献策にしては、上々のものですし、しっかりとやっておきたいですわ」

そこに二重丸をつけておく。それから「どうやって？」とメモを書き足す。

「やはり、なにか楽しいイベントごとに巻き込むのが一番よいかしら……」

トン、トン、トン、っと人差し指で自らのこめかみを叩きつつ、次の案件へ。

「ラフィーナさまからの案件。ミーア学園とセントノエルの共同研究……。そのネタをどこかから探し出さねばなりませんわ」

幸い、参考になりそうな本は、ここに溢れている。後は、その分厚い本を開いて、探すだけなのだが……。ミーア、無言で辺りを見回して……。

「あれ、読むの大変なんですわよね」

ミーアは、かつて一応は（一応は！）飢饉について自分で勉強しているのだ。なので、難しい本を読んだことがないではない。

その点、孫娘ベルよりは、多少は帝国の叡智じみた行動はしているのだ。

だが……あれをもう一度やって、なにか飢饉に役立つ研究を考案しようなどという殊勝な考えはなく……。

「協力者が必要ですわね。確かクロエが図書室の本は全部目を通したとか、そんな噂を聞きましたから、協力を依頼して……。いえ、いっそのこと、生徒会でなにかアイデアを出してもらうとか……」

これは、なかなかに良いアイデア！　っとばかりに、メモしておく。

ミーアは基本的にイエスマン。アイデアマンではない。

アイデアを出すのは自分じゃなくていいのだ。

「あとは……そうですわね。やはり、みなで楽しめる遊びが必要ですわ。オウラニアさんを懐柔するためにも、秋ならではのレクリエーションを考えて……ふむ！　秋といえば、やはり、紅葉で色づく森が良いスポットですわね」

森に遊びに行く、とメモしておく。さらに、さらに、

「一緒に、キノコ狩りもセットにすると、さらに、盛り上がるはずですわ」

メモのすぐ横に「全校生徒でのキノコ狩り」の文字を書き込む。っと、そこで、ミーアは視線を感じた。

誰かが、ジィッと見つめてくる、そんな感触。辺りをキョロキョロ見回したミーアは、自らの背後に立っている青年の姿を見つける。

「あら、キースウッドさん、どうかしましたの？」

小首を傾げるミーア。対して、キースウッドはニコニコ笑みを浮かべたまま、無言で、ペンを手に取って、「全校生徒でのキノコ狩り」にばってんをつける。

「あら……？　これは、いったい？」

などと目をまん丸くするミーアに、キースウッド、無言のまま首を振る。

「あら、でも……」

っと、抗議しようとしたミーアであったが……。キースウッドは、優しく、穏やかな……まるで、なにかしらの……世を統べる真理に到達したかのような、悟りきった笑みを浮かべて、

「…………」

はっきりと、首を振った。

「ふぅむ……でしたら……」

ミーア、さらさらさらりん、っとペンを動かし、次の案を提示する。

『生徒会+オウラニア姫殿下でのキノコ……』

キノコ、まで書いたところで、ばってんをつけられる。

めげずにミーア、次の案を……。

『生徒会+オウラニア姫殿下で、お料理会』

お料理会の文字で、一瞬、キースウッドの腕が動きかけるも、かろうじて、それを堪えた様子。

うぐぐ、っと苦しげに唸りつつ、荒ぶりそうになる右腕を左腕で押さえるキースウッドを横目に、これはいけるか⁉ っと、文字を書き足す。

『キノコを添えて』

キースウッドの腕が閃《ひらめ》き、直後、紙に大きなばってんがついた。とても綺麗な……胸のすくような、お見事なばってんだった。

第二十九話　小さな決意の芽生え

ミーアと共にセントノエルへと帰ってきた年少組の三人は、同じく故郷から帰ってきた特別初等部の子どもたちと再会を喜び合っていた。

もともとが、孤児院や貧民街出身の子どもたちである。一度の別れが永遠の別れになる、などということも決して珍しいことではなかった。

だからだろう、再会の喜びは大きく、みなの顔には笑みが溢れていた。

そんな笑顔の輪の中で、パティはいつも通り、みなの様子を観察していた。

「元気そうね。カロン」

そうヤナに話しかけられて、カロンはニヤリ、と片頬を上げた。

「お前のほうもな。弟ともども元気そうでよかったな。てっきりお貴族さまに売られちまったかと思ったぜ？」

悪ぶってみせるカロンに、ヤナは小さく笑みを浮かべて言った。

「あれ？　もしかして、あたしたちのこと、心配してくれたの？」

まるで、からかうような口調に、カロンは言い返そうとして……けれど、うっと唸るだけだった。

なぜなら、ヤナが、心なしか柔らかな笑みを浮かべていたからだ。

ヤナは、とても整った顔立ちをしている。額の瞳の刺青も、どこか神秘的で……だから、素直な笑顔を浮かべると、とても可愛らしいのだ。

それはもう、見惚れてしまうほどに……。

——前までは、弟を守らなきゃって思ってたから、どこか棘《とげ》があったけど……。

自分が心を許した結果、裏切られでもしたら、弟もろとも酷い目に遭うという状況。そこから解放された後も、しばらくは信じ切れなかった彼女だが……ようやく、その警戒を解いたようだった。

友だちのそんな変化が、ちょっとだけ嬉しくて……。同時に、それを素直に認められるようになった自分に、パティは少しだけ戸惑う。

「良い顔をするようになりましたね」

ふと、声をかけられて振り返る。と、眼鏡の教師、ユリウスが立っていた。穏やかな笑みを浮かべる彼に、パティは素直に頷いて……。

「はい。ヤナは……夏休みの間、ミーアお……さまの良いところをたくさん見させてもらってたから……」

きっと改めて、ヤナは思ったのだろう。

ミーアならば、信じても大丈夫だ、と。

——あるいは、ただ単に、守られる環境に慣れてきたということ、なのかな……。

もしも、ここがあのクラウジウス家だったら……。蛇の教えを施す場であったなら……。まさに、その瞬間に、彼らは裏切ってくるだろう。

手酷い裏切りを加え、根深い不信を植え付ける。だから、パティは、どんなことがあっても心を開くことはない……と思っていたのだが……。

「あなたのこと、だったのですが……」

パティの答えに、ユリウスは思わずといった様子で苦笑する。その顔を見たパティは、自らの口に手を当てて……。

「私……？　もしかして、私、笑って、ましたか？」

「ええ。ああ、でも、もちろん、あなただけではありませんよ。ヤナさんも、カロンさんも、キリルさんも……。みんな、ここに来た頃とは比べ物にならないぐらい、柔らかい表情をするようになりました」

優しげな口調で、ユリウスは続ける。

「パティさんは、まだ、少し緊張しているようにも見えますけど……大丈夫。私たちが、みなさんを守りますよ。ラフィーナさまも、ミーアさまも、絶対にみなさんのことを見捨てたりなんかしませんから。どうか、安心して……私たちを信じてください」

その言葉は……パティの胸の内に温かな感触を残した。

「ありがとうございます。ユリウス先生……」

その感情に促されるままに、パティは言葉を紡ぎだす。

心をそのまま言葉にしてもいい……。それが今は、少しだけ嬉しくって。でも……同時に思う。

それでも、きっと自分は、心から笑うようなことは、ないのだろう、と。

状況の把握ができた分、安心できるし、この世界ならば、もしかしたら心を許せる友だちもできるかもしれないけれど……それでも。

——過去に戻った時のために、警戒心のすべてを捨て去るようなことは、できないから。それに……。

「ユリウス先生……」

「うん？　なんでしょうか？」

首を傾げるユリウスに、パティは覚悟のこもった声で言った。

「ユリウス先生の、昔のお話、聞かせてください」

多分、この先、この人は、きっと多くの子どもを助けるだろう。

今までだって、たくさん助けてきたのだろう。だから……。

「オベラート子爵の家に引き取られたのは、いつ頃のことですか？」

バルバラは言っていた。自分の子どもは死んでしまったと……。

それは、バルバラが騙されていただけ、子爵家が口から出まかせを言ったということでもあるのかもしれないけれど……。

——私が、変えたから、そうなったのかもしれないから……。

あの時、バルバラの話を聞いた時、確かに、パティは思ったのだ。

可哀想……と。

そして、もしも、自分にそれを止める力があったら、どうだろう？　その子どもを、ユリウスを助けないだろうか？

パティは、自分が未来の世界に来ているという意味を、正確に把握していた。

蛇によって刷り込まれた、観察し、思考する習慣が、この時に役立った。

――できることはあまり多くないかもしれないけど……。

皇妃になったからといって、できることは多くない。特に、蛇の監視がある以上、好き勝手なことをしていたら、いつ消されるかもわからない。

けれど……とパティは思う。

――たぶん、なにもできないというわけじゃないから……。

それは、少女の胸に芽生えた小さな決意。

蛇と戦おうという……勇敢な決意だった。

第三十話　ミーア姫、苦戦する

さて、すべきことを整理したミーアは、翌日から、オウラニアとの仲を深めるべく、早速行動を開始する。

「大きなイベントごとは互いの距離を縮めるもの。ゆえに必須ですわ。けれど、それだけでなく、普段からの関係性も大事だということもまた、紛れもない事実。エリスの恋愛小説にもそんなことが書かれていたはずですし……」

いささか心許ない根拠を口にしつつも、ミーアはオウラニアのもとを訪れた。

ちなみに、急遽決まったこととはいえ、オウラニアの転入はつつがなく行われた。

どうやら、エメラルダから相当せっつかれていたらしく、ミーアの許可が下り次第、すぐにでも聖ミーア学園に入れるよう準備をしていたらしい。

それがセントノエルに変わっただけだということで、それ自体はスムーズにいったのだが……。

「ご機嫌よう。オウラニア姫殿下。無事に転入が終わったようでなによりですわ」

早速、でっかい菓子折りを携えて、オウラニアの部屋に行ったミーアであったが……。

「あらぁ、ミーア姫殿下。わざわざ、申し訳ありません」

などと、にっこり、笑みを浮かべるオウラニアであったが……。

「美味しそうなお菓子をありがとうございました。それでは、荷物の片づけがまだありますので、これで……」

などと、頭を下げて、パタン、とドアを閉められてしまった。

「……あら？」

てっきり、部屋に迎え入れられて、一緒にお茶でも……などと誘われるつもりになっていたミーアである。持参したお菓子も一緒に食べられて一石二鳥！　などと思っていたミーアなのである。

にもかかわらずの、この仕打ち……。

「……ま、まぁ……今日はたまたま忙しかったのかもしれませんし……。明日にでも、また訪ねてみましょうか」

などと、思っていたのだが……。

翌日は、メイドが不在だから、お茶を淹れるのが～、などと言われて断られ、その翌日には、実は甘い物はあんまり……などと言われて追い返された。

「これは……あからさまに避けられておりますわね」

目の前で閉められたドアを見て、ミーアは、ぐぬぬ、っと唸った。

「み、ミーアさまに、なんという無礼な……っ」

などと、珍しく真っ赤になって怒っているアンヌに、ミーアは……。

「わたくしのためにありがとう、アンヌ。でも、わたくし、気にしておりませんわ」

やや、ひきつった笑みを浮かべてみせた。

――なるほど……。そういう作戦なわけですわね……。

確かに、この対応はいかにも無礼。大国の姫がわざわざ会いに来ているのに、この仕打ちは、礼を欠くことこの上ないことではあるのだが……。

でも、このセントノエルでは、それこそが武器になる。

「ラフィーナさまのお膝元で、権力を背景にした圧力は、極めて危険な行動ですわ」

聖女ラフィーナは高潔な人。権力者の横暴を許さない公正な人。

ゆえに、ミーアは強く出られない。

ただでさえ、オウラニアをセントノエルに来させた経緯が経緯だ。下手なことをすれば、大国の横暴だ！　と訴えられてしまうかもしれない。

「ううむ……手ごわいですわよ。これは……」

そもそも、甘い物が嫌いな人間はいない、という確信を持っていたミーアである。菓子折りを抱えてきた相手はついつい招き入れたくなるのが人情というものではないか。なのに……。

「慧馬さんあたりなら、これで一発ですのに……」

つぶやいてから、ふと、ミーアは遠い目をした。

「思えば、慧馬さんにしろ、小驪《シャオレイ》さんにしろ、騎馬王国の方はとても素直で、純粋な方が多かったのですわね……。一緒に食事して、馬に乗れば、すぐにわかり合えましたもの」

ちなみに、ミーアとわかり合おうと思った場合には、ケーキを持っていくか、鍋をつつき合うのがいいらしい。鍋の具材はキノコが一番とされるが、兎肉でもいいらしい。

というか、ぶっちゃけ、ミーアもまた、美味しいものを一緒に食べれば概ねわかり合えるともっぱらの評判である。

まぁ、それはさておき……。

「ううむ、オウラニアさんのあの反応は、ちょっと想定外でしたわね……なんか、この感じ……ちょっぴり懐かしいですわ」

それから、ミーアは静かに瞳を閉じて……。

――ラフィーナさまに、こんな感じであしらわれたんでしたわね……。ああ、懐かしいですわ。

懐かしい、というか、ほろ苦いというか……。

すっかり傷ついてしまった小心《リトルハート》を癒やしてもらうべく、ミーアはラフィーナのところに行った。

これで、ラフィーナにまで、

「あなた……誰だったかしら？」

などと言われたら立ち直れないところだったが……幸いにしてそんなこともなく。

ニッコニコ、溢れんばかりの笑顔で迎え入れられたミーアは、美味しいジャムに紅茶を添えたものをたくさんもらって、すっかり回復。

それから、前の時間軸での苦労と、現在の、朗らかな笑みを浮かべるラフィーナとのギャップに、はらほろと涙をこぼしつつ、

「ああ。やはり……お友だちはいいものですわ……。ラフィーナさまは、わたくしの、大切な、お友だちですわ」

なぁんてつぶやいたりするものだから、ラフィーナがさらに感極まってしまって……その後、滅茶苦茶お茶会する羽目になってしまうのだが……。

それはともかく、ミーアは決心を新たにする。

「やはり、イベント。イベントが必要ですわ。みなでワイワイ盛り上がれるような企画を立てるのがよろしいですわね。それをきっかけに、徐々に仲良くなる。これこそが一番大事ですわ。問題は、オウラニアさんが、どんなことに興味を持っているかですけど……」

悩ましげな顔で、ミーアは唸り声を上げる。

「正直、こちらも生徒会でアイデアを募りたいところではありますけど……。キースウッドさんが意外と細かいダメ出しをしてくるんですわよね。アイデアを出す時には、否定せず、とりあえず、出るに任せろ、とクソメガネが言っておりましたのに……。基本がなってませんわね」

やれやれ、と首を振るミーアであった。

第三十一話　マルチタスク・プリンセス

翌日のこと、ミーアは生徒会を招集した。

「イベントごと……イベントごとなんですわよねぇ。ううむ……」

なぁんてつぶやきつつも、今日の議題はセントノエル・ミーア学園共同研究の内容に絞っておく。基本的に、ミーアはお腹一杯食べた後でも、甘い物を食べられる人だ。甘い物は別腹《マルチタスク》を得意としているといえるだろう。

オウラニアと仲良くなるためのイベントのアイデアは必要。されど、共同研究のアイデア出しもまた重要なことなのだ。ということで、

「先に、ガヌドス港湾国のオウラニア姫殿下の転入のことについて、みなさまにお知らせいたしますわ」

会議の冒頭、とりあえず、必要最低限なことを伝えておく、甘い物は別腹姫《マルチタスクプリンセス》ミーアである。

「そうか。オウラニア姫がセントノエルにやってきたのは、そういう経緯があったわけか」

腕組みしたシオンは、ニヤリと満足げな笑みを浮かべて……。

「それにしても、エメラルダ嬢は、さすがの外交的手腕だな。ガヌドス港湾国から王女を出させるとは……優秀な女性だ」

弟の婚約者の優秀さを、素直に喜ぶシオンである。

「……優秀？」

ミーアはそれを、ちょっぴり生暖かい目で見ていたが、すぐに話を戻す。

「ただ、今のお話はあくまでも、みなさまに共有したまでのこと。また別の機会に相談するかもしれませんが、本題は別ですわ」

ミーアは、チラリとラフィーナのほうに目を向ける。ラフィーナが頷くのを待って、ミーアはゆっくりと口を開けた。

「実は、セントノエル学園と我が国の聖ミーア学園とで、共同研究を始めようという話になりましたの」

「共同研究、というと……？」

不思議そうに首を傾げるアベル。ミーアは一度、言葉を切ってから……。

「国の別を問わぬ大きな問題……。飢饉への対策についての研究ですわ」

その言葉に、驚きを見せる者はいなかった。みな、そうだろうな、という顔で頷いていた。

それは、彼らが出会って以来、ずっとミーアが言い続けていたことだったからだ。

あるいは、それを一歩前に進めたものともいえるかもしれない。

それは、目の前の危機に対する備えのみならず、将来の、数十年先の未来にも影響を及ぼすかもしれない研究だったからだ。

かつて蛇の巫女姫ヴァレンティナは言った。人が人である限り、強者が弱者を踏みつけにし、勝者が敗者を食い物にする、その構造は変わらない、と。それは人の性質であり、人が人である限り決して逃れられぬものである、と。

ミーアの提唱しようとしているこの研究もまた、同じことだった。

人が人である限り、食べるのをやめるわけにはいかない。人が物を食べ、そこから生きる力を得続ける限り、食料不足、飢饉の問題は消えることはないのだ。

そして、ミーアはまさに、そこに直結する研究を始めようとしているのだ。

一方で、ミーアは周囲の者たちが感銘を受けていることを見て取るや、言葉を重ねる。

「すべては、ラフィーナさまからのご提案ですわ。素晴らしい提案をいただき、わたくし、とても感銘を受けておりますわ。わたくしも、なにかできないか、とは思っていたのですけれど、先を越されてしまいましたわね。ふふふ、さすがはラフィーナさまですわ」

ヨイショの精神を決して忘れない、議長兼ヨイショ部長姫《マルチタスクプリンセス》のミーアである。他人の功績を自分のものにして恨みを買うなどもってのほか。相手がラフィーナであるならばなおのことである。

きちんと〝さすラフィ〟をした後、ミーアは続ける。

「本来これは、セントノエルと聖ミーア学園とで話し合うべき事柄……。あるいは、聖ミーア学園の責任を負うわたくしと、セントノエルの責任を負うラフィーナさまで決めるべきだとは思ったのですけれど……わたくしは、セントノエルの生徒会長でもある。ゆえに、この件をセントノエル学園生徒会の中で話し合うのがよろしいのではないかと思いましたの」

そうして、ミーアの話が一段落したところで……。

「これは、少し関係のないことなのですが、よろしいでしょうか、ミーアさま」

一番に、ラーニャが手を挙げた。

「構いませんわ。なにかしら？」

ラーニャは、静かに立ち上がり、みなの顔を見渡してから言った。

「聖ミーア学園で開発中の新種の小麦は、来年の夏ごろには、それなりの量が帝国の市場に出回ると聞いています」

ミーアは、それに頷いてみせて……。

「というよりも、備蓄の量を考えても、そうせざるを得ないというところだと思いますわ」

使えば減るのが備蓄というものだ。永遠になくならないならばともかく、流通に占める割合は徐々に減っていかざるを得ないわけで……。

——まして、他国にも供出しているのですから、その減りは当初の予定より遥かに早いですわ。

現在、近隣諸国の市場には目立った混乱は見られない。それは、寒冷による収穫高の不足分を、備蓄によって、あるいは、フォークロード商会が運んできた海外の小麦によって、適宜補填《ほてん》し、安定化を図っているためだ。

だが、その備蓄はいつまでも使えるものではないわけで。

「備蓄がなくなれば、自然、その部分をなにかで補う必要が出てくる。海外からの輸入量を増やすのは現実的ではありませんし、そうなると、寒さに強い小麦を利用して、収穫高を上げるしかありませんわ」

ミーアの言に頷いてから、ラーニャは言った。

「その寒さに強い小麦を周囲の国々に伝え、利用してもらうためにも、セントノエルの名を使えるのでしょうか？」

ミーアは、確認するようにラフィーナに目を向ける。っと、

「それは、論じるまでもないこと。貧しき者、弱き者を助けるは、教会の本分でもある。寒さに強い小麦の普及に、ヴェールガ、中央正教会の名を使うことには、なんの異存もありません。セントノエル学園もまたしかり。聖ミーア学園の立てた功績を横取りする形になってしまいそうだから、そうね……。セントノエル学園推奨……ぐらいで、広めていったらどうかしら？」

ラフィーナの力強い了承を受けて、寒さに強い新しい小麦『ミーア一号』と改良版である『ミーア二号』『ミーア三号』が大陸の各国に広まる下地は着々とでき上がりつつあるのであった。

それはともかく……。

「今のラーニャさんの話は、セントノエルと聖ミーア学園の『協力関係』を利用して、新しい小麦の知識を効率的に広げることができる、と、その確認でしたわね。そうした副次的な効果ももちろん期待できると思いますけれど……そのためには、やはり、目玉となる研究が必要になると思いま

すの。そういうわけで、ぜひ、いろいろな意見を出していただきたいですわ。くれぐれも、この場では否定することなく……」

と、そこまで言ったところで、ミーアはチラリ、とキースウッドのほうを見る。

キースウッドは、ん？　と首を傾げているが……あえて強調するようにミーアは続ける。

「実現可能かどうかも気にしなくていいですわ。今は自由に思考を羽ばたかせて、広くアイデアを募りたく思いますの」

そうして、図書室でばってんをつけ続けたキースウッドに、言外で抗議するアイデア待ち《マルチ》イエスマン兼執念深きリベンジャー《タスクプリンセス》のミーアなのであった。

第三十二話　聖女ラフィーナの懊悩《おうのう》

ミーアの司会進行を見ながら、ラフィーナは……。

――どうしよう……。

ちょっぴり、焦っていた。

なぜって……だって、共同研究を提案したのは、エメラルダに対抗心を燃やしてのことだったからだ。

「ラフィーナさまのお考えには、改めて、脱帽《だつぼう》ですわ。実際、その効果のほどは、わたくしもよくわかってはいたのですけど、さすがに、聖ミーア学園のほうから、このお話を持っていくことはできなかったですし。感謝いたしますわ、ラフィーナさま」

そうして、ニッコリ微笑まれてしまうと、もうダメだった。

ラフィーナは、涼やかな笑みを浮かべつつ、すすすっと視線を逸らす。

誰もがミーア・ルーナ・ティアムーンのようであれるはずがない。無心で波に乗り続けられる海月は稀有《けう》な存在だ。

自分の意図とは別のことで、褒めたたえられれば当然、羞恥心《しゅうちしん》は刺激される。

「もっ、もうこれ以上、言わないでぇ！」

などと、悲鳴を上げたくだってなるものなのだ。

なにしろ、ラフィーナはそんなご立派な考えで共同研究を提案したわけではないのだから。

それはちょっぴり醜い、私情によってなされたものだったから。

誰もがミーア・ルーナ・ティアムーンのようであれるはずがない。やってきた波の、その行き先がどこかであるかなど、まるで気にせず、ひょーいっと飛び乗れるほど、蛮勇に富んでいるわけではない。

つまり、要するに、ミーア・ルーナ・ティアムーンは常人離れした器の持ち主なのだ！

……とまぁ、冗談はさておき。

そんなわけで、ラフィーナは焦りつつ……けれど、その議論を止められずにいた。

なぜなら、話が、とても良い方向にいっていたためだ。

ミーアの舵取りは、とても巧みなものだった。

ラーニャの発言は今日の会議の主旨からいえば、少々外れたものだった。けれど、ミーアはそれを否定することなく、膨らませて意義あるものへと変えていった。

——それに、その後の誘導も素晴らしいわ。みんなが口を開きやすいように、否定せず、ともかく、アイデアを出すことだけに集中させている。素晴らしい手腕だわ。

ヴェールガ公爵令嬢として、たびたび、中央正教会の会議にも参加するラフィーナであるのだが……、その不毛さに嫌気がさすことも少なくない。

いたたまれない空気に、その場を離れたくなったことは幾度もある。有意義な会議の場を作るのは、至難の業なのだ。

にもかかわらず、ミーアは、実に話しやすい空気を作っていた。

——さすがはミーアさんね。すごいわ……。

さらにラフィーナが感心するのは、ミーアがいつでも、他人の力を頼ることを厭《いと》わないことだった。

自分自身の力を過信せず、頼りすぎず、大義をなすためには、どんな手段もとる。

それが、ラフィーナには大変まぶしいものに映った。

——やっぱり、私とミーアさんとは全然違う。私、まだまだだわ。もっと頑張らないと……。

思い出す。

昨日のお茶会……ミーアは、ラフィーナがお友だちでよかった、と言ってくれたのだ。

大切なお友だちだと、言ってくれたのだ。

――あのミーアさんの言葉に報いるためにも……頑張らないとダメね。

なぁんて、反省している間に、話し合いはちょっぴり危険な方向へと進みつつあった。

ラフィーナが気付いたのは、その流れができつつある時だった。

彼女の耳に、ふと、こんな言葉が聞こえてきたのだ。

「効率的に、ウサギ、捕れる仕組みの研究する、どうでしょう？」

発言したのは、ティオーナの従者、リオラ・ルールーだった。彼女は厳密にいえば生徒会役員ではないが、従者の知恵は主人の知恵というのは、セントノエルでは常識だ。

ということで、森の民ルールー族の知恵を存分に披露するリオラだったのだが……。

「私たち、弓矢でウサギ捕る、です。でも、罠も使う、です。罠を改良して、たくさんウサギ捕れれば……」

っと、じゅるるっと口元を拭うリオラである。

「ほう。なるほど……」

ミーアは、顎に手を当てて頷く。

「ルールー族出身のリオラさんらしい素晴らしい意見ですわ。確かに、美味しいですものね、ウサギ鍋。あれは、いくらでも食べられる素晴らしいものですし、ウサギを効率的に捕まえてこられれば……」

じゅるるっと、ミーアも口元を拭っている。

……森のウサギが絶滅してしまわないか、不安である。

ちなみに、ラフィーナは基本的に、ウサギを見ると可愛いと感じる感性の持ち主である。ウサギを見て、美味しそう……と思うことは、あまりないわけで……。

「罠は……どうかしら？」

などと、思わず口を出しそうになるも……自重する。なにしろ、すでにミーアがどんな意見も否定せずに……と言ってしまっていたためだ。

――ウサギ鍋……。それを可哀想と思ってしまうことも、またエゴなのでしょうね。子どもたちがお腹を空かせないためには、そういう研究も必要なのかもしれないし。うん、私もまだまだだわ。

「ミーアさま、よろしいでしょうか？」

続いて手を挙げたのはクロエだった。

「実は、最近、こういう本を読んでいるのですけど……」

っと言って、差し出したのは、『秘境の珍味グルメ　パート5』なる、なんともアブナイ臭いのする本だった。

キースウッドなどは、そのタイトルを見て仰《の》け反っていたが、そんなことは一切無視して、クロエは言った。

「これを読んでいると、珍味というのは、普通は捨ててしまうような部分に宿るような印象があります。そこで、普通は捨ててしまうような部分、例えば、内臓の生肉とかを安全に食べられる方法を……」

――内臓の……生肉……。

ラフィーナは涼やかな笑顔を浮かべつつ、想像して、ちょっぴり背中が寒くなる。

ラフィーナは聖女だ。基本的に訪れた村で出された食事は、ニッコリ笑顔で食べるようにしている。が……ごく当たり前の話だが、好き嫌いはある。

そして、内臓の生肉とやらは……あんまり、食べたくない。いや、すごく食べたくない。火が通っているならまだしも、生は……ちょっときつい。

「さらに、ワーム類は、とても栄養が豊富だという話も載っていて……」

――ワーム類……。

思い浮かぶのは、うねうねと体をうねらせる、毛がたくさん生えたタイプのヤツである。

基本的に、ラフィーナは、虫が好きではない。というか、ごく普通に嫌いだ。

足の長いクモの類とか、幼虫類とか、甲虫類とか……。部屋で見かけたら、直接、手では触れないし、潰しもしない。本の端っこに乗せて、外に出すようにしているが、その理由は、別に慈愛の心からではない。

潰すのが気持ち悪いからだ。

……それを、食べる……？　え？　食べ……るの？

もしも、それこそが飢饉を解決する重要な研究だと言われたとして……認めることができるかどうか……。

――で、でも、ミーアさんが作り出した良い空気を壊すのも……うう、でも……。

深い……深い葛藤の渦に飲み込まれる聖女ラフィーナであった。

そうして、ルールー族の叡智を存分に披露したリオラや、秘境の珍味本の知識を朗らかに披露するクロエを筆頭に、いくつかの独創的かつ突飛なアイデアが出てきて、それを聞いていたキースウッドがお腹を押さえていたりしたわけだが……。

結局、結論は出ずに議題は持ち越しとなって、その日の生徒会はお開きとなるのだった。

第三十三話　ベル、ようやく考え始める。ようやく……

「ふぅむ……」

その日、ベルは図書室に来ていた。

夏休み、いろいろなイベントをエンジョイしてしまったせいで、すっかり、ポーンッと記憶の彼方に飛んでしまってはいたが、自分がこの世界に召喚された意味を考えるためだ。

「パトリシア大お祖母さまが、この時代に飛ばされてきたことは……なんとなくわからなくもない……。それに、ミーアお祖母さまが、この世界を逸脱するほどの影響力を行使した結果、過去の時間にまでその叡智の力が及んでしまったというのも……わからなくはない。でも……」

ベルは、腕組みして、首をひねる。

「……ボクが、この時代ですることって、なんなんだろう……？」

それは、答えが出しづらい問題だった。仮に答えが出たとしても正解かどうかがわからない、そんな厄介な問題だったのだ。さらに……。

「それに、ボクが未来の世界に戻れるのって、いつになるんだろう……？　どうやって帰ればいいんだろう？」

そんな風に、ちょっぴり心配になったベルに、この時代のルードヴィッヒは言った。

「どうやって……という視点では、おそらく答えは出ないでしょう。人が時間を飛び越えるなどというのは、それこそ神の御業に他ならないことですから」

彼は、眼鏡を押し上げながら続けて言った。

「もし、そうならば、むしろ、なぜこの時代に来たのか？　なんのために、ベルさまは、この時代に飛ばされてきたのか？　その面から考えるべきではないでしょうか？」

物事の仕組みではなく、意味を問う視点。ルードヴィッヒの言葉は、ベルに答えを与えるものではなかったけれど……別の考え方へと導くものだった。

「ボクがこの時代に来た意味……かぁ……。でもなぁ、やっぱり難しい」

椅子にちょこん、と腰を下ろし、足をプラプラ。辺りに視線を彷徨《さまよ》わせながら、ベルは、うぅむ、と唸り声を上げた。それから、辺りを見回した。

視線の先には、たくさんの本が置かれていた。

「本……本かぁ」

ベルの脳裏に一番に浮かんだのは、エリスの顔だった。けれど、次の瞬間に浮かんだのは、祖母の、もう一人の眼鏡の友人で……。

「そういえば、クロエ大おばさまが、いろいろな本を読めって言ってたっけ……」

ミーアネットの長にして、祖母ミーアの読み友。さらには、ベルの友人の祖母でもある人……クロエは、頻繁に帝都に立ち寄っては、いろいろな本をお土産にくれる人だった。

幼い頃、エリスの書く小説ばかりを読んでいたベルに、クロエは優しく笑みを浮かべて言っていた。

『エリスさんの書くお話には、エリスさんの思想が色濃く表れる。同じように、ミーアさまの皇女伝には、ミーアさまの思想が見て取れる。それを学ぶことは、とても大切なことだけど、より広い視野を持つためには、たくさんの人が書いた本を読んだほうがいいんじゃないかなって思って。本はいろいろなことを教えてくれる。考えるヒントをくれるものだから……』

「って言ってたけど……」

ベルは改めて、図書館の本を眺めた。

読むのは……すごく大変そうだ。

「あ……そうだ。この時代のクロエ大おばさまに、なにか、ヒントになることがないか聞いてみたら……」

なぁんて、ベルが〝そのまんまミーア〟な答えに流れていきそうになった、まさにその時だった。

「あれ……？　ベルさ……ま？」

ふと顔を上げると、そこに立っていたのは、他ならぬ、クロエ・フォークロードその人だった。

「あ、クロエさん……うふふ、ちょうどよかったです」

にんまーりと、悪い笑みを浮かべるベルに気付かず、クロエはあたりをキョロキョロしつつ、近づいてきた。

「お一人で読書ですか……？」

先日、ベルがミーアの孫娘であると聞いた時から、クロエはベルに敬語を使うようになっていた。未来の世界においては、「ベルさま」呼びに慣れているベルであったが……急に呼び方を変えられるのはこそばゆくもあり……。

「ベルさま？」

「あ、はい。あの、クロエさん、ボクには、別にそこまで敬語を使わなくっても……」

「いいえ。あなたがミーアさまのお孫さんだというのなら……そうミーアさまがおっしゃるのなら、そんなわけにはいきませんから」

生真面目な顔で首を振るクロエだったが……、それからマジマジとベルを見て……。

「それにしても、本当に、ベルさまは、ミーアさまのお孫さん、なんですね……。なんだか、小説の出来事みたいなお話ですね……」

「その言い方は、すごくクロエさんっぽいです」

ベルはニコニコ笑ってから……。

「それにしても、クロエさんは、物語以外にもたくさん読まれるんですね」

クロエの持つ分厚い本に目を留めて言った。

「ミーアお姉さまに聞きましたが、この図書館の本を全部読みつくしているとか……。すごいですね」

そうして……流れを作り出す。ベルの悩みに対して、適切な助言をもらえるように……。楽して助言をもらえるように！

っと、

「そう、ですね……」

クロエは、静かに唇に指をあてて……。

「実は、私、最初は暇つぶしのために本を読んでいたんです。というか、教室で一人でいることの気まずさを紛らわすため、といったほうが正確かもしれませんけど……ともかく、時間があったので、ここの本はすべて読み切ってしまったんですよ……」

「え……？」

意外な話に、ベルは目をぱちくりさせる。てっきり、クロエは本が大好きな人だと思っていたので、意外の念は禁じ得なかった。

「最初は、本当にただの暇つぶしだったんです。だけど、ミーアさまとお会いして……お話するお友だちができて、一人でいる気まずさを紛らわす必要もなくなって……それで、ふと思ったんです。私、どうして本を読むんだろうって……」

クロエはちょっぴり照れたように笑って。

「ミーアさまとお話しするネタになるから、というのはもちろんあるけど、でも、それだけじゃない。私はやっぱり本を読むのが好きなんだって……気付いて……」

そうして、クロエはベルのほうに視線を向けた。

「でも、今はそれだけじゃないんです。私は……、ただ好きなだけじゃなく、いろいろな文献で得た知識をミーアさまのために役立てたいって……そう思うようになりました。だから、私はたくさん本を読もうって思うんです」

「知識を役立てる……？」

「そう。大好きな本の知識を使って、大切なお友だちの役に立つことができる。それって、とても素敵なことじゃないでしょうか」

その言葉を聞いて、ベルは、すとんと腑に落ちた。

「そう、なんですね……。クロエおば……クロエさんの生き方は、そういうものだったんですね」

いつも、お土産に本をくれる優しい人……。彼女のそれは、自分自身が本によって力を得た経験からくるものだったのだ。

——やっぱり、ミーアお祖母さまのお友だちには、すごい人が多いんだなぁ。

そうして、帝国の叡智への尊敬の念を新たに、ベルは図書室を後にした。

……クロエから助言をもらうことは、ぽーんっと頭の中から飛び去ってしまっていたのだった。

第三十四話　ミーア姫、避暑地のお姫さまっぽい雰囲気を出してしまう

セントノエル島には、いくつか湖に臨む浜辺が存在している。

辺り一面に広がる白い砂浜に、さく、さくと音を立て、一人の少女が歩いていた。白金色の髪が湖から吹いてくる風に踊り、陽の光にキラキラと輝いた。

なびく髪を片手で押さえつつ、ふぅっと憂いを帯びたため息……。湖の向こう側を見る青い瞳には、切なげな色が映り……一応、念のため誤解のないように言っておくと、ミーアの描写である。

さながら、避暑地にやってきた、いいところのお姫さまといった風情を醸し出しているミーアの描写なのである。ミーアだってやる気を出せば、このぐらいはできるのだ。

……もっとも、ミーアは間違いなく、いいところのお姫さまなわけで、頑張らないとこのぐらいの風情が出せないことのほうが、むしろ問題なのかもしれないが……。それはともかく。

議長として、生徒会の話し合いを導き、適切な場所でヨイショを入れ（途中からやや適当になってきてヨッコイショになっていたかもしれないが）……、そうして、ちょっぴり疲れた心を癒やすため、ミーアは湖にやってきていた。

夏を過ぎ、秋が深まりつつある今日この頃、穏やかな風には、わずかばかり、冬の寒さが感じられた。

「風が、気持ちいいですね、ミーアさま……」

後ろからついてくるアンヌが、穏やかな笑みを浮かべて言った。

「そうですわね……。もうすっかり秋。食事がとっても美味しい季節になってきましたわね」

天高く、姫肥える秋……。寒い冬に向け、たっぷりといろいろなものを蓄えておくべき季節である。

最近、なにを食べても美味しく感じてしまうことに首を傾げていたミーアであったが、先日、クロエから説明されて、なるほど！　と手を打ったものだった。

冬に向けて蓄えなければいけない。だから美味しいのだ！

では、春と夏は食事が美味しくないのか？　と疑問が浮かんできそうなものではあるが、そんなこと思いもしないミーアなのである。

秋は、冬に向けて蓄える時期。だから、仕方ないのだ！　F．N．Y（証明終了！）

「ところで、アンヌ……誰かと仲を深めたいと思った時には、やはり、イベントごとが大切だと思うのですけど、どうかしら？」

ミーアは、ふと忠臣に、そんな問いを投げかけてみる。

オウラニアと仲良くなるためのイベント案は、結局、生徒会で募ることはできなかった。

共同研究の話し合いが想定以上に盛り上がってしまったため、切り上げ時を失ったのだ。

——まぁ、あれはあれで大切なことですし、結論は出なかったものの、充実した話し合いになりましたわ。

ラフィーナの手前、イベントごとのために、有意義な議論を打ち切るのは、気が引けたミーアである。ということで……、ミーアは忠臣かつ軍師であるアンヌに相談事を持ちかけたのだ。

「仲を深めたい……」

その言葉に、アンヌは顎に手を当て……ピンっと来た顔をした！

「ええ。そう。そのきっかけには、大きなイベントが有効だと思うのですけど……」

「そうですね。そう思います」

アンヌは生真面目な顔で頷く。その顔は、紛れもない、恋愛大都督《だいととく》アンヌの顔であった。今だったら、わずかな手勢で大水軍を迎え撃てそうなアンヌである。

「そこで、せっかくですし、秋らしいイベントを企画しようと思っておりますの」

「……なるほど。素晴らしいアイデアだと思います。ちなみに、どのような？」

「そうですわね。まず、食欲の秋ということで、森にキノコ狩りに……」

っと、キースウッドに却下されたアイデアを口にするミーアであったが……。

「それは、やめたほうがいいと思います」

アンヌ、きっぱりとした口調で否定する。

「なっ、なぜですの？　アンヌ、あなたまで、どうして……？」

アンヌよ！　お前もか！　っと、裏切られたような顔をするミーアに、アンヌはこんこんと説明する。

「キノコ狩りでは、二人きりになりづらいと思います。それに、ミーアさまは、キノコ狩りに熱中しすぎて、仲を深めることが疎かになる可能性もあります」

「むぅ……なるほど。言われてみれば、そうかもしれませんわ……聞くべき点がありそうですわ」

忠臣の言葉には、さすがに耳を傾けざるを得ないミーアである。

「では、アンヌ、あなたは、どのようなものがよいと思うのかしら……？」

「そう……ですね。馬の遠乗り……あるいは、ダンスなどが……」

と言いかけたところで、アンヌは、言葉を呑み込んだ。

「普通……。普通は、ダメってエリスが言ってた……」

「普通は……ダメ？」

ミーア、その言葉に、思わず唸る。

――普通はダメ。なるほど、それは、なかなかに含蓄のある言葉ではないかしら……。

乗馬やダンスは、ミーアにとっては慣れ親しんだ『普通』のことだ。楽しさが容易に想像できるから、企画も立てやすいし、誘いやすくもある。

けれど……それは、オウラニアにとっての『普通』ではないかもしれない。

乗馬はともかく、普通に考えれば、姫というのは幼き日より、ダンスに親しんでいるもの。されど、それは、あくまでもミーアの常識、相手の常識ではないかもしれない。

普通、甘い物は好まれる……それがミーアの常識にすぎず、オウラニアには通用しなかったように。

あるいは「普通、高価なプレゼントは相手を喜ばせる」という常識が、ミーアの常識にすぎず、前時間軸のラフィーナに通用しなかったように。

「考えてみれば……慣れない土地にやってきた人に対してすべきアプローチは、こちらの『普通』

を押し付けることではなかった。もっと親しみのある、それこそ、彼女の故郷を思わせることを……なにか、考えてやるべきなのでは……」

っと、アイデアが固まりかけた、その時だった。

「ミーアさま、あれ……」

アンヌが指さす先、子どもたちがやってくるのが見えた。

「これは、ミーア姫殿下。ご機嫌麗しゅう」

特別初等部の子どもたちを引率していたユリウスが頭を下げる。

「ユリウス先生、ご機嫌よう。どこかに、お出かけだったのかしら？」

ミーアの問いかけに、ユリウスは子どもたちのほうに目を向けながら……。

「実は、セントノエル島の浜辺に棲む生き物を子どもたちに見せたいと思いまして……」

「なるほど。それは大切なことですわね……」

ミーアは感心する。どこにどんな生物が棲んでいて、なにが食べられるのかを知ることは、水を得る方法と同様、生存術の大切な知識であるからだ。美味しい食べ物があるかもしれないのに、それを知らずにいることは、とても不幸なことなのだ。

「良い授業をしておられますわね。ユリウス先生」

「お褒めに与り恐縮です」

頷き合うミーアとユリウスの間で、若干の齟齬《そご》があるような気がしないではないが……それはさておき。

っとそこで、ミーアは、ふと気がついた。

なんとなくだが、ヤナとキリルに元気がないような気がしたのだ。

「ヤナ、どうかしましたの？」

と、ミーアが聞こうとした時、不意に、服を引っ張られる。見れば、パティが物言いたげな顔をしていた。

「パティ……？」

パティはそのまま、ちょこん、と背伸びして、ミーアに顔を近づけて耳打ち。

「あの……ヤナとキリル……ガヌドスの姫殿下の姿を見て、昔を思い出しちゃったみたいで」

「ああ、オウラニアさんですわね……」

言われて、ようやく思い至る。

そう言えば、ヤナとキリルはガヌドス港湾国では差別されてきた身。あまり、良い印象はないのだろう。

「これは、失敗しましたわね……ふぅむ……」

腕組みして、考え込むミーアに、パティは続けた。

「さっき、あっちの浜辺で、釣りしてるのを見かけちゃって……」

「釣り……？　はて……」

意外な言葉に、きょっとーん、と首を傾げるミーアだった。

第三十五話　ミーアはフォローを忘れない！

「釣り……釣りというと、あの、お魚を釣るアレですの？」

ちなみに、ミーア、釣りがどんなものかは、知っている。

あいにくと、自分でやる機会はなかったものの、あの無人島での生活がもう少し延びていれば、自分でやってみたかもしれない。

――サバイバルには水の確保が大事。そして、水場でとれる食料の中では、魚が最上のものですわ。いついかなる時に、革命が起きても逃げ延びられるよう、常に知識の収集を怠らないミーアである。けれど……それはあくまでも、生存のための知識であった。食べるものが十分にある時にしようとは思わないわけで……。

「でも……そうか。確かに帝国で釣りをする貴族というのはあまりおりませんけれど……代わりに狩猟がありますわ。あれと似たようなものかしら……。ガヌドス港湾国なら海に面しているわけですから、オウラニアさんが、狩猟の代わりに釣りをしていても不思議ではない……ということかしら？」

ううむ、っと思わず考え込むミーアであったが……。

――オウラニアさんと仲良くなるためには、彼女のことを知らなければならない……。彼女に合うイベントを考える必要がある……。とすれば、これはきっかけになりうるのかもしれませんわ。

相手がお茶会に乗ってこないのは、なぜか。それは、お菓子に興味がないから。

では、どうするのか？

相手が興味津々で、ついつい参加したくなるような企画を立てればよいのだ。

——思えば、ラフィーナさまにだって、本当はそうすればよかったのですわ。例えば、お父さまが勝手に作ろうとする娘の肖像画について話をしましょう！　などと言えば、もしかしたら、わかり合えたかもしれませんし……。愚痴を言い合う仲にだってなれたかもしれませんわ。

今と近い関係だって、築けていたかもしれないわけで……。

「これは、良いことを聞きましたわ。すぐにでも行かなければなりませんわね。現場を押さえなければ……！」

走りだそうとしたミーアだったが、ふと、そこで立ち止まり、ヤナたちのほうへと向かった。

「ヤナ、それにキリル」

名前を呼ばれた幼い姉弟が、顔を上げる。彼女たちに視線を合わせるように、わずかにしゃがんで、ミーアは言った。

「あなたたちが、ガヌドス港湾国で受けた嫌な想いについて、わたくしは、とやかく言うつもりはございませんわ。けれど、あなたたちは今や、このセントノエルの学生で、わたくしやラフィーナさまの庇護《ひご》のもとにあるということ、どうか忘れないでいただきたいですわ」

そう言って、ヤナの頭を軽く撫でる。それから……。

「だから、大丈夫とは思いますけれど……それでももし、嫌なことがあれば、いつでもわたくしに言うのですのよ？　ないとは思いますけれど、オウラニア姫が、意地悪をしたとか、そういうことがあったら、すぐにでも……いいですわね？」

そう言ってやると、ヤナの顔に、パァッと明るさが戻ってきたように見えた。

ヤナとキリルは、ヴァイサリアンだ。ハンネスを追いかける際にも、力になってくれるかもしれないし、それ以前に、パティの大切な友人でもある。

良好な関係を保っておくに越したことはない。

――それに、もし万が一、子どもに意地悪をするようなところを見つけられれば……。それをきっかけに、お茶会に引きずり込むこともできるかもしれませんわ。

そんな計算のもと、ミーアはヤナに言う。

「いいですわね？　遠慮なんかしたらダメですわよ？　どんな些細なことでも言うこと……。いいですわね？」

それから、ミーアはほかの子どもたちにも目を向ける。

「ヤナたちだけではなく、みなもですわよ？」

突然、話を振られて、ポカンと口を開ける子どもたちに、ミーアは続ける。

「なにか困っていることがあれば、わたくしか、ユリウス先生に言うこと。遠慮は無用ですわ」

それから、ミーアはちょっぴり笑みを浮かべて、

「もちろん、わがままを言ってはダメですわよ？　例えば……そう、食堂のお料理を全部甘い物に

変えてほしいとか、そういうわがままは実現しませんわ」

かつて、それに近いことを生徒会長の公約として出そうとしていたミーアは、気にせず、いけしゃあしゃあと言ってのける！

「けれど……そうですわね。わがままかどうか心配になっても、とりあえず言ってみてもらいたいですわ。実現するかどうかはわからないけれど……、あなたたちの言葉を無視することはない、ということだけは約束いたしますわ」

嘆願を無視されると、人は口を閉ざすもの。

なにを言っても無駄、状況は変わらないと思えば、わざわざ言いにはこないものなのだ。

だから、ミーアは強調しておく。

実現するかはわからないけれど、きちんと聞いている、と……。

「あなたたちの声を受け、どうするのが最善か、きちんと考えますから、遠慮せずに言っていただきたいですわ」

自分たちの不平、不満を、相手がきちんと聞いていて……そのためになにか考えてくれる。

そう思わせることこそが重要だ。

ミーアは知っている。人とは、不満を溜め込むものなのだ。

国王の圧政に対しての文句など、民衆は、そうそう気軽に言えるものではないし、言っても無駄なら余計に口をつぐむだろう。

そうして、彼らは不満を胸の内に溜め込んでいく。だが……それは永遠ではない。

容器に水を入れ続ければ、いつかは溢れ出すように……。

怒りはいずれ、なにかのきっかけで爆発する。

それが個人のものであれば、まだよいが、集団のものになると……ヤバイ。

革命からギロチンへと、強力な流れが生まれてしまう。

だからこそ、ミーアは、その芽を早めに摘み取るべきだと考える。

――気軽に不平を言ってもらえる環境、そして、その不平を、多少は和らげるように行動していると、きちんと見せることが重要ですわ。

ミーアは、子どもたちにニッコリ笑みを浮かべて、

「いいですわね。約束ですわよ?」

朗らかに言った……のだが……。

「……話を聞いてくれたって……なにもしてくれないかもしれないんじゃ、意味がない」

そんな声が、ミーアの耳に入ってきた！

特別初等部には、十歳の年長組が四人と、七、八歳の年少組が三人在籍している。

その年長組の四人の中で、最も勉強ができるのは、ヤナでもカロンでもパティでもなく……もう一人の少年ローロだった。

ローロは、レムノ王国の孤児院出身だった。

他の子どもたちと大差ない貧民街で生まれ、相応に苦労して、孤児院へとたどり着き、そうして、

セントノエルにやってきた。

同じ孤児のカロンは、セントノエルで金目のものを盗んで、自分だけでも生きていけるだけの金を得ようとしたことがあったが、ローロも根っこの部分では同じだった。

貴族なんて信用ならない。いつ捨てられるかわからない。

だから、自分一人でも生きていく力が欲しい、と、そう思っていた。

そうして、彼は、勉強に力を入れた。

セントノエルの高度な教育によって、自分一人でも生きていけるだけの力を得ようと努力したのだ。

けれど、あの日……。

銀の大皿が盗まれた時……目の前の皇女殿下は言ってくれたのだ。

心配することはないと。

あなたたちが何者であっても……たとえ力のない子どもであっても、その全存在を受け入れよう、と……。

全校集会でのミーアの言葉は嬉しかった。あんなことを言われたのは、無条件にすべてを受け入れてもらったのは、はじめてだったから。

とても嬉しくって……だから、夏休み……。

ミーアがパティたち三人を連れて帝国に帰った時、「嫌だな……」と思ったのだ。

パトリシアはミーアと特別な知り合いのようだから、仕方ないとしても、ヤナとキリルは、どうか？

どうして、あの姉弟がついていくというのだろう？

あの二人は、特別な存在なんだろうか？

思考はネガティブな方向へと進んでいく。

もしかして、あの日の、全校集会での言葉は……自分ではなく、パトリシアや、ヤナとキリルの姉弟にだけかけられたものではなかったのか？　と。

だからまるで、その想いを見透かすように、ミーアが、

「あなたたちも……」

と言ってくれたことが嬉しかった。

ヤナたちだけじゃなく、あなたたちのことも、きちんと気にかけているよ、と言われて嬉しかったのだ。だけど……。

――本当、かな……？

その言葉は、無条件に信じるには綺麗すぎたから……。彼は、どうしても信じ切れなかった。

なぜなら……彼は以前、そんな都合のいい、綺麗な言葉に騙されたことがあったから……。

それは、三年前、レムノ王国を襲った革命未遂事件でのこと。

ローロは、とても綺麗な言葉を話す青年と出会った。

青年の名前はランベール。革命軍を主導した男だった。

「王が我々になにをしてくれた？　我々を殴りつけ、搾り取れるだけ搾り取るだけではないか！

我々は暴虐なる王を打ち倒し、自由を手に入れるのだ！」

その言葉は耳心地よく、ローロの心を明るくした。

話の中身は、わからないこともあったけど、それでも、この人についていきたいと思って……ローロは革命派の仲間になろうとして……。

そこで、彼は思い知る。

革命派の中でだって……孤児は、踏みつけにされ、殴りつけられ、支配される立場だと……。

結局は、なにも変わらなかった。

ランベールが言うような、夢のような世界など、なかったのだ。

もちろん、あの男とミーアとを比べることはできない。実際に助けの手を差し伸べてくれたミーアと、言葉だけだった彼とを比べるのは、とても失礼なことだ。

けれど、同時に思ってしまうのだ。この温情だって、今だけではないか、って。

しょせんは、持っている者の、気まぐれに過ぎないんじゃないかって……そんな不安はどうしても拭えなくって。だから……。

「……話を聞いてくれたって……なにもしてくれないかもしれないんじゃ、意味がない」

つい言ってしまったのだ。

――そうだ。この姫殿下の耳心地のよい言葉だって……誤魔化しに過ぎないんじゃないか？　結局のところ、この人だって……。

ローロは上目遣いに、ミーアを見つめた。

「僕たちの話を聞くことに、どんな意味があるっていうんですか？」

――む、むぅ……なかなかに、答えづらいことを言われましたわね……。

ミーアは、その少年に、一瞬、たじろいだ。

それから改めて見ると、彼は、わりと知性的な顔をしていた。しかも、なんと、その顔にはメガネがあったのだ！

どことなく、ルードヴィッヒを彷彿《ほうふつ》とさせる雰囲気があるような気がする。それも、クソメガネのほうのルードヴィッヒだ。

――ふむ、このミニクソメガネみたいな子、わたくしの揚げ足を取ろうだなんて、なかなかに小《こ》癪《しゃく》。けれど、負けてはいられませんわね……。

ミーアは、ふん、っと鼻を鳴らす。それから、刹那の黙考。その後、結論を出す。

――もしも相手がミニクソメガネみたいな子でしたら、口先だけで誤魔化すのは、むしろ逆効果……。ここは、お姉さんの経験談を交えて、実感のこもった言葉で言いくるめるのがよいのではないかしら？

そうして、ミーアはゆっくりと口を開いた。

「まず、言っておきたいのですけれど、わたくしは、全知全能の神ではありませんわ。残念ながら……。欠けの多いただの人間に過ぎない。だから、あなたたちの求めが、真に必要なものであったとしても、それにすべて応えられはしませんわ」

前の時間軸、それは嫌というほどわかっているミーアである。

瞬時に、腹を空かせた民衆すべてに食べ物を用意することなど、人の身においては不可能。それができれば、一番よいのかもしれないが、それは不可能なことなのだ。

「実際に神さまが来て、直接、統治してくれたらどれだけいいか、と思うばかりですわ」

冗談めかした口調で言ってから、ミーアは続ける。

「でも、そうはならない。だから、当然、不足はあるし、失敗することだってあるでしょう。あなたたちの願いに対して、上手く答えを見つけられないことだってあると思いますわ。ただ問題は『完璧に上手くいくこと』と『最悪の結果』との間には、広い幅があるということですわ」

ミーアは思っている。

民の不平不満を一切生み出さないような善政を敷くことは、自分には無理だろう、と。

ゆえに、ミーアが目指すのはそこではない。

——革命が起こらない程度で、そこそこみんな幸せになってくれれば……。最低限、飢え死にしたりせず、どんな時も、そこそこに美味しい物を食べられる……。わたくしにできるのはこのぐらいですわ。

静かなる確信を胸に、ミーアはローロを見つめた。

「わたくしは、完璧なことはできない。たとえ、あなたたちの願いを聞いたって〝あなたたちがもらったら心の底から嬉しいもの〟は与えられないかもしれない。でも〝もらうとちょっぴり嬉しいもの〟だったらあげられるかもしれない。〝されたらちょっと嫌だな〟と思うことはしてしまうかもしれないけれど〝絶対にしてほしくないこと〟は、しませんわ。だからこそ、あなたたちの声が聞きたいんですの。だって、聞かなければわかりませんわ。他人の気持ちというものは」

それは、耳心地のよい綺麗事ではない。

ミーアの本心からの言葉だった。

「この答えでは、不足かしら？　ローロ」

ミーアに名を呼ばれ、少年……ローロはピクンッと肩を揺らした。

「僕の、名前を……」

驚きに目を見開くローロに、ミーアは、

「もちろん覚えておりますわ。うふふ、パティからも、ヤナたちからも、いろいろと聞いておりますわよ？　あなたたちの普段のこと。あなた、とっても勉強を頑張っているそうですわね」

すかさず、牽制がてら、軽くヨイショを交える。

人は褒められれば嬉しいもの。これで、ミーアの答えに多少文句があったとしても、許したくなるはず……。

――やれやれ、これで、なんとか誤魔化せたならいいのですけど……。

などと思うミーアであったが……。

さて、基本的にミーアは、ミーアエリートなる集団を作りたいとは思っていない。

自分の言うことを、なんの疑いもなく聞くような人材は、ちょっぴりアブナイんじゃないか、とすら思っている。

そんなミーアは知る由もなかった。

「ミーア姫殿下……」

その少年、ローロの心に、深く、揺るぎのない忠誠の心が芽生えつつあることなど……。

かくて、無意識に、新たなるミーアエリートをスカウトしてしまったミーアなのであった。

第三十六話　知ったこっちゃないのであった

「ふぅ……納得してもらえたみたいでなによりですわ……」

手を振る子どもたちを見送ってから、ミーアはほふぅっとため息。それから、パンパンッと頬を叩いてから、浜辺をズンズン進みだした。

足元で、サクサク鳴っていた砂の音が、徐々に、じゃりじゃりと硬い音に変わり、さらに、ごつごつと大きな岩が目立ってきた。

「ここには来たことがありませんでしたね、ミーアさま。お足元に気をつけ、きゃあっ！」

「ああ。アンヌのほうこそ気をつけて。ここ、転ぶと痛そうですわ」

すってーんと転びそうになったアンヌを、よーっこいしょーっと、ダンス仕込みのバランス感覚で支えつつも……、ミーアは懐かしげに目を細めた。

「しかし、なんだか、あの無人島を思い出しますわね……っと、ああ……本当におりましたわね

「……」

ミーアの視線の先……大きな岩に腰かけて、ぽげーっと湖面を眺めるオウラニアの姿があった。

その右の手には、釣り竿が握られていて、糸が水面に垂れていた。

最初、会った時には『葉っぱを数える時のミーア』に匹敵するほどの、ぽげーっとした顔をしていたオウラニアだったが、水面を眺める彼女の瞳は、恐ろしいまでに鋭く……鋭くっ！　は、なっていなかった。

葉っぱを眺めてる時のミーアぐらい、ぽげーっとしていた！

「ふむ……」

その横顔を見て、ミーアは思わず唸る。

――無心になって釣り糸を垂らしている……。恐ろしいまでの集中力ですわ。この方、やっぱりデキる方ですわね！

ゴクリ、と生唾を呑み込むミーアであった。

それから、ミーアはふとオウラニアの足元に、水の入った魚籠《びく》が置かれているのを見つけた。

――ふむ、まぁ、いくら避けられているっぽくても、さすがにこの状況で逃げたりはしませんでしょうけど……。

そう思いつつも、ミーアはこっそりと足音を消して近づいてゆき……。魚籠を覗き込む。っと、そこには、大小さまざまな魚が五匹入っていた。

――おお。てっきり、格好だけで釣れてないんじゃないかと思いましたけれど、ちゃんと釣れておりますわね。

感心するミーアのすぐ目の前で、ひょーいっとオウラニアの腕が動いた。その動きに合わせるようにして、湖から、ちゃぽんっと大きな魚が跳ね上がった。

「おおっ！　お見事」

思わず歓声を上げるミーア。だったが……、オウラニアは、釣り上げた魚から視線を外すことはなかった……。手早く魚から針を外すと、流れるような動作で、釣り糸を垂らす。

――ものすごく洗練された動作ですわ。やはり、この方、デキますわね！

ミーアは新たに加わった魚に目をやった。それは長くて太い魚だった。

「この大きなお魚は……」

「オオグチヴェールガバスっていうお魚ですね。塩気のある海水では生きられないお魚で、大きくて、力強くて、釣り応えがとってもいいの。下手をすると糸が切れてしまうし、竿も折れてしまうから、力加減がとっても繊細で、うふふ、いい戦いでした」

どこか間延びした声が、今はちょっとだけキビキビしたものになっていた。

「ほう……」

釣り応えとか大切なのかぁ、などと思いつつ、いまいち、ピンとこないミーアであったが……。

「鍋料理とかにするととってもいいお味。焼けば焼いたで骨からの身離れもよくって、食べやすいんですよー。それに、生のお刺身も脂がのっててとっても美味しくって」

「ほほうっ！」

今度はピンとくる！　ピピピンッとくる！

どんなお料理ができるのかで説明されると、途端に興味を刺激されるミーアなのである。

「ううむ、それは素晴らしいですわ。生でも食べられるし、煮ても焼いても食べられるだなんて……」

腕組みしつつ、うむうむっと頷くミーア。

それから、改めて、オウラニアのほうを見る。

説明の間も、オウラニアは、湖面から目を放そうとしなかった。

――オウラニアさん、わたくしだって気付いてないみたいですわね……。ものすごい集中力ですわ。それに、とても楽しそう……。

これだけ集中しているのだ。さぞや楽しいのだろう。

っと、ミーアが見ている間に、さらに、二匹、三匹、と釣り上げていく。

「これは、ガレリア海でも似た種類がいるけど、やっぱり海水では生きられないお魚でたくさん卵を産むの。こっちは……」

なぁんて解説してくれるオウラニアを見つめながら、ミーアは確信する。

――なるほど、ガヌドスの姫を誘う時には、ガヌドス港湾国の人間の気持ちで誘うべき、ですわね……。甘いお菓子なら喜ぶだろうというのは、あくまでもわたくしの常識。普通を普通と考えないのが大事。こちらの普通を押し付けるのではなくって、彼女がなにを喜びとするのかを考えることこそが重要ですわ。

彼女が最も喜ぶもの、あるいは、参加しやすいものは何か？

答えは、初めからわかっていたのだ。

――海に面したガヌドス港湾国の方なのですから、答えは明らか。釣り大会ですわ……。全校生徒で……いえ、魚が嫌いな方もいるでしょうし、自由参加ということにしておいてもいいかしら？まぁ、細部は後で詰めるとして、早速、ラフィーナさまに相談しなければ……。

ミーアは、考えついたアイデアを胸に、学園へと向かう。

――お魚料理は、あまり詳しくありませんし……うふふ、楽しみですわ。オウラニアさんと仲良くなって、詳しくなって……それでお料理会を……。

なぁんて、ミーアが考えてる、ちょうど同じ頃、男子寮でキースウッドが、なにやら、寒気を覚えたり、遠く帝国の地でサフィアスが……婚約者レティーツィアといちゃついたりしていたが……ミーアの知ったこっちゃないことなのであった。

第三十七話　ミーア姫、鍋について哲学的考察を始める……

浜辺をのんびり歩いて戻ってきたミーアは、女子寮に着くなり、ふぅうっとため息。

「ううむ……。すっかり汗をかいてしまいましたわね」

秋に入り、涼しさが勝っているとはいえ、さすがに、不安定な足場を長く歩けば、体も温まってくる。

「会議の疲れを洗い流すためにも、夕食の前に大浴場に行きたいですわね」

「はい。わかりました。すぐに準備をいたしますね」

「ああ。アンヌ、別に急ぐ必要はありませんわ。転ばぬよう、足元に気をつけて」

「もちろんです。ミーアさ……きゃあっ！」

などと、かしましく準備をして後、ミーアとアンヌは大浴場へとやってきた。

アンヌに手伝ってもらって、ひょひょひょーいっと服を脱ぎ捨ててから、ミーアはサクサクと浴場へ。っと、そこには、先客がいた。

「はて……あれは？」

浴槽を覗き込むようにしている少女、黒く、いささかもっさりした髪をしたその少女は……。

「クロエ、あなたも、これからお風呂ですの？」

声をかけると、少女は、ビックリした顔で振り返り……ずずいっとミーアに顔を寄せて……。

「あ、ミーアさま……」

ようやく気付いたのか、ホッとした顔をする。

「ふふふ、眼鏡かけてないと、ちょっと印象が変わりますわね」

普段は、賢そうに見えるクロエが、ちょっぴりポヤーッとした顔に見えて、ミーアはふふふ、っと笑みを浮かべ……。

「それで、なにをしておりますの？　普通にお風呂、という感じではありませんけど……」

「ええ。実は、新しい入浴剤を試してるんです」

クロエは、小さく笑みを浮かべて言った。

「あら？　そうなんですのね……。でも、それならば、なぜ、そんなにびくびくしているんですの？　あ！　まさか、ラフィーナさまに内緒で……？」

「いえ。一応、ラフィーナさまにも許可を取っているのですが、それを、入ってきた方にいちいち説明するのも、どうなのか、と思ってしまいまして……」

「ああ。なるほど。変に言い訳っぽく聞こえて、お風呂によからぬ悪戯をしようなどという、けしからんやつだと思われてしまいそうですわよね」

かつて……大浴場にキノコを浮かべようとしたけしからん姫は、そうして、肩をすくめるのだった。

「そんなわけで、できるだけ、手早く、こっそりと入れて試してみようと思っていたところなんです」

「なるほど。ちなみに、今回のはどんな入浴剤なんですの？」

ミーアは、早くも、クロエの持つ瓶に興味津々だ。

「これは、少し岩塩を混ぜたもので……」

「ほほう……塩を……それには、なにか意味がありますの？」

「はい。体の疲れが取れる効果がある、という触れ込みで」

「なんと……そうなんですのね。それは楽しみですわ」

などと言いつつ、ちゃちゃっと体と髪を洗うミーアwithアンヌ。

そうして、浴槽に身を沈めたミーアは、おふうっと、いささかアレな声を出す。

「なるほど……。なんだか、こう、じわりと沁《し》みてきますわね。とてもいい感じですわ」

ぐぐいっと体を伸ばしつつ、ミーアは微笑んだ。

「しかし、塩が入浴剤になるなんて、変わってますわね……。うふふ、なんだか、ガレリア海で泳いだ時のことを思い出しますわ」

「ミーアさま、海で泳いだことがあるんですか？　あの、危なくはありませんか？」

「全然ですわ。やってみると、意外と簡単ですわよ？」

下弦の海月は、そう得意げに笑って……。

「まぁ、海のほうがしょっぱくて、目に沁みるということはありますけど、それ以外は大したことありませんでしたわね」

それから、ふと、思い出したように小首を傾げた。

「それにしても、不思議ですわ。塩水と、そうでない水とで、生きられる魚の種類が違うだなんて……」

「え……と、どういうことですか？　ミーアさま」

「そのままの意味ですわ。塩を含んだ海水で生きている魚は、湖や川では生きられない。反対に、湖や川で生きている魚は、塩を含んだ海では生きられない」

ミーアは、先ほどオウラニアから聞いたことを、そのままクロエに話した。

「人は平気なのに、水に親しんでいる魚はダメだなんて、よくよく考えるととっても不思議。いえ、水に親しんでいるからこそ、なのかしら……」

じんわーり、とお湯で体を温められて、ぽーっとした頭で、どうでもいいことをつぶやくミーア。あまりに、ぼおんやーりとしていたものだから、彼女は気付いていなかった。

そばで、クロエが、実に真剣な顔をしていることに……。

気付かずに……ミーアの思考は、さらにしょうもないほうへと向かってゆく。

――不思議といえば、なぜ、わたくしは、お湯に浸かっていても、鍋料理になったりしないのか……。お野菜と一緒に入っていないからかしら？　もしかすると、お野菜やキノコと一緒にお風呂に入れば、わたくしも鍋料理になってしまうのかしら……？　おお、これは、なかなか、哲学的な問いですわね……。

なぁんて、もっのすっごーく！　どうでもいいことを考えるミーアのかたわらで……。

「塩水では生きられない魚……。環境の変化で生きていられる魚と、死んでしまう魚がいる。確かに、不思議……」

クロエは、なにやら、考え込むようにして、唸り声を上げる。

「不思議といえば、先ほどノエリージュ湖では、とっても大きな魚を見かけましたけど、あれだけ大きくなるのに、どのぐらいの時間がかかるのかしら……？　思えば、魚について、わたくし、まったくなにも知りませんでしたわ」

ううん、っと体を伸ばしつつ、ミーアは思う。

――あの大きさであれば、なかなか食べがいがありそうですし……。鍋料理にしても、焼き魚にしても、おいしそうでしたわね。うふふ、考えていたらお腹が空いてきましたわ。

湯船にもたれかかり、ポヤーッとするミーア。クロエは、それを真剣なまなざしで見つめていた。

第三十八話　夜の図書室へ

実は、聖女ラフィーナは……暇ではない。

最近はすっかりお友だちと遊んでる（遊びたがってる）イメージが定着しつつある彼女であるが、公人としての職務は少なくはないのだ。ガワだけ聖女ではない。きちんと仕事もしているのだ。

生徒会での会合が終わった後、彼女は、モニカを中心とした従者たちからの報告を聞き、セントノエル島内に異常がないことを確認。それから夕食を取った後、身を清めてから聖堂へと向かう。

そうして、聖女として、今日一日、学園が守られたことへの感謝と、生徒たち一人ひとりへの祝福を祈るのだ。

蝋燭《ろうそく》の仄かな明かりに照らし出されるのは、膝をつき、手を組む、清らかな乙女の姿だ。

瞳を閉じ、微かに動く唇からは、祈りの言葉が囁《ささや》きとなって響く。

「……明日もミーアさんと楽しく過ごせますように。あと、できれば虫の研究は避けられれば嬉しいのですけど、すべてはあなたの御心のままにお進めください。ただ……できれば、虫だけはなんとか避けられれば……できるだけ気持ち悪くないのであれば、なんとか……」

……若干、個人的な祈りを最後に口にして、ラフィーナは、ふぅっと息を吐いた。

これは、以前、馬龍から受けた助言の影響だった。

人として──喜び、楽しみ、悲しみ、怒り……。感情を持つ人として、人々を教え導く聖女となること……。そのために、必要なことはなにか……？

それは、隠すことなく、素直に、人としての葛藤を神の前にさらけ出すこと。

そして時には、それを友の前でも隠さないこと……。

孤高の聖女として、ただ一人、感情を胸に秘めるのではなく……きちんと話し、相談すること……。

それこそが、彼女が悩み、辿り着いた答えだった。

だから、ラフィーナは、公の聖女として祈りをささげた後、自分個人の感情のことも、ちょっぴり祈るようにしたのだ。若干、個人的に過ぎるというか、俗物っぽいかな？　と思うようなことも、隠さず祈るようにしたのだ。

「よし……」

そうして、すべての公務を終え、ラフィーナは聖堂を後にする。

入り口のところで控えていたモニカと合流して、女子寮の部屋へと向かって歩きだそうとしたところで……。

「あら……？」

廊下の向こうから歩いてくる少女を見つける。

それは、つい先ほど、生徒会の会議で顔を合わせたばかりの人物……。

「クロエさん、こんなところで、なにを？」

「あっ、ラフィーナさま！」

声をかけられて、びくっと体を震わせたクロエだったが、相手の正体に気付いたのか、すぐに、ふぅっと安堵の息を吐く。そして、

「あの、これから、図書室を開けることって、できないでしょうか？」

思わぬことを言ってきた。

「図書室……？　もう、閉館時間は過ぎているけど、なにか急ぎの用事かしら？」

基本的に、クロエは常識をよくわきまえた人物だと、ラフィーナは見ている。その彼女が、わざわざ、夜の、閉館時間が過ぎた後の図書室に入りたいという。

これは、なにか理由があるのかな……？　などと考えていると……。

「はい。実は、先ほどミーアさまとお風呂でお話ししたんですけど……」

思わぬ言葉に、ラフィーナは……瞳を見開いた。

「え……？　ミーアさんと、お風呂会？　私、誘われてない……」

「え……？」

クロエは、きょとりん、っと小首を傾げる。それで、ラフィーナ、自らの失言に気付き……慌てる！

「あ、ええと、そうではなくって……」

っと、あわわ、っと口を開けるラフィーナに、クロエは、パンッと手を叩いて、

「あ、申し訳ありません。ラフィーナさまも、やっぱり入浴剤の効果、確かめたかったですよね」

「え？　あ、ええ。そうね。うん、その通りだわ」

生真面目な、実に、しかつめらしい顔で頷き……。

「生徒が使う大浴場のお湯に興味を抱くのは、当然のことです」

聖女の顔で、涼やかな笑みを浮かべて……すぐに、

「それで、図書館には、なんの御用なのかしら？」

話を変えにいく。

「あ、そうでした。わけは、後で話しますから、とりあえず、開けてください。ミーアさまのお役に立てるかもしれないことなんです」

そう言われては、ラフィーナとしても了承しないわけにはいかない。

ミーアのなすことは、ほとんどが民のためになることである。そのミーアの役に立つことというのであれば、反対すべき理由はどこにもないのだ。

すっとモニカのほうに視線を向ければ、モニカは一礼し、その場を去る。

「では、図書室のほうに向かいましょうか」

図書室に着くと、すでに、鍵は開いていた。入り口のところでは、モニカが涼しい顔で佇んでいる。さすがは敏腕メイドである。

そうして、図書室の中に入ったところで、クロエはゆっくりと語りだした。

「もしかしたら……ミーアさまは、共同研究の内容について、腹案があるのかもしれません」

唐突な言葉に、ラフィーナは思わず瞳を瞬かせる。

「お風呂で、ミーアさま、言っておられました。海水でのみ生きられる魚のこと、逆に普通の水でも生きられる魚のこと。その成長の速さのことも……。だから、飢饉への、新しい研究の内容……。もしかしたら、なんですけど……魚のことをお考えなのではないでしょうか？」

「魚……？」

思わぬ題材にラフィーナは顎に手を当てる。

確かに、魚であれば、作物の不作とは関係なく捕れるだろう。効率的に大量の魚を捕る方法ができれば、飢饉の対策にはなるかもしれない。

加えて、今までに食べていなかったような魚も研究し、食材にできれば、食料の全体量も増える。

なかなか、悪くない着眼点に思えた。

それよりなにより、素晴らしいのは……。

――虫や内臓の生肉料理より、食べやすそう。さすがだわ、ミーアさん。

これである……。

もしも、ミーアが、この大きい虫、てかてかして、とってもジューシーで……などと言いだしたら、どうしようかと思っていたラフィーナである。

笑顔でソレを勧められた時、果たして、自分はどうなってしまうのか……、なぁんて、真剣に悩んでいたラフィーナであったから、これは、朗報といえた。

「そのための、知識を集めておこうと思って……いても立ってもいられなかったんです。これが読みたくって……」

ある本棚の前で立ち止まり、クロエが取り出した本……それはっ！

『秘境の珍味レシピⅦ　～怪魚！　人面魚を美味しく食べる！～』

だった！

「クロエさん……ちょっと……」

ちょっぴり引きつった笑みを浮かべるラフィーナであった。

第三十九話　柔らかなる海月《かんしょうざい》ミーア

ノエリージュ湖にて、オウラニアを見つけた三日後のこと。

満を持してミーアは、生徒会を招集した。

副会長ラフィーナ、シオンを筆頭に、アベル、クロエ、ティオーナ、ラーニャと、主だった面々とその従者たちが入ってくる。

彼らの顔を眺めながら、ミーアはこれからの話の流れを整理する。

すべては、オウラニアを懐柔するためのイベント『釣り大会』を開催するために、である。

――まぁ、生徒会が『する』と言えば、否応なくできるわけですけど……。問題は、生徒会がそれをすると言い出しても、無理なく受け入れてもらえるような理屈をつけることですわ。生徒会長ミーアになってから、生徒会が少し横暴になった気がする……などと言われてはたまらない。

「そのためには、生徒会のみなさんにも、意思を共有しておく必要がございますわね」

ということで、ミーアは釣り大会のメリットをプレゼンする必要を覚えていた。

本当ならば、オウラニアがお茶会の誘いを断ってくるから、釣り大会で誘い出したいですわ！　などと、素直に言ってしまいたいミーアであったが……今回はとある理由から、特別な配慮が必要だった。

ゆえに、とりあえず、訴えるべきは、釣り大会を開くメリットである。

そうして、生徒会室に集まったメンバーを眺めてから、ミーアは朗らかな笑みを浮かべて言った。

「秋ですわねぇ」

っと。なにげない風を装って話しだす。

「そうですね。森が綺麗に色づいてきました」

反応したのはティオーナだった。爽やかな笑みを浮かべつつ、会話に入ってくる。

ミーアはそれに、一つ頷いて……。

「昨年は、ゴタゴタしていてなにもできませんでしたけど、一昨年は乗馬大会にキノコ狩りツアーと、いろいろしましたし、今年もそうしたイベントごとを開いたらいいんじゃないかと思っておりますの」

キノコ狩り……のくだりで、ピクッと、キースウッドが反応していたようだったが……声を上げたのはその主であるシオンだった。

「なるほど。いいんじゃないか？　特別初等部の子どもたちのためにも、イベントを企画してやることには意味があるだろう」

「ええ。ということで、今回はわたくしに、腹案がございますの」

ミーアは、もったいつけるように、全員の顔を見まわした。

なぜだか、笑顔のまま固まっているキースウッドを尻目に、厳かな口調でミーアは言った。

「釣り大会を開くのはどうかしら？」

それを聞いた瞬間、キースウッドが拍子抜けしたような顔をした。けれど、すぐに真剣な顔になって、ぶつぶつ、なにかつぶやいているようだった。

「最悪の事態は免れたと思うべきか……。いや、だが、ミーア姫殿下が相手だから、まだ油断は……」

などと……。

一方で、他の面々は、一様に、意外さを顔に覗かせている。

「いきなり釣りだなんて、いったい、どうしたんだい？　ミーア」

代表して質問したのはアベルだった。

ミーアは一つ頷いて、

「実は過日、ノエリージュ湖の湖畔で、子どもたちと出会いましたの。ちょうど、湖に棲む生き物を実地で見させているところだったのですけど。その勉強の一環として、特別初等部の子どもたちに、魚と親しんでもらうようなイベントを開くことには意味があると考えましたの。パティやベルにも、この世界のことに関心を持ってもらえれば嬉しいですし……」

容赦なく、子どもたちを出汁《だし》に使うミーアである。

「それに、夏休み前にできた良い流れ、貴族の子女と特別初等部の子どもたちの交流も深めていければと思いますの」

「それはわかるが、しかし、釣りというのはいかにも突然だね」

その言葉に、ミーアは、降参とばかりに手を挙げた。

「そうですわね。実は、今のは、メインの理由ではありませんわ。釣り大会を開きたい一番の理由は、オウラニアさんのことですの」

「オウラニア姫の……？」

意外そうな顔をする面々。その中でも、特に、ミーアが気にするのは、ラフィーナだった。

——さて……ここからが難しいですわよ。

ミーアは、気合を入れるべく、お茶菓子のケーキをパクリ……。うーん、美味しい。

それから、口の中をゆすぐように紅茶をゴクリ……うーん、爽やか。

そうして、そっと瞳を閉じてから、話しだす。

「ガヌドス港湾国への足掛かりとするため、オウラニア姫を懐柔したい、と……。それはよろしいですわね？」

「ああ。そう聞いたね」

答えたアベルに頷いてみせて、それから、ミーアは言った。

「そのきっかけとしての釣り大会ですの。港湾国の姫ならば、魚にも親しみが湧くのではないか、と……」

「でも、オウラニアさんと仲良くしたいだけならば、別に釣り大会を開く必要はないのではないかしら？　例えば、お茶会に誘ったり、どこかにピクニックに行ったりとか……」

ラフィーナが不思議そうに、きょとん、と小首を傾げた。

──ああ、やっぱり、そう思いますわよね……。

それは、実に、もっともな話ではあったが、ミーアとしては突かれたくないことでもあった。

なぜか……。それは、オウラニアに対する反感を高めすぎないためである。

それこそが、ミーアが最初から本音を言えなかった『とある理由』であった。

──オウラニアさんに無視されている……などということを、ラフィーナさまが知ったら、どんなことになるか……？

想像するだけで、恐ろしくなるミーアである。

下手をすると、眠れる獅子が目覚めてしまうかもしれない。

『へぇ、そうなの……。ふーん、ミーアさんのお誘いを無視ねぇ……へぇ……』

などと、こわぁい獅子の目つきでつぶやくラフィーナを想像して、ミーアは震え上がる。

他の友人たち、ラーニャやティオーナたちだって、きっと怒るだろう。

それは、ミーアとしては嬉しいことではある。自分が受けた無礼に対し、友だちが怒ってくれるというのは、それだけ、自分が慕われているということの裏返しだからだ。

しかし……問題は、その反感と怒りが燃え上がり、制御できなくなった時のことだ。

ミーア的に言えば、確かに、オウラニアの態度は腹の立つものではある。が、だからといって、怒りに任せて行動すると、後々で面倒なことが起こりそうな気がするのだ。

そもそも、ミーアがすべきことは、オウラニアを叩きのめすことではなく、味方につけ、協力を引き出すこと。そのためには、できるだけ険悪な状況は作りたくない。

——人間関係にしろ、なんにしろ、一度壊れてしまったものを直すのは容易なことではありませんし……。

幸いにして、ミーアはすでに、無視されるということを経験済みである。

なんだったら、前の時間軸での無視はもっと酷かった。ラフィーナに「誰だったかしら？」などと言われた日には泣きたくなったほどだ。

ゆえに、オウラニアの無視程度、ミーアにとっては怒るほどのことではない。怒って、禍根《かこん》を残すほどのことでもないのだ。

——一番心が広いわたくしのところで、オウラニアさんの無礼な態度はとどめておくべきですわね。そのほうが問題は少ないはず。わたくしが飲み込んでしまえばいいだけですし……。アンヌにも、他言無用と言い含めておきましたから、問題はないと思いますけど……。

柔らかなる海月ミーアの、細やかな配慮が冴え渡る。

――それに、なんというか……。あのオウラニアさんの態度は、昔のわたくしを見ているようで、ちょっぴりいたたまれない気がしますし……。

かつて……なにも知らずに横暴な態度をとった結果、痛い目を見た自らを思うミーアである。

同じような感じでオウラニアが孤立するのは、可哀想でもあり……。

ということで、ミーアは、用意しておいた答えを朗らかな顔で披露する。

「もちろん、この学園に慣れてきた後は、お茶会もよいと思いますわ。されど、慣れないセントノエルに来たオウラニア姫のことを思えば、まずは、ガヌドス港湾国の姫に相応しいおもてなし、というのをしてあげる必要があると思いましたの」

完璧な言い訳を披露してから、ミーアはそっと紅茶に口を付けた。すると、

「ああ……そういうことだったのね……」

ラフィーナとクロエは、ちょっぴり拍子抜けした顔をしていた。それに小さく首を傾げつつも、ミーアは続ける。

「ガヌドス港湾国の問題に関しては、この機に一気に問題を解決しておきたいと思っておりますの。申し訳ありませんけれど、ご協力をお願いいたしますわ」

そう言って、ミーアは静かに頭を下げるのだった。

第四十話　無知の姫、オウラニアは笑う

「はぁ……」

セントノエル学園女子寮の一室に、満足げなため息が響いた。

部屋の住人は、ごく最近、セントノエルに入学してきた少女――他ならぬガヌドス港湾国の王女、オウラニア・ペルラ・ガヌドスだった。

ベッドの上に横になり、ニコニコと満足そうな笑みを浮かべる。

「あー、今日もたくさん釣れた。うふふ、ああ、楽しかった。あれをお料理できないのは、残念だけど、でも、楽しかったわー」

右手を見つめて、それから、うっとりと瞳を閉じて……。

「ノエリージュ湖……。ふふふ、素敵な釣り場だわぁ。海釣りもいいけど湖もなかなかねー。来てよかったかも」

頬に手を当てて、オウラニアは首を傾げた。

「でも、お勉強はやっぱり面倒。んー、うちのお城なら、口うるさいことは言われないのに、本当、面倒だわー」

っと、その時だった。部屋にノックの音が響いた。

「失礼いたします。オウラニア姫殿下。ご報告がございます」

ドアを開け、入ってきた従者に、オウラニアは、ぽーっとぼんやりとした視線を向ける。

「あらぁ？　なにかしら？」

「実は、先ほど、他のメイドから聞いたのですが、近々、生徒会主催の釣り大会が開催されるとのことです。基本的に生徒は全員参加とか……」

「まぁまぁ、釣り大会！　それは、とっても面白そうだわー。うふふ、ミーア姫殿下もなかなか、面白そうなことを思いつくものねー」

能天気に笑うオウラニアに、メイドは、わずかばかり軽蔑《けいべつ》した目を向けた。

「ですが、生徒会主導のイベントとなれば……、国王陛下のご命令に逆らうことになりませんか？」

途端にオウラニアは眉間にしわを寄せる。出発前、父に言われた言葉を思い出したのだ。

「あー、うーん。確かに、お父さまからは、ミーア姫と距離を置くように、って言われてるわねー。でもー」

パンッと手を叩いて、オウラニアは言った。

「生徒が全員参加なら、出ないわけにはいかないんじゃないかしらー？　さすがに、そこまで露骨にお断りしたら、嫌われてしまうかもしれないしー」

すでに、かなり露骨にお断りしてるし、なんなら、結構、ミーアにムカつかれているわけなのだが……。オウラニアは、そんなの、まったく気づいていない様子で言った。

「それにー、ミーア姫殿下はともかくとして、下手なことをすると、エメラルダさまにも嫌われてしまうでしょう？　それはまずいのではないかしらー？　グリーンムーン公との関係は、ガヌドスにとってとても大切なんでしょう？」

「それはそうかもしれませんが……」

なにか言いたげな顔をするメイドを無視して、オウラニアは続ける。

「それにねぇ、お父さまは、たぶんなーんにも言わないわー。平気よ、平気、大丈夫」

歌うように楽しげに、なんの心配もないかのように朗らかに言って、それから、オウラニアはガバッとベッドの上で半身を起こす。

「そうでしょうか？」

「そうよー。だって、お父さまは……」

っと、そこで言葉を切って、オウラニアは……、小さく首を振って。

「お父さまは……可愛い娘の私のことが大好きだから。ちょっとぐらいのわがままなら、許してもらえるわよー。大丈夫、大丈夫」

おっとり、フワフワ、なにも考えていないように。

おっとり、フワフワ、オウラニアは笑う。

それは、姫の笑顔。

辛いことも怖いことも、悲しいことも、なにも、彼女の目には映らない。

彼女は姫だから……。ただ、温和な笑みを浮かべて、メイドに目を向ける。

その視線を受けて、メイドは深々と頭を下げる。

「もちろん、その通りです。オウラニア姫殿下は、御父君のご寵愛を一身に受ける方です。大抵のわがままならば、お許しいただけると思うのですが、しかし、今回は……」

「だからぁ、平気だってばー。別にあなたが怒られるわけでもなし。それにー、あのお父さまが怒るところなんか、想像できないでしょー？」

それよりなにより、ノエリージュ湖での魚釣り大会。そんな面白そうなものに参加しないなどという選択肢は彼女にはない。

一人でのんびり釣るのも楽しいが、その技術を他人と競い合わせることもまた一興。

深窓の姫君は、娯楽に飢えていた。

メイドは、小さく首を振ってから、小さくため息。

「まぁ、オウラニア姫殿下がそうおっしゃるなら……」

「そうそう。そうよ？　難しいことを考えてないで、もっと楽しいことを考えましょうよー。あなただって、釣り、好きでしょう？」

「いえ、私はそれほどでも……」

「あらー、そうなの？　まぁ、別にいいけど。準備だけはしっかりとしておいてねー」

「はい、釣り竿と魚籠を用意しておきます」

そうして、一礼して、部屋を出ていくメイドを見ながら……。オウラニアは、小さく首を傾げる。

「ううん、やっぱり軽く見られてるのかしらー。まぁ、どうでもいいけど」

オウラニア・ペルラ・ガヌドス……。

彼女は無知の姫君だった。

民のことなど知らず、国と国同士の関係にも、さしたる興味はなく……。姫として必要な教養も、あまり身についてはいない。

されど、無知であることと、洞察の鋭さは矛盾しない。

彼女は、自分がメイドからどう見られているのか、しっかりと感じ取っているし、その視線の意味もきちんと理解しているのだ。

そのうえで……。

「そんなことより、釣りだわ。うふふ、とーっても、楽しみ。うふふふ」

メイドの軽蔑も、姫としての振る舞いも、どうでもいいこと。

自分が楽しいことのためだけに生きる……。

オウラニアは、そんな少女だった。

番外編
エメラルダの学校参観
～筆頭星持ち令嬢の華麗なる暗躍～

The Primacy Etoiler's Brilliant Acts Secretly in Class Observation Day.

ティアムーン帝国南方、ベルマン子爵領。その領都からも離れた片田舎の街道を風変わりな馬車が走っていた。

一見すると、その馬車は地味で粗末なものだった。さながら、小国の田舎貴族が乗るような……あるいは、行商人が無理をして手に入れた粗末な馬車のような……そんな見た目をしていた。

されど……目の利く者が見ればさにあらず。その馬車の作りが、非常にしっかりしていて、十分に金がかかった良いものであることは、一目瞭然であった。

ゆえに、知恵の働く者は気付くだろう。それが、偽装を施された、どこぞの大貴族の馬車であるということに。

では、そんな風変わりな馬車に乗っているのは、誰なのかというと……。

「ふぅむ、この田舎道……、とぉっても退屈ですわ」

馬車の中、薄く開けた窓から外の景色を眺めつつ……エメラルダ・エトワ・グリーンムーンは、小さくつぶやいた。

代わり映えのしない田舎道に、すっかり退屈した彼女は、ふわぁあむ……っと大きなあくびをする。

「エメラルダお嬢さま、由緒あるグリーンムーン家の令嬢が、そのようなことを……」

「あら……でも、ミーアさまだって、似たようなことをしておりますわ。星持ち公爵令嬢《エトワーリン》より偉い皇女殿下の行いに、私は倣っているだけのことですわ」

つん、と澄まし顔で言うエメラルダを、彼女の専属メイド、ニーナはジッと見つめてきて。

「エメラルダお嬢さま……そのような……そのような……」

それから、はぁ、っと深い、深いため息を吐き……。

「いいですか？　そのように、しっかりとした理屈で反論されては困ります。もっと……こう、理不尽でいいのです。いえ、理不尽が！　いいのです！」

グッと拳を握りしめ、ニーナが力説する。

「どっ、どうしましたの、ニーナ……？」

っと、聞くや、ニーナは天を仰ぐ。

「それも、です。私の名前など覚えなくてよいのです。そこのメイド、とか適当に扱ってくだされば……。それに、先ほどの反論もです。私に差し出口とか生意気なメイドね、とか、そんな感じで理不尽に言ってくださるのが、エメラルダお嬢さまの良いところなのに……」

などと……。悲痛な顔で『理想のエメラルダお嬢さま』を語るニーナを見つめながら……。

――ニーナ、疲れてるのかしら。やはり、もう少し労ってあげなければいけませんわね。

そう心に決めるエメラルダである。すれ違う主従なのである。

それはさておき……エメラルダ一行は進んでいく。その目的地は皇女の町《プリンセスタウン》、そして、その中心にある聖ミーア学園であった。

帝国四大公爵家、通称、星持ち公爵家の一角、グリーンムーン家は外国に太いコネを持つ家だった。古くから、国外の貴族や商人と積極的に交流を持ったかの家では、他国から得られる物品のみならず、さまざまな知識の有用性を重視するようになっていった。

そのような流れの中で、グリーンムーン家は、教育界との関係も深めていった。国内の知者、教育者と人材交流を積極的に行い、有用な知識を国の発展に繋げてきた家柄であった。

そんなグリーンムーン家が、聖ミーア学園に無関心でいられるはずもなく……。

「大陸最高峰、セントノエル学園に匹敵する学園都市を帝国内に！」との、皇女ミーアの大号令のもとに建てられた学園がどのような場所なのか、見ておきたいと思うのは、グリーンムーン家のご令嬢としても、ごく当たり前の感覚であって。

だから、エメラルダも、ごくごく真っ当な動機で、今日の訪問を……。

「エシャール殿下の雄姿を見るのが、とても楽しみですわ！」

……あるいは、ミーア学園の教師たちと顔を繋ぐという、大変、真面目な理由も学園を訪問した理由の一つ……。

「エシャール殿下の研究発表、とーっても楽しみですわ！」

……そうなのだ。実は、エメラルダが本日ミーア学園に来たのは、授業参観で、エシャールの雄姿をその目に焼き付けるためなのであった。

「お手紙では、とても頑張っておられる様子でしたし……。ふふふ、きっとご立派な姿を見せていただけるはずですわ！」

胸のワクワクを抑えきれないエメラルダであった。

「それと、まぁ、ついでに、我がグリーンムーン家の口利きで加わった講師陣が、きちんと仕事をしているのか、チェックする必要もあるかしら」

かつて、聖ミーア学園立ち上げ時にエメラルダがちょっかいをかけたため、当初、聖ミーア学園とグリーンムーン家の関係は良くはなかった。

けれど、その後、ミーアの取り計らいもあって、今ではほとんど両者の関係は修復されていると言ってもいい。

グリーンムーン家からも、積極的に優秀な講師を紹介して送り込んでいる。そんな彼らの働きぶりを見るのも、エメラルダの仕事の一つなのだ。

決して、決して、イケメンのエシャールの授業参観のためだけに来たのではな……。

「ともあれ、あくまでもそれは、ついで。うふふ、エシャール殿下、楽しみですわ」

さて……そんなワクワクエメラルダを乗せた馬車の前に、広大な農地が広がった。

「あら……ますます退屈な……。一面の農地ですわね。いかにも、田舎の光景といった感じで、本当に退屈……」

っと、そこで、エメラルダはギョッとした様子で言葉を止めた。口を押さえ、それから、悔しげな顔で……。

「怖い……ですわね」

吐き捨てるように、つぶやいた。

彼女は知っている。

ミーア学園が、農業に力を入れていることを。さらに、寒さに強い小麦の開発の発見やさまざまな料理法の開発など、その功績が非常に大きいということも。

しっかりと把握している。そのはず……なのに……！

エメラルダの目に、ミーア学園の農地は、くだらない田舎の風景に見える。農地などという無駄なことに使わず、石畳を敷き詰め、街でも建てたほうが有効な使い方なのではないか……などと思ってしまう。

——恐ろしいことですわ……。知っている私ですら、そう思ってしまう。思わされてしまう。

エメラルダは、この帝国に反農思想があることを知っている。初代皇帝の時代から、この肥沃《ひよく》なる三日月地帯を農地として十全に生かせぬよう、着々と農業を蔑《さげす》むような思想が育まれてきたことを知っている。

——にもかかわらず、そう思ってしまう。この価値観は、とても根強いものですわ。帝国貴族の意識を変えるのは……そう簡単なことではありませんわね。

そして、同時に思う。

価値観を変えるためにしなければならないのは、正しき知識を広めること。

それすなわち、教育である。

そして、グリーンムーン家は、教育界と非常に関係の深い家柄なのだ。

「私がやることは多いですわね……あら？　あれは……」

っと、エメラルダはあるものを見つけて、御者に声をかけた。

「そこで降りますわ。とめてちょうだい」

「エメラルダお嬢さま？」

怪訝な顔をするニーナに、エメラルダは小さくため息を吐いて……。

「知人がいたので、少し挨拶をするだけですわ」

そう言うと、エメラルダはさっさと馬車を降りた。

目的の人物は畑にしゃがみ、なにやら、作物の様子を見ているようだった。

「もし？　ちょっとよろしいかしら……」

声をかけると、その人は静かに立ち上がり……。

「はい。なんでしょうか？」

振り向いたのは黒髪の女性だった。年の頃は二十代の半ばといったところだろうか。

その顔を、エメラルダはよく知っていた。セントノエルで、見たことがあるからだ。いや、見ただけではなく……。

「ご機嫌麗しゅう、アーシャ・タフリーフ・ペルージャン姫殿下」

そう声をかけると、女性、アーシャは一瞬、怪訝そうな顔をしていたが、次の瞬間、驚きに目を見開いた。

「あ、あなたは……」

「ご無沙汰しております、エメラルダ・エトワ・グリーンムーンですわ。アーシャ姫殿下」

愛想よく笑みを浮かべつつ、エメラルダは思い出す。

かつての……セントノエルでの、彼女の顔を……。あの、屈辱に塗《まみ》れた顔、諦めに曇った顔を……。

帝国貴族をもてなすためのお茶会……。ペルージャンが開くその会に、エメラルダは当然のごとく招かれていた。そして、当然のごとく……その誘いを無視した。

自分たちをもてなすために用意された部屋、それを素通りして、当てつけのように開かれた、別の帝国貴族のお茶会に参加した。

そうするのが、大貴族ならば、当然の態度と思っていた。

ペルージャン農業国……。農業のみしか誇れぬ国。自前の軍隊すら持てぬ帝国の属国。

そんなもの、馬鹿にされ、踏みつけられて当然の存在だと信じていた。

だから、かつてのエメラルダもそのように振る舞った。それが、一般的な、帝国貴族の子弟の行動だったのだ。

――でも……それは、あくまでも農業技術を低く見積もった時の評価。ミーアさまがなさろうとしていることのためには、ペルージャンの協力は絶対的に必要ですわ。

むしろ、役に立たないというのであれば、自分のほうがよほど役には立たないだろう、と……そんなことすら思ってしまうエメラルダである。

なにしろ、ミーアが必要とする人材を、自分はかつて足蹴にし、嘲笑ったようなものなのだから。

それゆえ、目の前のアーシャの顔は曇っていた。かつての屈辱を思い出し、その怒りを抑えるかのように……。

――ダメですわね、これでは……。私がミーアさまの足を引っ張ることになってしまいますわ。

エメラルダは思う。

初代皇帝の呪いから解き放たれた今となっては、自分がどれほど礼を失することをしてきたのかが、よくわかる。ならば、けじめが必要だろう。

そうして、エメラルダはアーシャの前で深々と頭を下げた。

「あの日のことを……あなたに謝らなければなりませんわ」

「えっ……」

驚いた様子のアーシャに、エメラルダは続ける。

「セントノエルで……私は、あなたたちに大変な無礼を働いてしまいました。どうか、あの時の非礼をお許しください。そして、どうか、私のゆえに、ミーアさまのお心を損なうようなことだけはしないでくださいませ」

エメラルダが恐れるのは、まさにそのことだった。自分や、帝国貴族の非礼が、ミーアの目的を妨害してしまうこと……それをこそ、エメラルダは恐れていた。

自分が恨まれるのは、まぁ、仕方ないことだが、その影響がミーアにまで及んではならない、と考えるエメラルダである。

アーシャはしばし、エメラルダのほうを見つめていたが、

「エメラルダさま……私は……、ペルージャンの第二王女です。我がペルージャンの国民が受けた屈辱のことを思えば、私があなたに、簡単に許すと言えないことは、おわかりいただけるはずです」

静かな……けれど、厳しい口調で、アーシャは言った。その言葉を、エメラルダは静かに受け止める。そう、それは仕方のないこと。帝国貴族に対し、かの国の者たちがどれだけ深い怒りを持っていても、不思議はないとエメラルダ自身、よくわかっているからだ。

けれど……。

「あなたの謝罪を受け入れることは、今はできません。でも……」

と、アーシャが視線を向けたのは、畑でこちらの様子を窺う子どもたちの姿だった。心配そうに、アーシャとエメラルダのやり取りを見つめている。

「あそこにいるのは、帝国の子どもたちです。孤児院出身の子も多くいます。飢饉になれば、一番に切り捨てられる、弱い立場の子どもたちが……」

それから、アーシャは自らの胸に手を当てた。

「私はミーアさまのなさろうとされていることを、お手伝いしたいと思っています。あの子たちが飢《う》えるような未来は見たくないからです。ペルージャンであれ、ティアムーンであれ……その他、数多の国々であれ……そのような未来は見たくないから、私はこの学園で教え、研究を続けようと思っています」

凛とした、力強い表情をエメラルダに向け、アーシャは続ける。

「そして、いつか……ペルージャンの民と帝国の民とが対等に……互いの国を尊重し合う日が来た時に……私は胸を張ってあなたの謝罪を受け入れたいと思います。この、答えでは不足でしょうか？」

問われ、エメラルダは息を呑む。

自身がかつて侮った人間が、どれほどの者であったのか……。自身の見ていた世界が、どれほど歪められていたのかを、改めて突きつけられてしまったからだ。

「……感謝いたしますわ。アーシャ姫殿下」

小さな声で言って、深々と頭を下げて、エメラルダは馬車に戻った。


「ねぇ、ニーナ……」

再び走りだしてしばらくしてからのこと。

アーシャの姿が見えなくなったところで、エメラルダは、そっと自らのメイドに声をかける。

「先ほどのは、私らしくなかったかしら？　たかが、ペルージャンの姫に頭を下げるだなんて……星持ち公爵令嬢《エトワーリン》に相応しくないかしら？」

ミーアの親友として、正しい行動をしようと思ってやったことだが……はたして自分は間違えなかっただろうか……？

そんな不安を胸にエメラルダは問うた。

過去の自分の行いを悔いることは、実は、そこまで難しくはない。難しいのは、その反省に立って、行いを改めること。

ミーアが示した道に沿って、正しく振る舞えているか、不安になってしまったエメラルダである。

ニーナは、そんなエメラルダをジッと見つめてから……。

「ええ、相応しくありません」

きっぱりした口調で言った！

「なっ……」

驚愕に固まるエメラルダを見て、ニーナは悪戯っぽい笑みを浮かべて……。

「私の名前など、覚えなくていいと、何度も言っているではないですか。相応しくないです」

あっさりと言った。それから、わずかに表情を引き締めて、

「しかし、先ほどの、アーシャ姫殿下への態度は……とてもご立派なものでした。古き価値観に固執せず、有用であれば新しい価値観を躊躇いなく取り入れる。そうして、グリーンムーン家は発展してきたのですから……」

ニーナは、ふっと優しく表情を和らげて……。

「さすがは、エメラルダお嬢さま。私の敬愛する主。星持ち公爵令嬢《エトワーリン》に相応しいお見事な姿でした」

「ニーナ……」

エメラルダは、小さく安堵の息を吐いてから……。

「しかし生意気ですわ、メイドのくせに、私に相応しいだの、相応しくないだのと！」

傲慢に言い放つ。

「ふふ、それでこそ、エメラルダお嬢さまでございます」

そんなこんなで、イチャイチャしつつ、エメラルダとニーナを乗せた馬車は聖ミーア学園へと辿り着いた。


さて……。

馬車の中で、エメラルダは髪をまとめ、眼鏡をかける。

ドレスは、もともと普段のものより少し地味なものを着てきた。

そうして、一見すると貴族のご令嬢とはわからない（と本人は信じる）格好に偽装したエメラルダは、颯爽とミーア学園に潜入する……いかにも大貴族家に努めるメイドな雰囲気を放つニーナを伴って！

……バレバレである。

学長のガルヴに挨拶した後、彼女は、さも新米の教師ですけど、なにか？　という態度で、学園の中を進んでいく。その後ろを颯爽と、できるメイドの雰囲気を醸し出すニーナがついていく。

……バレバレである！

そうして、エシャールのクラスの教室後方に、さりげなく佇むことしばし……。エシャールの研究発表が始まったところで……。

「エシャールさま、頑張ってくださいまし！」

などと……うっかり声援を送ってしまった。せっかくの変装が台無しである！

まぁ、教室に入った直後に、エシャールには気付かれていたのだが……。

エシャールはちょっぴり恥ずかしそうに、頬を赤く染めて……それでも、エメラルダに笑みを浮かべてくれた。

それを見て、エメラルダのテンションは、限界を突破した！

――ふわぁああ！　あ、あの、いつも頑張り屋で、生真面目な顔をしているエシャール殿下が、あのような……、ああ、なんとも、可愛らしいですわ……！

頬に手を当て、ほわぁ、っと顔を緩めるエメラルダ。

そのまま、エシャールの雄姿をきっちり瞳に焼き付けた後……、教室の生徒たちに「エシャールさまのことをよろしくお願いいたしますわ！」などと、堂々たる挨拶をしてから、エメラルダは廊下に出た。

火照《ほて》った体を冷やそうと思ったのだ。

「ああ……素敵でしたわ。エシャール殿下……。研究発表の内容もさることながら、いつもながら、あの一生懸命さが、やはり素晴らしいですわね。我が弟たちにも見習わせたいものですけど……」

まぁ……エメラルダ自身、勉強にはそこまで熱心ではなかったので、あまり大きなことは言えないわけだが、それはともかく。

ふと前を見たエメラルダは小さく首を傾げた。

「ん？　あら……あの方……どこかで見たことが……」

前方から、見覚えのある少女が歩いてくるのが見えた。肩口で切り揃えた髪、どこか勝気な瞳。周りに自分よりも年下の生徒たちを従えた様子からは、要領の良さが窺える。

「もし、あなた……。ちょっとよろしいかしら？」

目の前まで来た少女に、エメラルダは話しかけていた。少女は一瞬、怪訝そうな顔をしていたが、次の瞬間、あっと口を開いて。

「これは、ご機嫌麗しゅうございます。エメラルダさま」

「ご機嫌よう。私の顔を知っているということは、どこかでお会いしたことがあったかしら？」

「はい。以前、ミーア姫殿下のもとで、メイドをしていたことがございまして……」

少女は、そっとスカートの裾を持ち上げて頭を下げ……。

「ペトラ・ローゼンフランツと申します。エメラルダさま」

帝国中央貴族ローゼンフランツ伯爵家の令嬢、ペトラ。彼女は、前の時間軸、ミーアの専属メイドを務めていた少女であった。

「あら、ローゼンフランツ伯のところのご令嬢なんですわね。なるほど、それで、ミーアさまのところのメイドをしていた……と。見覚えがあるはずですわ」

納得の笑みを見せるエメラルダであるが、すぐに首を傾げて……。

「あら、でも……伯爵令嬢で、白月宮殿で働いていたのに、なぜ、ここの学園に通っているのかしら……？　白月宮殿で、皇女付きのメイドとして働くというのは名誉なことですのに……」

皇帝の住まう城で働いていたというのは大きなステータスだ。それを捨てたということは、相当な理由があるのだろう。

腕組みしつつ、考えることしばし……。

「もしかして、ミーアさまの専属メイドになれなかったから……セントノエルで学べなかったから、代わりにミーア学園で学んでいる……とか？」

そう指摘すると、ペトラは、困ったような笑みを浮かべた。

「そこまで勉強が好き、ってわけでもないんですけどね。まぁ、実家がうるさかったので、なりゆきで、といいますか……あ、そうだ。できれば、私がここに通っていることは、ミーアさまにはご内密に……。もっとも、ミーアさまは、私のことなど認識していないかもしれませんけど……」

「覚えていないなどということは、絶対ないでしょうけれど……でも、なぜですの？　なぜ、自分の存在を隠すようなことを……？」

「その……いろいろと事情がありまして……」

彼女の浮かべた、少しだけ苦い表情に、エメラルダは見覚えがあった。

――ああ、これは……私が昔、抱えていた葛藤に似た気持ちなのではないかしら……。

エメラルダは察する。

恐らく、ペトラはミーアに、なにか悪いことをしてしまったのだ。そのせいで、ミーアのそばから離れようとしたのだろう。そばにいられないと思ったから……。

っと、そこでエメラルダはピンときた！

「あっ、もしや、あなた、ミーアさまが専属メイドに選んだアンヌさんになにかしたとか……？」

通常、皇女の専属メイドには、高位の貴族令嬢が相応しいとされている。セントノエル学園に通う栄誉が与えられる以上、名もなき平民の娘が選ばれるなどということは、あり得ないこと。

伯爵家の令嬢であったペトラは、きっとミーアの専属メイドの最有力候補だったはず。にもかかわらず、選ばれたのがアンヌだったから……恨みに思ってなにかしたんじゃ？　っとそう考えたエメラルダであったが……。

「とんでもありません！」

はっきりと首を振って、ペトラは言った。とても真剣で、懸命な口調で続ける。

「あの娘が、ミーアさまの専属メイドに相応しいってことは、私もよくわかっています。あの決定に対しての文句なんか、まったくありませんから」

そのあまりにも必死な口調に、一瞬、気圧されたエメラルダであったが、気を取り直して……。

「そう……。まぁ、なにがあったのかは知りませんけれど、ミーアさまは、細かいことを気にしない方ですわ。気持ちの整理がついたら、いつか、ゆっくりとお話ししてみるのがよろしいのではないかしら？」

そう言ってやると、ペトラは困った顔をして……。

「どう……なんでしょうね。夢のこと、みたいな話になってしまいますから、ミーアさまも迷惑されるかも……」

夢のこと……その言葉に、エメラルダは息を呑んだ。そして、大きく首を振る。

「それでも、ミーアさまは、馬鹿にしたりなんかしませんわ。たとえ夢のことであっても……真剣に聞いてくれるはず。だから……ね」

その言葉に、ペトラは目を逸らした。

どうやら〝その時〟はもう少し先のことのようで……。

それを察したエメラルダは一つ頷き、

「まぁ、そうですわね。確かに、そう簡単に納得できない気持ちというのは、あるものですし。ミーアさまには、あなたのことを黙っておきますわ」

「ありがとうございます。それでは、私は授業がございますので……」

一礼して、去っていくペトラ、その背を見送りつつ、エメラルダは……。

「ふむ……」

っと、鼻を鳴らすのであった。


さて、これは少し先の話になるのだが……。

エメラルダは、こっそり、学長ガルヴに働きかけることになる。ペトラがミーア学園に、教員として残れるように、と。

おそらく、彼女は卒業後、どこかの貴族と結婚し、その後は貴族夫人として生涯を終えるのだろうが……それは、必然、ミーアと彼女の繋がりが切れてしまうことを意味していた。もしも外国の貴族のもとに行くことにでもなれば、それこそ、二度とミーアと会うことはないかもしれない。

ペトラがミーアへの気持ちに、いつ決着をつけられるのかはわからない。けれど、それまでは……細くでもいい、ミーアと繋がりを保っていられるように、と。

「ミーアさまは細かいことを気にしない。繋がりさえ持っていられれば、いつか必ず、関係を修復する機会だとて、あるはずですもの。私のように……」

そう祈りを込めて……ミーア学園に繋がり続ける道を用意したのだ。

その後、学園側からの求めに応じて、教師としての道を選んだペトラは、ミーア学園の生徒たちに、社交界の常識を身につけさせることに尽力。

良き卒業生としても、生徒たちを教え励まし、多くのミーアエリートを輩出することに一役買うことになる。

それは、エメラルダが裏で繋いだ人脈の一例だった。

エメラルダ・エトワ・グリーンムーン。

自称四大公爵家筆頭令嬢にして、ミーアの親友を自任する彼女は、今日も忙しく各地を飛び回る。

そして、さらなる未来……彼女が愛する夫を得た時、その範囲は帝国の外にまで大きく広がっていく。

女帝ミーアのもとに優秀な人材を集め、人と人との関係を円滑に進める潤滑油としての役割を存分に果たした彼女は、外交のグリーンムーン家の名を体現する女性として後世に名を残していくのだが。

それは今はまだ誰も知らない……否、ベルだけが知る未来の話であった。

女帝ミーアの外交日記
（エメラルダに負けないように頑張った）

Empress Mia's Diplomatic Diary
(of my efforts not to lose)

Tearmoon Empire Story

八つ月　二十日

ギルデン辺土伯が挨拶にやって来た。寒さに強い新種小麦の生産に加え、以前、助言した花畑による観光地構想によって、領地経営が順調に上向いているという。

冬のわたくしの誕生祭に巨大な大雪像を立てるとの意気込みを聞かされる。ヤバいので止めようと思ったが、いまいち伝わっているか自信がない。

ついでに、観光地に花で作ったわたくしの像を立てたらしい。そちらは、ちょっと見てみたい。

お土産として、花畑の副産物である濃厚ハチミツセットをいただく。

試しに舌にのせてみたところ、トロリと濃厚な甘味が舌の上で溶けていく。これは、ハチミツ単体でも十分に楽しめそうだったけれど、せっかくなので、たーっぷりとパンにつけて、ついでにお紅茶にも入れて味わった。仄かに感じる花の香りがとても素敵だった。

素晴らしい。ギルデン辺土伯領の名物になり得るお味。

☆五つ

八つ月　二十二日

サフィアスさんが先日の、レティーツィアさんの危機を救った件で、お礼にきた。あれから、シユーベルト侯爵家、並びにブルームーン派の貴族すべての召使いに対して調査を行って蛇の炙り出そうとしているらしい。

ただ、単独で蛇と対峙するのは難しいので、ルードヴィッヒとラフィーナさまに相談して、詳しい方を派遣してもらうことにする。

ちなみにお土産は、ウロスさんの実家のランジェス男爵家で開発したという新しいお菓子だという。なんでも、ミルクを特別な方法で固めたのだとか……。

白くて四角いそれは、スプーンで突くとプルプルして、なんとも不思議。歯で噛んでみると、ふわふわ、ねちねち、変わった食感だった。

ひんやり冷たくて、ミルクの風味と控えめな甘味がとても美味しい。
☆四つ

八つ月　二十三日
今日はルヴィさんが訪ねてきた。先日の婚約騒動のお礼だということで、高級クッキーの詰め合わせを持ってきてくれた。馬の形をした変わったクッキーだった。わたくしの馬パンのアイデアを取り入れたものだろうか？
表面がお砂糖でツヤツヤしていて、ブローチと言っても不思議ではない美しい見た目。味はとても甘くて、素晴らしい。大変、美味しい。

それと、ここ最近のバノスさんとの甘い恋の話を聞かせてもらった。こちらは、甘さ控えめで、それがなんともルヴィさんらしい。こっそり慧馬さんに恋の相談をしていたことも聞いたが、どんなアドバイスをしたのか、ちょっと気になった。

恋の話と合わせて、☆四つ（もう少し頑張りましょう！）

八つ月　二十四日

シャロークさんが挨拶にやって来た。帝都の近くで取引があったという。

海外の干したキノコをもらった。スープに使うと大変美味だという。

せっかくの食材なので、わたくしの手で、とも思ったが、ここは素直に料理長に渡しておく。ダメにしてしまってはもったいないし、やはり、自分でキノコを料理するならば、採取するところからやりたいと思ったためだ。

明日、早速スープを作ってくれるとのことだったので、楽しみにしておこうと思う。


ふぅむ、しかし、こうして読み返してみると、わたくしも意外と外交の仕事をしているのではないかしら？　エメラルダさんにも負けていないかもしれませんわ。

今度は、濃厚ミルクが自慢の騎馬王国の方や、海の幸が自慢のガヌドス港湾国の方、それになんといっても、ペルージャンの方と会食の機会を持ちたいですわね。

あとがき

こんにちは、おひさしぶりです。餅月望です。

ということで、アニメ放映、無事にかないました。これを書いている時点で、まだ二話目までですが、テレビ画面でコロコロ表情を変えるミーアを見て、感無量です。

また、この度、特典ショートストーリーをまとめた短編集の発売も決まりました。本編にも関わりがありそうな特典もチラホラありまして、ぜひ全部まとめてお届けしたいなと思っておりましたので、とてもありがたいです。

……実は、十五巻の番外編に登場するペトラさんのエピソード「専属メイドになりそこなった少女」（電子書籍の十二巻特典）は、その短編集にはまだ入っていないので、ぜひ短編集2を出したいな！　と思っておりますので、もう少し（少し……？）お待ちいただければ幸いです。

ミーア「ああ、アニメ、歌ったり、滑り台したり、ギロちんと追いかけっこしたりで疲れましたわ」

ルードヴィッヒ「お疲れのところ、申し訳ありません。ミーアさま。アニメ化に合わせて、グッズ化の依頼が来ているのですが、チェックしていただけますか」

ミーア「ほう、グッズ……。なになに……肖像画付きシュークリーム、コラボカフェ「料理長の館」、ふむふむ、これは面白そうですわね。それに地域振興として、新月地区に女帝ミーアの黄金像の建設……この最後のは却下ですわね。食べ物関係は積極的に許可して差し上げて」

ルードヴィッヒ「では、この金箔付きミーア焼きというのは、いかがなさいますか？」

ミーア「くっ……。黄金の食べ物……、これは、絶妙なラインを突いてきますわね……うぅむ、はたして許可して良いものかしら……。売れれば無駄遣いにはなりませんけど、うーむむ……」

ここからは謝辞です。

Ｇｉｌｓｅさん、今回も素晴らしいイラストをありがとうございます。待望のルヴィ、サフィアスのカラーに感動しております。担当のＦさん、いつも、お世話になっております。

家族、親族のみなさま。いつも応援ありがとうございます。

最後に、この本を手に取っていただいた読者のみなさま。無事にアニメ化までこぎつけました。これも、みなさまの応援あってこそのものです。本当にありがとうございました。

もう少し……かはわかりませんが、書籍のほうは続きます。また、次の巻でお会いできれば幸いです。それでは、失礼いたします。

巻末おまけ

コミカライズ 第三十二話

漫画——杜乃ミズ 原作——餅月 望 キャラクター原案——Gilse

Comics trial reading

Tearmoon

Empire Story

ザッ
第32話
ああ
久しぶりですわね
セントノエル
学園……

まさか
この学校に
帰ってくるのを
嬉しく感じる日が
来るなんて
思いもしません
でしたわ
ふ…
なんてったって
パァァァ
わたくし
ギロチンから
解放されたんですもの!!
空気が
おいしい
ですわ
あっ
ミーアさま!

あら
クロエ
ごきげんよう
す
あ
ご
ごきげんようです！
久しぶりですわね
元気にしていたかしら？
はい
ミーアさまもお元気そうで何よりです
お父上もお変わりはないかしら？
あっ
はい
先日は父がお世話になりました
とても良い商談ができたと喜んでました
まぁ
それはよかったですわ
それにすごく驚いてましたよ
ミーアさまはまぎれもなく帝国の叡智だって

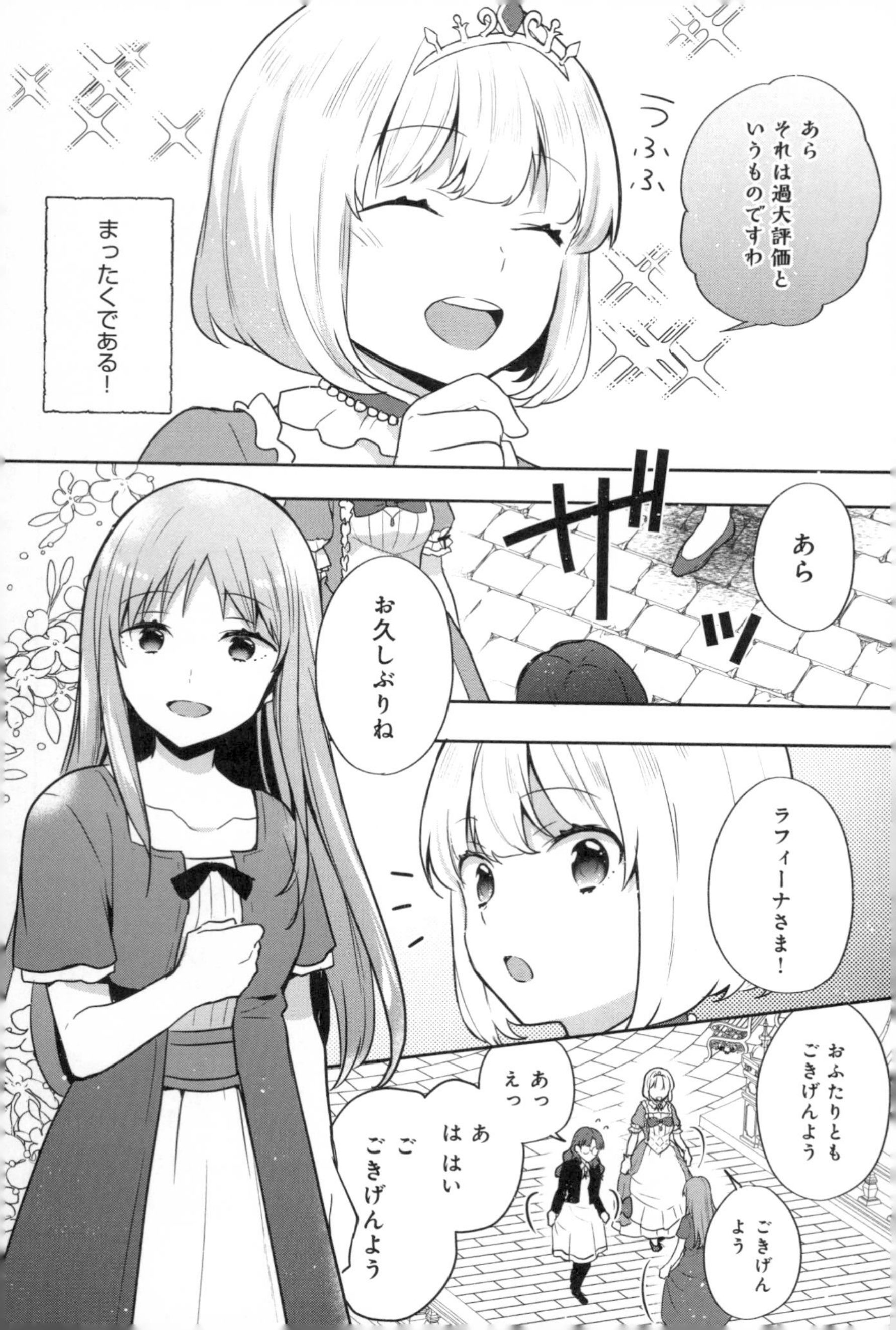
あら
それは過大評価と
いうものですわ
うふふ
まったくである！
ザザッ
あら
お久しぶりね
ラフィーナさま！
おふたりとも
ごきげんよう
ごきげん
よう
あっ
えっ
あ
はは
い
ご
ごきげんよう

ミーアさんは
クロエさんとも
お友だちなのね
ええ
親友ですわ！
はっ
……！
よく読んだ
本の感想などを
一緒にお話したり
しますわ
あら
そうなのね
し…
親友……
どう
かしら？
これから
お茶にしようと
思っていたのだけど
一緒に

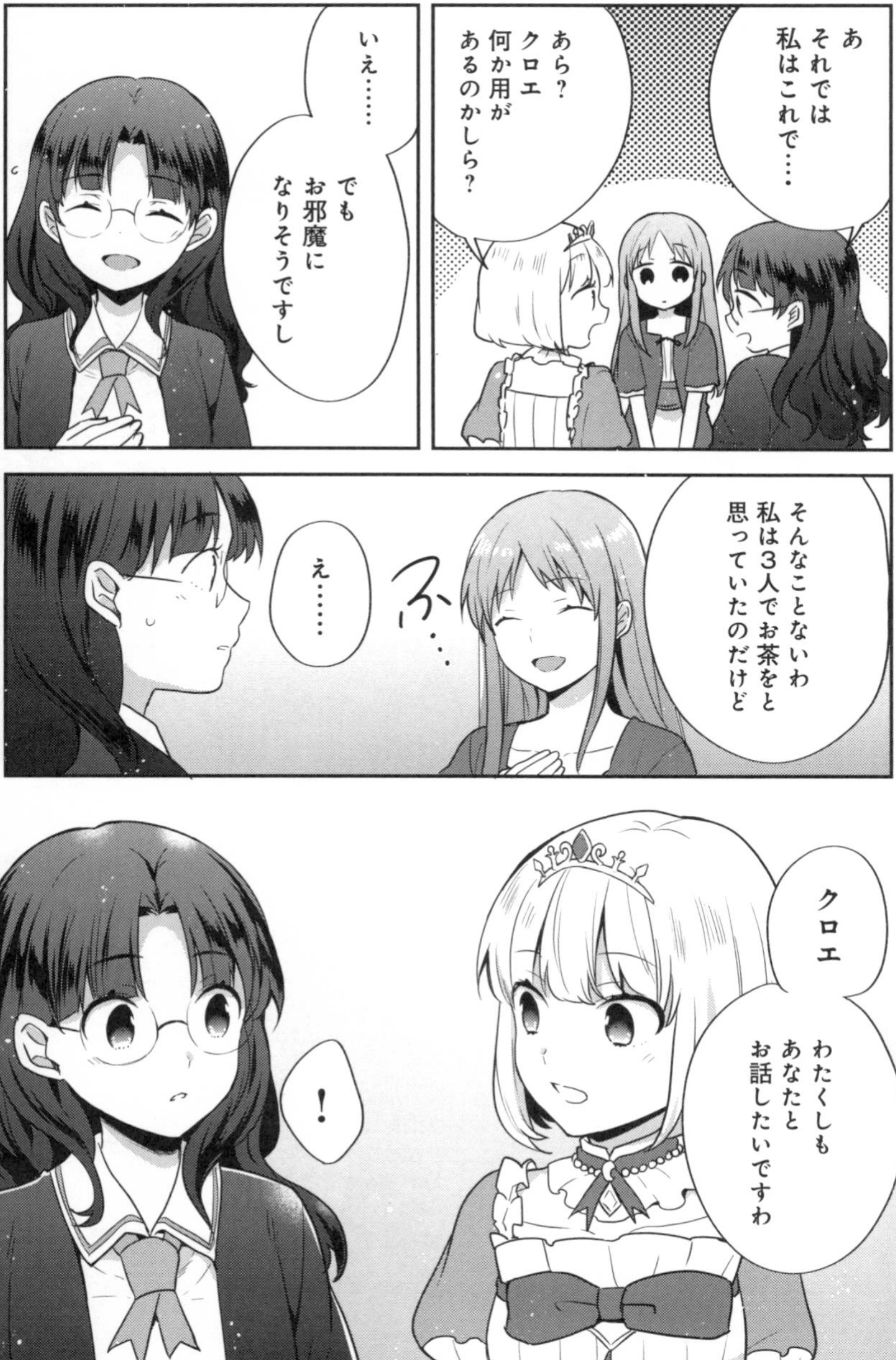
あ それでは 私はこれで……
あら？ クロエ 何か用が あるのかしら？
いえ……
でも お邪魔に なりそうですし
そんなことないわ 私は３人でお茶をと 思っていたのだけど
ふ…
え……
クロエ
わたくしも あなたと お話ししたいですわ
！

ラフィーナさまも
ああ言っておられますし
一緒に行きましょう
ぱ
は
あ
はい……！
聞きましたよ
ミーアさん
なんでも
学校を
作るとか

ああ……
民衆にも門戸を開くと聞きましたが……
!
ミーアさまそんなことをしようとなさってたんですか？
え
ふ…
思い切ったことをしましたね
えっ
ええそうなんですの
もっもしや
ティオーナさんの弟を貴族だけの学校に入れたくないから民衆を通わせようとしていることがバレたんじゃ…？

確かにギロチンからは解放されましたけれど
ラフィーナさまに睨まれていいことなんてありませんわっ
べっ別にそれほど驚くことでもないのではないかしら？
才能を持つ者は家柄に関係ありませんし……
プルプルプルプル
プルプルプルプル
ね？
ひいっ
ミーアさん……

あああぁ,
まさしくそのとおりよ！
さすがはミーアさん私のお友だちだわ……！
えっ
学びたい子が等しく学校に通えるよう配慮するなんて素晴らしいわ
深い慈愛の心を持っているミーアさんだからできることなのね
じ〜〜〜ん
……

それほどでもございませんわ!
ぱ
ミーアは調子に乗った
来てますわ波が……
ザッパーン
抑えきれないビッグウェーブがわたくしを押し上げようとしていますわ!
このまま何もかもうまく……
ゴゴ

バンッ
失礼いたします……！
アンヌ
どうかしましたの
そんなに慌てて……
み
ミーアさまっ……
っっ
はぁ…

革命が……
起こりました……！
…………
へ……？

か……
革命……
って……
どういうことですの？
どうして帝国で革命なんか……
わたくしの
今までの努力は…？
ふら…
きゃあっ
落ち着いてくださいミーアさま！
ガシッ
革命はティアムーン帝国で起こったのではありません
……へ？
さきほどキースウッドさんから聞きました

革命が起こったのは
レムノ王国だと……！
レムノ……
王国……？
え？
なっ？
うえぇ？
どっどっどっどういうことですの
いったい何が……
ぱっ
コンコン
失礼します

続きはコロナEXにてお楽しみ下さい！

パティの弟・ハンネスの亡命先――
ガヌドス港湾国を訪問する
口実を作るため
王女オウラニアを懐柔《かいじゅう》する
はず、が……
勝負に勝ったら
二度と私に
話しかけないで
くださいねー
勝負へ!?

釣り
釣りマニア姫
VS.
ものぐさ海月姫
ティアムーン帝国物語
断頭台から始まる、姫の転生逆転ストーリー
XVI
餅月 望——著
Gilse——イラスト
TEARMOON EMPIRE STORY
2024年春発売！

小説
第16巻
2024年 春
発売！
シリーズ累計
200万部
突破！
（紙＋電子）
絶賛配信中！
帝国物語
式HPへ！
餅月 望――著
Gilse――イラスト

コミックス
第8巻
2024年 春
発売!
漫画：杜乃ミズ
各配信サイトにて
TVアニメ
ティアムーン
断頭台から始まる、
姫の転生逆転ストーリー
詳しくは公

（第15巻）
ティアムーン帝国物語XV
～断頭台から始まる、姫の転生逆転ストーリー～

2024年1月1日　第1刷発行

著　者　餅月 望

発行者　本田武市

発行所　TOブックス
〒150-0002
東京都渋谷区渋谷三丁目1番1号　PMO渋谷Ⅱ　11階
TEL 0120-933-772（営業フリーダイヤル）
FAX 050-3156-0508

印刷・製本　中央精版印刷株式会社

ISBN978-4-86794-002-0

Printed in Japan